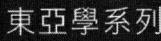

譯介的話語

20世紀中國文學在越南

★ 阮秋賢 著

目次

推薦序（一）阮金山教授 v
推薦序（二）陳思和教授 vii
推薦序（三）陳益源教授 xiii

第一章　作為外國文學在越南的 20 世紀中國文學　　1
第一節：「20 世紀中國文學」概念的界定 1
第二節：越南國語字的推行與中國外國文學新身分的確立 7
第三節：20 世紀中國文學在越南的三個譯介時期 14

第二章　現代知識分子心目中的「新文學」：
　　　　20 世紀初中國文學的譯介　　21
第一節：20 世紀初中國小說的翻譯熱潮 24
第二節：20 世紀中國文學在越南的開始——徐枕亞小說譯介 .. 30
第三節：徐枕亞小說作為越南知識分子心目中的「新文學」 ... 51

第三章　從「新文學」到「現代文學」：
　　　　40 年代到 60 年代期間的中國文學譯介　　77
第一節：文學譯介與時代背景 81
第二節：鄧台梅譯介觀念的轉換 90
第三節：潘魁與時代落差的譯介觀念 121
第四節：魯迅文學譯介與其他譯者 136
第五節：「主流文學」的譯介狀況 144

第四章　文學的重新定位：
90 年代後越南對中國文學的譯介　　　　　　163

第一節：文學定位——新譯介觀念的形成 166
第二節：越南譯者對中國作家作品的文學定位標準 179
第三節：莫言小說在越南——一個代表性的文學定位案例 199

結語　　　　　　　　　　　　　　　　　　　　　　　229

參考書目 237
附錄：在越南出版的 20 世紀中國文學作品書目 249

推薦序（一）

阮金山教授
越南河內國家大學總校長

　　我很榮幸能夠為阮秋賢的《譯介的話語：20世紀中國文學在越南》這本專著撰寫了序言，不只是因為這位年輕學者是我的學生，許多年前是在我的鼓勵、支持和親自推薦之下而跨出國門努力深造，也不只是因為她是我們河內國家大學的一位優秀的老師，而更是因為這本專著本身的學術價值和意義。阮秋賢目前是河內國家大學下屬社會科學與人文大學文學系的老師，她主要從事中國現當代文學的教學與研究。

　　目前在越南學術研究領域中，有關中國現當代文學的研究成果相當有限，並且這些研究成果因為語言的障礙而難以被國外學者認識到。以阮秋賢的華語使用能力，完全克服了這一點，她通過自己的這一本研究著作會讓國外學者更加瞭解到越南在整個20世紀的文化變革、文學交流、學術研究等情況，並且在這些基礎上體現了越南學者的研究觀點和研究視野。

　　《譯介的話語：20世紀中國文學在越南》對20世紀中國文學各種現象在越南的譯介進行了大規模考察，由此概括出一部共有三個明顯的譯介階段的文學譯介史，給讀者一個全面性、系統性的瞭解和觀察。在此基礎上，作者進一步強調在各種文學譯介現象的背後是存在著一種根深於越南本土文化環境的文學接受習慣。這個接受習慣會隨時影響到，甚至決定了越南讀者對中國文

學的閱讀選擇和欣賞觀念。該專著的作者很明確的交代在她研究觀點中「20世紀中國文學」的概念內涵具備哪些特徵，表達了她個人跟中國學術界在文學史理論研究方面上的一種對話，既是從中受了啟發，又是具備獨立的看法。

如今，阮秋賢這本根據她博士論文的基礎來完成的專著能夠在臺灣出版，這是一個具備全球性、開放性的學術平臺和學術空間，我相信她的專著會有更多機會被更多華語世界中的研究學者閱讀到，不僅為阮秋賢在今後的研究道路上打開了更寬闊的一扇門，也讓我們河內國家大學的名聲在世界人文社科研究領域中更加為人所知。作為河內國家大學擔負重任的人，也作為阮秋賢的老師，我在此表示衷心祝賀作者並鄭重推薦該專著。

（Nguyen Kim Son）
2019 年 5 月 22 日

推薦序（二）

陳思和教授
上海復旦大學中文系資深教授

　　阮秋賢曾經是復旦大學中文系的越南留學生，在我的指導下攻讀中國現當代文學博士學位。她是 2010 年入學，2013 年通過答辯獲得學位。前後才短短三年時間，這在留學生的艱難學習歷程中，屬於最順利的一種情況。這表明了秋賢在學業上的成熟。她來復旦大學留學之前，已經是越南河內國家大學屬下的社會科學與人文大學文學系的教師，能說一口流利標準的漢語，對中國現當代文學也有比較充分的準備。我現在還記得，第一次與她見面是在我的辦公室，亭亭玉立，她站在我的面前，告訴我她計畫在攻讀博士學位期間撰寫一部中國當代文學史，帶回到越南去做教材。她已經閱讀過我的幾種文學史論著，才選擇我作她的指導教師，希望我能幫助她寫文學史。我當時就有些驚訝。我擔任博士生導師近 20 年來，指導過十多名留學生，他們能力自有高下，但因為漢語的障礙，學習上總還是有各種困難，要考慮撰寫中國當代文學史談何容易呢？而秋賢攜帶著這樣的理想和計畫來留學，能不讓人刮目相看嗎？

　　復旦大學的研究生課程也是採用討論課形式。秋賢每次上課都很認真地做了準備，積極發言，提出各種問題，在一班學生中起到了引領作用。雖然是留學生，但她的發言水準和理論領悟能力都不輸中國學生。這樣過了一年。第二年研究生論文要開題，

她來找我，坦然地告訴我，她暫時不準備撰寫文學史了。她說她原來在越南讀過很多書，以為撰寫文學史並不難，可是到了復旦大學以後，她又接觸了很多新的資料文獻，才明白撰寫文學史並不是一件容易的工作，於是她決定把這個計畫暫時放下，改做別的題目。這就有了現在的博士學位論文《譯介的話語：20世紀中國文學在越南》這部著作。我當然為之感到欣慰：她終於明白了做學問的艱難，而且能夠知難而退，選擇適合自己能力的研究工作；我相信這個新題目她一定能夠做得很好，因為作為一個研究中國現代文學的大學教師，越南學界對中國現代文學作品的譯介狀況，她早就了然於心了。果然，秋賢的論文進展順利，寫得也好，完成後很快就通過了審查和答辯。她獲得博士學位後回國繼續任教，就這麼一晃幾年過去了，總是聽到她在香港、臺灣、東南亞等各地參加學術活動的消息，也為她的進步感到高興。

　　去年大約是9月的時候，秋賢來信說，她的博士論文要在臺灣華藝出版社出版，希望我能寫一篇序文。我當然是答應了，那時正值我服務的復旦大學圖書館籌辦百年館慶，一時抽不出時間來寫，我原來想，等過了館慶總有時間寫吧，可是沒有想到，館慶過後，還是有許多工作停不下來，這樣拖拖拉拉到了今年上半年，我又患病住院一段時間，手邊的工作就更加耽誤。這篇序一直耽擱到現在。不過，我利用這段時間又斷斷續續重讀了一遍書稿，我想說的是，我還是覺得這部著作寫得很好。

　　也許是與我個人有點關係吧，我讀這部書稿感到很親切。書中關於中國現代文學在越南的外譯情況，我本人並不是很瞭解，所以，對這方面的文獻資料及其介紹，我提不出什麼具體的意見。

然而讓我高興的是，秋賢是我指導的留學生中第一個能夠自覺、熟練地運用我的文學史理論來解釋她的研究對象，她在論文中多次闡述「新文學整體觀」、「世界性因素」、「先鋒和常態」以及「多元共生」的「無名」等觀點，用以解釋在越南的中國文學傳播現象。作者在書中多次提到，因為使用了這些理論觀點，她在具體研究中許多問題都得到了合理的解釋。我以為，對一個教師來說，沒有什麼比有學生對他在學術上探索和努力的理解更為珍貴；對一個理論工作者來說，沒有什麼比他的理論創新成果被運用到別國研究實踐中去並行之有效更為欣慰。秋賢天資聰慧，問學能舉一反三，她的學術研究，許是真正可以期待的。

　　與其說，秋賢是根據我的文學史理論觀點來解釋越南的中國現當代文學的譯介史，還不如說，她是根據我的文學史理論觀點來理解中國現當代文學史，並且把越南譯介中國現當代文學的實際情況整合在一起，其解釋更顯得順理成章。譬如，原先新文學與舊文學（鴛鴦蝴蝶派文學）之間的關係是被理解為互相對立、不可調和的，所以新文學史的敘事裡完全沒有舊文學的地位，這樣就無法解釋為什麼越南譯介中國現代文學第一個高潮的代表人物竟是《玉梨魂》的作者徐枕亞。現在秋賢運用了「世界性因素」的理論觀點來分析這個現象，指出了同一個徐枕亞，他的創作在中國是屬於舊文學範疇，可是在越南，恰恰是一批具有精英意識的現代知識分子首先關注了他的創作，他的越南國語文譯本最初也是刊登在精英知識分子創辦的刊物上，他的寫作技巧、個人抒情以及語言形式，都被理解為「現代性」因素，所以徐枕亞在越南產生了「新文學」的意義。進而秋賢又指出：根據「先鋒與常態」

的觀點來分析,「徐枕亞小說就是屬於常態文學,而魯迅的創作就是先鋒文學的代表性。在這兩種中國現代文學的形態被另一種國別文化接受的時候,常態文學一般都是首要被選擇而先鋒文學往往要等到它使常態文學發生了相應的變化,並且它本身也喪失其先鋒意義以後,才可以進入接受視野。魯迅在越南40年代後才被越南讀者真正認識到其文學價值與文學史意義,是足以說明這一點。」

這裡涉及到我提出的兩個文學史理論的觀點。

所謂「世界性因素」,是指同一個文學現象在不同國別或者民族文化的接受場裡會產生完全異向的意義,這些異向意義就構成某現象的「世界性因素」,它們之間是一種對話的關係,不是辨別孰真孰偽,而是在對立與互補中豐富了形象的整體意義。具體地說,徐枕亞究竟是屬於「舊文學」的代表人物?還是具有「新文學」的意義?他在兩個場域裡產生的不同認知,正說明了這個形象內在的豐富性,中國新文學知識分子眼中的徐枕亞與越南現代知識分子眼中的徐枕亞,其實是在共同構建「徐枕亞」的完整意義。鴛鴦蝴蝶派代表作《玉梨魂》的作者同樣可以在越南的文學傳播中產生現代性的影響,因此,把徐枕亞在越南的譯介看作是中國現代文學在越南傳播的第一個高潮,就完全是合理的。

再看所謂「先鋒與常態」,這是指我在文學史研究中,把20世紀中國文學分為兩個層面。一個層面是以常態形式發展變化的文學主流。另外一個層面,是作家們站在時代變化的前沿,提出了社會集中需要解決的問題,預示著社會發展未來。這樣的變化,一般是通過激烈的文學運動或者社會運動來完成的。20世紀中國

文學史上有許多或大或小的文學運動可以被歸納為先鋒運動，它們構成了推動 20 世紀文學發展的特殊的核心力量。在本書裡，秋賢一再用這個理論來分析徐枕亞與魯迅不同的文學史意義，而且，她從譯介學的角度討論先鋒與常態的關係，指出這兩種形態的文學現象在向國外輸出過程中，首先被接受的往往是常態的文學，而先鋒文學則要等到它在文學史上喪失了先鋒意義的時候，才可能被接受者當作新的「常態」來接受。我覺得她講得真是好啊！光是這個發現，就值得另寫一篇文章來專門闡述其中規律。這歸功於秋賢的發現，是她在我關於先鋒與常態的理論探討的基礎上，進行了新的很有價值的探索。

限於篇幅，我這裡僅僅是舉一個例子，來說明秋賢在這本著述裡的努力。其實這本書裡類似的例子比比皆是，現在它要正式出版，我是應該對秋賢表示祝賀，同時也希望她所鍾情的撰寫中國當代文學史的計畫不要輕言放棄，希望她在寫作和研究實踐中不斷提升自我；同樣，在不斷提升自我的過程中，也不斷地研究新的問題和攀登新的學術高峰。我期待著。

陳思和

2019 年 5 月 17 日於上海魚焦了齋

推薦序（三）

陳益源教授
國立成功大學中文系特聘教授／國立金門大學人文社會學院院長

　　就一位研究中國現當代文學的外國學者而言，這部《譯介的話語：20 世紀中國文學在越南》首先最值得稱道的是作者阮秋賢的中文使用，其行文精確、流暢、清楚的程度，幾乎無懈可擊，令人讚嘆！

　　由於本書作者阮秋賢充分發揮了做為一個越南學者的優勢，她選擇以徐枕亞、魯迅、莫言等人的譯介為主要例子，進行越南對 20 世紀中國文學的接受觀念的研究，加上她勤於搜尋越南關於 20 世紀中國文學的翻譯、出版和評論的資料，對於 20 世紀（20-30 年代、40-60 年代、90 年代後）在越南掀起的三次翻譯、出版中國文學作品熱潮時的越南時代、社會背景也有深度的掌握，所以在進行論證時，言而有據，具有相當強的說服力。

　　可以這麼說，《譯介的話語：20 世紀中國文學在越南》一書，對於 20 世紀中國文學在越南的如何被接受？以及何以被接受？都提供了非常具體、有效的陳述與剖析，其研究成果之豐碩，使得本書所具有的學術與實用價值，我相信本書的讀者和我一樣，一定都會給予作者高度的肯定的。

　　還可以這麼說，如果不是透過本書作者阮秋賢的譯介，20 世紀中國文學在越南被接受的真實情況，中文世界的讀者也是無從知曉的，可見跨國的文學交流不只是文學作品需要譯介，文學作

品譯介之後的被接受狀態仍需繼續得到被譯介，從這個角度來看，《譯介的話語：20世紀中國文學在越南》一書自然會受到20世紀中國文學研究者的重視，這是無庸置疑的。

我個人特別高興阮秋賢的《譯介的話語：20世紀中國文學在越南》由華藝學術出版部在臺北正式出版，因為我相信這部力作除了可以提供20世紀中國文學研究者的參考之外，臺灣的當代文學研究者還可以藉著它進一步思考「21世紀臺灣文學在越南」的能否被接受以及如何被接受等問題。

截至目前為止，阮秋賢不僅把臺灣作家葉石濤的短篇小說集《葫蘆巷春夢》、吳晟的《吳晟詩文雙重奏》譯成越文推介到越南，她還將越南民間故事《掃把的由來》、《月亮上的阿貴》譯成中文推介到臺灣，我期盼她能再接再厲繼續扮演兩地之間文學交流的譯介者的重要角色，將來「21世紀臺灣文學在越南」的歷史紀錄上絕對會有她的一席之地的。

我衷心恭喜阮秋賢《譯介的話語：20世紀中國文學在越南》的隆重問世，同時我也熱烈期待她翻譯更多的臺灣文學作品，並協助臺灣讀者認識臺灣文學在越南，是為序。

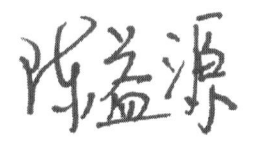

陳益源

2019年5月20日

第一章
作為外國文學在越南的 20 世紀中國文學

第一節:「20 世紀中國文學」概念的界定

　　本專著所提到的「20 世紀中國文學」在中國文學研究的語境下,已經是一個非常普遍的概念,這不免給人帶來某種過於寬泛的感覺。然而,在本專著的內容範圍內筆者試圖把它放在越南對中國文學的接受背景下加以探討,其內涵自然有了不同的理解。

　　第一點要強調的是,專著中「20 世紀中國文學」概念的使用,首先是受中國《三人談》觀點的啟發。錢理群、黃子平、陳平原認為,這個概念「不單是為了把目前存在著的『近代文學』、『現代文學』和『當代文學』這樣的研究格局加以打通,也不只是研究領域的擴大,而是要把 20 世紀中國文學作為一個不可分割的有機整體來把握。」[1] 這樣的觀點提醒了筆者在面對當前在越南的各種屬於 20 世紀文學範疇的中國文學現象時,要有意識的對其進行系統性的把握和整合。在此前提下也試圖呈現出一個儘可能完整的在越南的 20 世紀中國文學史。這個文學史的梳理,是以中國的文學史作為參照系,觀察中國文學史在進入越南文壇以後

---

[1] 錢理群、黃子平、陳平原:《二十世紀中國文學三人談・漫說文化》(北京:北京大學出版社,2005 年),頁 11。

發生如何的變化,又如何同時自身形成一個與中國文學史不同的獨立體。

這樣就涉及到本專著將以一個什麼樣的中國文學史作為參照和將根據什麼樣的文學史觀念去梳理在越南的 20 世紀中國文學的問題。這裡要強調的是,筆者的文學史觀念形成,在很大程度上接受了復旦大學的陳思和教授對新文學史的一系列理論觀點,所以在選擇參照點時即以陳教授的文學史著作及有關新文學史論述的文章作為標準。具體來講就是指《中國當代文學史教程》著作以及關於「整體觀」、「先鋒與常態」、「民間理論」等文學史理論。

在前述文學史理論的基礎上,筆者對越南背景下的「20 世紀中國文學」概念內涵作出一些內容的界定。

越南背景下的「20 世紀中國文學」概念內涵,首先是指對已進入文學史視野的各個 20 世紀中國文學現象在越南如何流變的觀察。這裡所謂「進入文學史視野」包括兩方面,即進入文學史書寫和進入文學史理論的探討。以往的文學史觀念通常把「五四」新文學運動作為 20 世紀現代文學的起點,[2] 這好像是一個不證自明的問題。越南目前對 20 世紀中國文學的認識同樣反映了這一點,把魯迅作品的譯介當作中國 20 世紀現代文學的開端。然而,

---

[2] 在 1985 年最先提出「20 世紀中國文學」概念的三位中國學者黃子平、陳平原和錢理群在討論有關這一命題的過程當中也表示觀點認為「作為現代民族文學的 20 世紀中國文學,是以『五四』文學革命為第一個輝煌高潮的。」錢理群、黃子平、陳平原:《二十世紀中國文學三人談‧漫談文化》,頁 51。

在中國學術界,近年來大量新材料、新觀點的出現使得傳統的文學史觀念受到挑戰,研究者在現代文學史觀念上也做出適當的調整。陳思和教授在〈先鋒與常態——現代文學史的兩種基本形態〉[3]一文中,在認可20世紀文學史領域中各個新的研究成果[4]的前提下,透過「先鋒」與「常態」概念,論述他對20世紀現代文學的「多元共生」文學史觀念:

> 我想把「五四」新文學或者20世紀現代文學分為兩個層面。一個層面是,以常態形式發展變化的文學主流。它隨著社會的變化而逐漸發生變異。時代變化,必然發生與之相吻合的文化上和文學上的變化,這種變化是常態的,是指20世紀文學的主流。
>
> 另外一個層面,就是有一種非常激進的文學態度,使文學與社會發生一種裂變,發生一種強烈的撞擊,這種撞擊一般以先鋒的姿態出現。[5]

---

[3] 陳思和:〈先鋒與常態——現代文學史的兩種基本形態〉,收入陳思和、王德威主編:《建構中國現代文學多元共生體系的新思考》(上海:復旦大學出版社,2011年),頁295-310。

[4] 文章裡列出:比如蘇州大學范伯群教授、復旦大學的欒梅健教授對《海上花列傳》的重新評價,就是一個代表;還有美國哈佛大學的王德威《晚清小說新論:被壓抑的現代性》認為「五四」壓抑了晚清的現代性傳統,晚清許多含有的「現代性」作品,如偵探小說、武俠小說、言情小說等在「五四」都被壓抑了,保留下來的是「五四」之後的寫實主義、浪漫主義等創作。陳思和:〈先鋒與常態——現代文學史的兩種基本形態〉,收入陳思和、王德威主編:《建構中國現代文學多元共生體系的新思考》,頁295-296。

[5] 陳思和:〈先鋒與常態——現代文學史的兩種基本形態〉,收入陳思和、王德威主編:《建構中國現代文學多元共生體系的新思考》,頁295-296。

筆者認為這個文學史觀念的核心點,就在於它突破了以往用五四新文學傳統的話語和標準去衡量文學史現象的傳統觀念,同時也提出兩種並存的文學發展形態的結構來取代以往新舊文學的簡單界定,把 20 世紀中國文學的意義從以「五四」新文學為中心的文學圈,擴大到一個同時能夠容納不同文學傳統的豐富體系。

　　如果採用這樣的文學史視野去觀察在越南的 20 世紀中國文學的話,會發現魯迅作品的譯介並不是 20 世紀中國文學在越南的開端,而比之早了將近 20 年的徐枕亞作品譯介,才是這個文學接受史的起點。雖然目前在越南論述到越南新文學,尤其是新小說的現代化問題時,研究者都不得不提到徐枕亞作品當時對其形成的影響,然而這些研究或者擺脫不掉五四作家為鴛鴦蝴蝶派定下來的印象,或者沒有一套新的標準來衡量徐枕亞作品的現代性意義;[6] 因此多年來,在魯迅為代表的文學傳統話語的接受之

---

[6] 在討論到 20 世紀初翻譯文學和越南文學的現代化之間的關係,越南研究者表示:「從 1923 年到 1929 年,在北方掀起翻譯徐枕亞作品的熱潮,這是一位生活在 19 世紀末的中國作家,他在 20 世紀初專門寫愛情小說(這體裁中國人叫為『鴛鴦蝴蝶』小說)。這一熱潮的開始為《雪鴻淚史》譯本在《南風雜誌》1923 年第 77 期上發表。在中國,徐枕亞並沒有地位可言,但在越南他的作品譯本卻對社會引起很大的反響,也對越南當時的作家產生了很大的影響。」陳玉王、范春石:〈翻譯文學與時代交換階段的越南現代化進程〉,收入馬江驎主編:《1900 年至 1945 年越南文學現代化過程》(河內:通訊文化出版社,2000 年),頁 206。在另外一篇文章,越南研究者范春石再次肯定徐枕亞文學對越南現代小說形成的影響:「在中國,徐枕亞及這類小說並沒有地位可言,但在越南,這些小說卻受到越南讀者尤其是年輕人的熱烈歡迎,並且在許多越南作家作品從人物形象塑造、體裁形式到文章句子表達等方面都留下影響的痕跡。上述中國愛情小說的影響痕跡甚至在越南現代文學的重要作品《素心》也可以看到。」范春石:〈報

下,我們只能把徐枕亞小說定位為與新文學對立的舊文學,抑或與嚴肅文學、純文學對立的市場消閒性文學。無論是在哪種情況,它都不能進入文學史書寫範圍。然而,在陳思和所提出的「多元共生」文學史理論的基礎上,筆者認為有足夠的論據將徐枕亞作品列入越南的 20 世紀中國文學範圍,並重新去闡釋其地位和意義。

本專著除了考察進入文學史理論探討的文學現象在越南如何發展之外,也注重對進入文學史書寫的文學現象的觀察。這裡所說的「文學史書寫」,以中國大陸的文學史著作作為主要參照資料。為了集中筆力,本專著將以大陸文學現象作為主要研究對象。中國大陸文學以外的臺灣香港等地區的文學,或者其他雖然是中國大陸作家作品,但沒有被中國研究專家們列入文學史書寫,都不納入本專著所要考察的研究範圍,因此不展開討論。

「20 世紀中國文學」概念的第二個內涵,為獨立存在於中國 20 世紀文學史的「開放型整體」的越南接受史。這一看法也是從陳思和教授的「文學整體觀」受到啟發而產生。[7] 專著的最終目的不僅是對資料進行全面的、有系統性的梳理和介紹,也不僅為了概括出在越南的 20 世紀中國文學的一系列主要特徵,而是希望通過資料的整理,除了展現出越南文壇上的中國文學史形象以外,還將在越南的 20 世紀中國文學看作一個獨立存在的整體。這個獨立體經過一百年文學接受的歷史後,一方面以不斷體現各

紙期刊與越南文學現代化過程〉,收入馬江嶙主編:《1900 年至 1945 年越南文學現代化過程》(河內:通訊文化出版社,2000 年),頁 161。

[7] 陳思和:〈中國新文學整體觀〉,《秋裡拾葉錄》(濟南:山東友誼出版社,2005 年),頁 42-52。

個中國文學時代的變化作為自己的發展，另一方面又自身形成了自己某種內在的規律，即所謂的接受傳統。筆者認為這個傳統直接影響到越南翻譯者對中國文學作品的譯介選擇，也決定了文學作品對當地文壇所產生的影響程度。對這個傳統的觀察也有助於解釋在越南文壇上某個中國當下文學現象為何引起關注的原因。換句話說，從那些文學現象當中，可以找到經過整個世紀的接受傳統所留下來的痕跡。比如，對於一批作家像莫言、余華、李銳等人的作品在越南20世紀末21世紀初頗受關注的現象，我們從接受傳統的觀察中完全可以找到解釋的可能。

此外，「20世紀中國文學」概念若放在越南文壇的背景下來談，其實還具備一個很重要的內涵，即中國文學（包括20世紀文學在內）從20世紀初開始，是以一種全新的外國文學身分而出現。這一身分的改變首先來源於，漢字在越南文學創作中失去了它的地位，並且被另外一種來自於西方形式的語言，即越南國語字所取代。20世紀以前，漢字是越南的書面語言，大部分成文文學用漢字來寫作。13-15世紀，出現一種能夠記錄口頭語言的新文字，這種新文字由漢字演變而來，叫「喃字」，越南學者稱之為「國音」。從那時開始，越南成文文學就有兩種：漢字文學和喃字文學。到19世紀，法國對越南進行軍事侵略之後，拉丁化的越南語文字開始被普及、推廣以及正式使用，這種文字當時叫作「國語字」或簡稱「國語」。1919年，法國重新制定越南的教育制度，將原有的科舉制度廢除，把國語字定為越南的正式文字。越南科舉制度被以國語字為主的現代考試形式所取代，意味著漢字在越南完成了自己的歷史使命。於此之後，在接受現代教

育的新一代越南人眼裡，漢字已然成為一種外來的文字，同時，國語字在生活中和在文學創作中取代了漢字和喃字的地位，中國文學在1919年以後因此而取得外國文學的全新身分。

第二節：越南國語字的推行與中國外國文學新身分的確立

一、越南國語字的形成、推行與傳播

19世紀開始，隨著法國對越南進行軍事侵略之後，國語字開始被普及、推廣以及正式使用。實際上早在16世紀，國語字就已開始萌芽。當時有一部分西方傳教士來到越南傳教，為了和當地人順利地進行溝通，他們主動學習越南語，並且用拉丁字母把越南語的發音記錄下來，那是越南國語字的最初形式。1651年，有過20年在越南各地傳教經歷的法國傳教家亞歷山德羅（Alexandre de Rhodes）編輯出版了第一本《越葡拉詞典》（越南語、葡萄牙語、拉丁語詞典的簡稱）。這是越南語第一次在拉丁文的形式上得到標準化、統一化的記錄方式，該書的出版標誌著拉丁化越南國語字的誕生。然而在後來三百多年，這種文字僅限於傳教士群體內部使用，主要用來印刷傳教書籍，一直到1858年法國侵略越南以後，國語字才隨著法國剝奪越南宗主權的一步步加強而逐漸成為越南全國統一使用的文字。

1858年8月31日法國人第一次在越南中圻[8]的峴港登陸並占

---

[8] 當時阮朝廷把越南分為三個地區：以河內為中心的北圻、以當時是國都的順化為中心的中圻、以西貢為中心的南圻。

領了峴港,開始了他們在越南的一系列侵略活動。1861 年,法國占領了西貢(現為胡志明市)。1862 年 6 月 5 日侵略者強迫阮朝廷在西貢簽訂了第一個不平等的《壬戌條約》。《壬戌條約》共 12 款,其中要求越南把南圻的東部三省割讓給法國以及給法國賠款 400 萬印度支那元(Piastre)[9] 並在十年期間還清。1874 年 3 月 15 日阮朝廷在法國的強逼之下第二次在西貢簽訂《甲戌條約》。條約共有 22 款,最重要的內容就是阮朝又被迫得把南圻剩下來的西部三省割讓給法國,從此南圻的全部領土都淪為法國的殖民地。1883 年 8 月 25 日阮朝和法國在順化簽訂了第三個共 27 款的《癸未條約》承認並接受法國的保護權,越南的外交事務包括與中國的關係都由法國來掌管;把之前屬於中圻的平順省加入法國殖民地的南圻;法國可派公使駐北圻各省監督節制。1884 年 6 月 6 日,阮朝最後一次和法國在順化簽訂共 19 款的《甲申條約》,代替先前所簽訂的一切條約。條約內容仍是強逼越南對法國保護權的承認與接受,在此前提上法國進一步實施其在越南的統治政策,即將越南領土分為三個接受不同統治方式的地區:南圻是完全屬於法國的殖民地;中圻和北圻雖然在主權形式上仍屬阮朝皇帝,但實際上後面都是由法國官員管轄,成了法國保護地區。《甲申條約》的簽訂正式確立了法國在全越南的殖民統治,阮朝皇帝僅在名義上保有皇位,但已無實質主權可言。

從上述簡短的概括,我們知道南圻先後在 1862 年和 1874 年

---

[9] 1 Piastre 相當於 1 元美金。

被法國占領，是越南最早淪為法國殖民地的地區。法國統治者起初為了在南圻進行「母國化」的政治目的，而企圖把法語強加給南圻居民，用之來代替書面語言的漢字和口頭語言的越南語。然而，這個意圖那時受到廣大當地人的反抗，殖民統治者因而轉向提倡另外一種也是來源於西方形式的文字，那就是國語字。統治者對國語字的推廣與傳播主要通過兩個管道，即報紙發行及通言學校的創辦。1861年，統治者創辦了第一所專門培訓翻譯者的通言學校，這所學校教法國人學越南語及國語字，同時也給越南人上法語課。1865年，第一張用國語字印刷的報紙《嘉定報》出版，這是法國政府在南圻的公報。向全社會推廣國語字的同時，統治者也一步步把漢字的影響從生活中排除出去。1867年，法國統治者在南圻廢除了科舉制度。1878年，南圻總督簽署一項決定，命令在各種公文中必須使用國語字來代替漢字和喃字。

國語字在南圻被率先推行使用，隨著法國統治者在北圻與中圻進一步得到保護權，他們在這兩個地區繼續推行國語字，雖然採用同樣的推廣政策，但所得到的社會效應沒有像在南圻那麼順利。1890年代，儘管許多通言學校在雙圻各地已出現，但由於傳統文化的根深蒂固，因而國語字無法代替漢字和喃字的地位，當時只能選擇「共生」的狀態。一直到1903年以後，儒家愛國志士認識到國語字在傳播愛國思想、革命思想的功能上比漢字要優越得多，所以對國語字採取重視的態度，從此國語字順利地受到越南國民廣泛的認可。1919年法國重新制定越南的教育制度，將原有的科舉制度廢除，把國語字定為越南的正式文字。越南科舉制度被廢除並取代為以國語字為主的現代考試形式，意味著漢字

在越南已完成了自己的歷史使命。此後接受現代教育的新一代越南人眼裡，漢字就是一種外來的文字。

二、中國文學在越南的身分轉換

經過 500 多年艱難與漫長的過程後，國語字不僅在生活而且在文學創作中終於代替了漢字和喃字的地位。伴隨著這個過程中國文學在越南文壇上的地位以及在越南文學創作中所發揮的作用和意義，或更準確地說，中國文學和越南文學之間的關係，也逐漸發生了變化。而這個變化的最終點就是，中國文學在 1919 年以後取得國外文學的全新身分。

據越南研究者[10]的觀點，認為自從越南成文文學開始出現的第 10 世紀，至它和西方文化有過接觸的 19 世紀期間，越南文學基本上是具備兩種特徵：一方面具有國家性和民族性，是一個獨立國家的帶有民族特色的文學，另一方面是屬於以中國文學為「原型」的東亞文學體系的一員，所以它也同時體現了這個文學體系的共同特點。這個所謂東亞文學體系實際上就是「漢字文化圈」的文學體系，其中包括中國文學、越南文學、日本文學和朝鮮（半島）文學。中國文學被認為是整個文學體系的建造主體，其他文學都是圍繞著一個以中國文學為中心的衛星文學。這幾個衛星文學在幾千年歷史的發展過程當中是受到中心文學的支配，

---

[10] 陳玉王：《20 世紀前三十年越南社會與文學發展總觀》，收入陳玉王主編：《20 世紀前三十年越南文學教程》（河內：河內國家大學出版社，2010 年），頁 63。

這就形成了幾個國家文學之間的「同文」傳統。越南文學當然不例外，也是在以中國文學為中心的軌道裡運轉。到近代時期，在西方殖民統治者多方面強制性的統治下，越南文化文學逐漸離開了中國文化的軌道而往著西方文化靠近。這個過程體現在越南文學範式的轉換。

越南研究者認為，觀察文學的發展歷史將會發現一個國家的文學範式，一般由五個主要因素組成，包括：一、共同的文學觀念和審美思想；二、特徵性的主題、題材的系統；三、長時間穩定存在的基本文學形象系統；四、體裁系統；五、文學語言。[11] 在19世紀往前，上述的五個因素都是來自於中國文化文學。儘管在文學語言方面，越南文學所創造的喃字，從某種程度上來講是體現了越南文學嚮往民族特色的發展方向作出一定的努力（具備由屬於本民族特有的文學語言所帶來的某些特殊的文學題材、主題體系、人物形象體系、體裁體系等）。然而，就像喃字本身也是根據漢字而演變過來的一樣，越南文學從大體上來看，還是很難走出中國文學的規範。到19世紀末20世紀初與西方文化的接觸後，文學範式的各個因素都發生改變，例如文學語言從漢字和喃字改變為用國語字來創作；體裁體系從接受中國以詩詞歌賦為主的文學體裁改變為小說—詩歌—戲劇的西方體裁模式；文學在思想觀念、主要題材、人物形象都體現了一種從「文以載道、詩以言志」轉向對當代的社會生活、個人問題的關注。

---

[11] 陳玉王：〈東西方交叉與文學範式的轉換〉，收入陳玉王主編：《20世紀前三十年越南文學教程》（河內：河內國家大學出版社，2010年），頁444。

越南文學範式的內部改變,從某種程度上來講其實就反映著中國文學的「外在」身分逐漸形成的過程。西方文化文學因素的參與直接改變了越南對中國文學原有的傳統接受方式,主要體現在以下幾個層面。

其一,文學作品的傳播形式的改變。這裡所謂的傳播形式,包括文學作品的語言表達,以及文學作品的傳播方式兩個方面。國語字在社會上的廣泛使用並使得漢字「邊緣化」以後,中國文學作品若想被越南讀者接受的話,必須要通過國語字翻譯的管道。如果說新的語言會帶來新的思維方式和新的美學感受的話,那麼被翻譯成國語字的中國文學,同樣道理將會給越南讀者帶來全新的形容和美感體會。此外,在文學作品的傳播方式方面,由於報刊和出版業的出現,給文學作品帶來新的傳播方式,即文學作品可以在報紙上登載或者印刷成書籍出版,這使中國文學作品的傳播範圍,從原來狹隘而單一的讀者群,擴展到更廣大而豐富的社會範圍。

其二,作為接受主體的讀者群在內部發生變化。之前中國文學的欣賞者,幾乎限制於越南儒家文人階層範圍內。以詩詞歌賦為主的中國文學,在很長時間內都是他們所推崇與效仿的對象。從社會範圍來講,這個讀者群是非常小的,一般不識字的大部分老百姓沒有機會接觸到成文文學。到19世紀末20世紀初,因現代都市的出現而形成了市民階層。隨著國語字的推廣以及報刊出版業的發展,中國文學作品被翻譯並在城市裡出版或發表的時候,市民階層就是其主要讀者群體。他們在新的社會環境裡生活並接受新的教育以及學新的語言,他們其中有很多人甚至還具備

了西方文化背景，因此對中國文學欣賞上，已經產生了和老一代儒家文人讀者完全不一樣的美感，起碼在審美觀念上已經出現了一定的隔閡。

其三，外國文學身分的形成。到 20 世紀初，這個階段中國文學和越南文學之間的關係，以及每個文學體系本身都已經被轉移到一個更為複雜的歷史背景，即「世界格局形成」、「東西方文化撞擊」的環境。無論是從在中國發生的鴉片戰爭事件以後，還是在越南從法國開始實行殖民制度說起，中國和越南都同樣開始接受西方的技術文明和世界文化。兩個民族的文學都是從封閉的環境裡走出來並融入世界，從長期穩定的傳統文學典範向現代型的新文學過渡。與此同時，越南和中國在觀察對方的文學發展時，周圍已經出現了多個可以參照的文學體系，即西方各國的文學，這形成對國與國之間所存在的界限的察覺與發現，國別文學的意識也由此而來。因此可見，中國和越南的文學關係，在西方文化的刺激下發生本質上的變化，而中國文學在越南文壇上的外國文學身分，也就是這個過程其中的一個結果。

其四，以小說為主要接受體裁。基本上接受了西方文學模型的越南，在 20 世紀初對中國文學的關注主要集中在小說體裁。這是在越南的 20 世紀中國文學和傳統中國文學完全不同的一點。1901 年，越南文壇選擇了一部歷史章回小說《三國演義》作為中國文學作品在 20 世紀初翻譯潮流的開端。從第一部被翻譯成國語字的中國文學作品來看，相當明顯體現了這個特點。雖然這部作品不是現代性的中國文學而是古典文學，但它就是一部小說體裁的作品。在中國現代性文學翻譯範圍，翻譯的作品同樣都是以

小說體裁為主，當時最著名的就是徐枕亞的小說。之後整個 20 世紀中國文學在越南的發展中，這個特點越來越明顯。

第三節：20 世紀中國文學在越南的三個譯介時期

　　本專著在上一節已討論到越南語境中的「20 世紀中國文學」概念的內涵。這一節，將對進入中國文學史視野，並在越南譯介出版的各種 20 世紀文學現象，進行系統性的概括。具體的方法是，筆者在越南國家圖書館的館藏書目裡進行查找、搜集所有符合研究範圍的作品，並將之列成一個作品出版目錄。[12] 設在河內的越南國家圖書館是越南全國規模最大的圖書館，館藏的資料、文獻從某種程度來講具有一定的正規性、權威性和代表性。以這個圖書館館藏為主要資料來源的 20 世紀中國文學作品的書目，是本專著論述觀點的重要資料根據。此書目的具體說明如下：一、本專著是以在越南翻譯並印刷成書籍出版的 20 世紀中國文學作品，作為主要的考察對象。在特定的情況下，將結合於在報刊上發表的作品進行討論。根據越南的情況來講，20 世紀初期由於出版業正處於剛起步的發展狀態，因此印刷成書籍的文學作品數量是有限的，但往後的發展中，以書籍作為傳播形式的文學作品越來越多，甚至成為文學作品最重要的、也最主要的傳播形式。二、以 20 世紀文學作品在越南北方（以河內為中心）翻譯出版的書籍為主，在資料可以把握的情況下才考慮到把在南方（以胡

---

[12] 請參考本書附錄。

志明市為中心）出版的書籍概括進去。實際上，在整個20世紀，越南對中國文學的翻譯出版活動還是主要發生在以越南北方為主的文化環境中。1975年之前，南方先後淪為法國、美國的殖民地。1975年之後，越南才獲得全國統一。三、書目注重於中國大陸的20世紀文學作品的譯介出版情況，關於港臺文學如何在越南得到關注，或者其他雖為大陸作家，但沒有被中國研究專家們列入文學史的作品，都不屬於本專著的研究範圍和研究對象，因此不在這裡展開討論。

　　如果以文學作品的譯介發表或出版時間作為標準，通過書籍出版的統計，大致可以看到，在越南的20世紀中國文學，基本上劃分為三個大時期。這三大時期因為種種原因而之間有相當明顯的時間中斷。第一個譯介時期發生在20、30年代。隔了十多年後，20世紀中國文學進入了另外一個譯介的階段，即從40年代到60年代。又經過大概十多年的時間，越南和中國因外交關係的不協調而導致在文學關係的交流上的中止，直到90年代初才恢復正常的關係。三大時期之間除了翻譯出版的時間上有了一定距離之外，每個譯介時期還明顯體現出越南文壇對中國文學的互不相同的接受觀念。從譯介時間和接受觀念這兩個層面的觀察，筆者認為這種分期是完全成立的。

　　第一個譯介時期發生在20、30年代，這可以說是徐枕亞小說的譯介出版的時代。後來有越南專家指出，當時譯介出版的徐枕亞作品當中有一部分並不是徐枕亞所創作的，但書籍封面上仍寫著這位作家的名字，可見當時他的作品影響之大。這個問題在後面的章節將進一步深入闡釋。

徐枕亞小說翻譯屬於20世紀初期第二次中國小說翻譯熱潮。第一次翻譯熱潮出現在1901年至1910年期間，最高峰為1906、1907兩年，主要發生在南圻的西貢（現為南方的胡志明市）。當時大量的中國歷史小說譯本都流傳非常廣，最著名的可以提到《三國演義》、《岳飛演義》、《東周列國》、《水滸演義》等。到20年代初，隨著國語字從南圻推廣到北圻，引起了發生在北圻河內的第二次翻譯熱潮，熱潮中尤以徐枕亞為代表的言情小說受到廣大讀者的歡迎。在上述出現在越南20世紀前30年的中國小說作品當中，只有徐枕亞作品屬於20世紀文學的範疇，所以本專著將這位作家的作品譯介時間，作為20世紀中國文學在越南的開端。

　　第二個時期的最初發生在1942年魯迅的詩作〈人與時〉在《清議雜誌》10月第23期上發表，標誌著魯迅以及中國文學被系統性地介紹在越南。這個譯介時期的高峰在50年代末60年代初，所譯介的作品集中在中國現代文學和當代40年代末到50年代末的文學作品，其中大部分是小說體裁作品的譯介。從現代作家到當代作家，都有代表作品被譯介給越南讀者。比如，現代作家魯迅、郭沫若、茅盾、巴金、曹禺、老舍；當代作家趙樹理以及屬於當時「主流文學」作家如杜鵬程、劉青、梁斌、吳強、羅廣斌、楊益言、歐陽山、楊沫等。這個時期的終點為1966年，之後兩國文學關係一直被中斷，到90年代初才開始恢復。

　　從似乎沒有中斷過的出版時間上來看，第二個譯介時期在文學接受觀念上，應該是統一的，然而經過資料的考察，竟發現其實它內部體現出一個從對新文學傳統的初步認識，轉向以毛澤東

文藝思想的全盤接受為主的發展過程。這最明顯地體現在越南著名學者鄧台梅的中國文學研究中,以及魯迅和曹禺的作品譯介及接受研究中。

第三個時期於 1991 年中國越南恢復正常關係之後,所翻譯介紹的作品大部分屬於 80 年代後的中國文學,尤其是一些曾經在中國文壇上風靡一時或者在世界範圍內深受關注的作品,如張賢亮《男人的一半是女人》、蘇童《妻妾成群》、賈平凹《廢都》、莫言《豐乳肥臀》、余華《活著》、《兄弟》等。另外一部分,數量比較少的是現代文學經典作品的重印以及新翻譯。重印部分集中在魯迅的小說、雜文、曹禺的戲劇以及茅盾的小說。加強現代文學階段的介紹,新翻譯的文學創作,主要有巴金、老舍、沈從文等作家的作品。

通過資料的觀察,大約從 1966 年到 1990 年代初期間,第二個譯介時期和第三個譯介時期在書籍出版時間上也不完全被分開得很清楚,因為在這一段時間裡魯迅的作品還是不斷的被重印和出版。[13] 實際上,到了第三個譯介時期,越南讀者又經歷著第二次重新認識、重新瞭解當下的中國文學,在此時中國文學的翻譯卻反映出跟過去不同的文學接受觀念。1989 年,張賢亮小說《男

---

[13] 共重印七次,包括:1966 年,《魯迅選集》(簡之譯,香稿出版社);1968 年,《阿 Q 正傳》(簡之譯,香稿出版社);1970 年,《阿 Q 正傳》(張正譯,教育出版社);1971 年,《魯迅小說選集》,(張正譯,文學出版社);1971 年,《魯迅詩歌》(費仲厚譯,文化補足學校出版);1980 年,《故事新編》(張正譯,文化出版社);1982 年,《阿 Q 正傳》(小說、雜文選)(張正譯,文學出版社);1987 年,一年內同時出《魯迅選集》和《狂人日記》(簡之譯,後江綜合出版社)。

人的一半是女人》作為80年代後文學的第一部小說在越南被翻譯出版，就是一個新的開始，代表著一種新的譯介與接受觀念。

上述三大譯介時期的劃分，是筆者根據目前對資料情況的掌握而提出來的。也就是說，在今後的研究過程中，如果有新材料的發現，從而引起新觀點的提出，那麼以在越南的20世紀中國文學作為考察對象的研究，也要必須作出適當的調整。

本專著在概括出三大譯介時期的基礎上，將針對每個時期中的各種文學譯介現象，尤其是具備代表性的文學譯介個案，深入探討越南在每個不同的時間段對中國文學所形成的不同的接受觀念。這些不同的文學接受觀念，一方面將其特徵反映到每個譯介時期的代表性文學譯介個案中，另一方面也展現出它們之間的內在聯繫。這個內在聯繫正是我們上面所提到，也是要找出的所謂接受習慣或接受傳統。通過越南對中國文學的譯介與接受觀念的研究，同時也可以觀察到，在越南的20世紀中國文學和其原來在中國環境中的發展面貌，兩者之間有何差別。以文學史作為研究角度，本專著希望能夠展現出越南知識分子的接受立場，以及文學接受觀念中所表達的知識分子的接受話語。

從上述對三個譯介時期的概括，可見20世紀中國文學在越南並不具備像在中國內地的文學那麼龐大的規模。目前出現在越南文壇上的各種中國文學現象，也僅停留在翻譯介紹層面上，在研究批評方面還是存在著很大的空白。筆者認為最主要的原因是，研究者對整個20世紀中國文學本身缺少系統性把握，所以在面對中國文學的各個現象時，很難從文學史的背景（哪怕僅是在越南的中國文學接受史背景）進入探討，而只能圍繞某個個別

的文學現象來論述。這些批評意見或研究收穫又往往是從中國學術界的各種研究結果中總結或挑選出來。中國學術界的研究規模龐大，研究成果非常豐富，作為一個國外的研究者很難把握到或辨別出其主要的發展動態，或最有學術分量的研究成果為何，因此研究觀察很難避免片面性的體現。此外，中國的研究都是建立在中國的理論上，在沒有系統性的瞭解的情況下，我們不一定對之能夠有準確的理解。再說，對這些研究結果的運用也未必符合越南的學術環境。這是目前越南對中國文學的研究、批評所要面對的兩種危機，也是導致研究批評領域很難發展起來的原因。說得更具體一點，在一部文學作品被翻譯成另外一種語言時，它是依靠著那種語言來獲得新的文學生命，中國的研究批評所涉及到的只能是一種語言內部的問題，而轉換成另外一種語言時，譯作的文學作品卻成為當地學術界的研究批評對象。本專著站在兩種語言的交界點上試圖提供一個能讓越南和中國研究者都可以同時觀察到的研究視角。在接受中國學術界的文學史理論研究成果的基礎上，筆者對譯介到越南的20世紀中國文學作品進行了系統性的考察，一方面展現20世紀中國文學如何被譯介到越南的情況，另一方面深入探討這情況背後又如何體現來自越南本土文化本身的接受觀念。在目前越南和中國對對方的文學都有限瞭解的情況下，為了使之能有更好的溝通與發展，希望本專著可以作出一點貢獻。

第二章
現代知識分子心目中的「新文學」：
20世紀初中國文學的譯介

在中國文學的語境下，「新文學」是一個特指的概念，即五四新文學。在中國20世紀初，以魯迅為代表的新文學和以徐枕亞為開山祖的鴛鴦蝴蝶派，是幾乎同時出現在文壇上的兩個文學現象，甚至鴛鴦蝴蝶派在五四新文學登上文壇之後，成為其批判對象，導致以五四為標準的文學史，在很長時間內無法將鴛鴦蝴蝶派文學列入書寫範圍。然而換到越南文壇的環境當中，文學史實卻展現另外一個發展。徐枕亞小說在20年代的譯介，反而就是20世紀中國文學在越南的開端，而魯迅的作品卻遲於此時至少二十多年後才被越南讀者真正的認識。關於兩者之間的關係，有兩個不能不提到的故事。

第一個故事，從1923年11月至1924年6月《雪鴻淚史》在《南風雜誌》第77-84期上連載。以筆者個人能把握的資料範圍而言，這是徐枕亞的小說第一次被正式譯介。翻譯者介紹這部小說的時候說：「《雪鴻淚史》是一部很新的小說，距今才15年，是應該看的。」11年之後同樣在《南方雜誌》第210期上，才出現第一篇專門介紹五四新文學的文章，即阮進浪的〈中國人的新

文學〉。其中有一段介紹魯迅的作品:「說到散文,其中小說是當今在中國最流行的(體裁)。有好文章好故事的小說及作家越來越多,我們這裡只提到那些最受人知曉的(作家)名字。中國報刊經常提到魯迅這一名字。他的《阿希人生》之所以著名是因為受到中國少年的喜愛,同時也被翻譯成很多國外語言⋯⋯」[1]有可能這篇文章是參考了法文資料後寫成的,所以魯迅最具代表性的小說《阿Q正傳》沒有被準確地翻譯過來,這起碼能說明當時在越南,魯迅及其作品還是很陌生。

第二個故事,越南學術界普遍認為,鄧台梅是將魯迅作品有系統性的介紹到越南的第一位翻譯者。儘管後來的資料證明鄧台梅並非最早譯介魯迅作品的譯者,然而,實際上在他介紹了以後,越南文壇才真正認識了這一位中國的著名作家。在鄧台梅的回憶錄裡面,[2]有一個非常有意思的細節。鄧氏回憶第一次認識五四新文學以及魯迅時說,他那年是師範高等學校的學生,有一次暑假過後,於重返學校的火車上遇見一位中國青年;他們一個不會說中國普通話,一個不會說越南語,只好用漢字手寫的方式來溝通。鄧氏當時身邊帶著一本剛翻譯出版不久且很受歡迎的《玉梨魂》。那位青年看到那本書後,把徐枕亞和鴛鴦蝴蝶派批評得很厲害,然後將中國新文學、魯迅以及有代表性的新文學作家介紹

---

[1] 阮進浪:〈中國人的新文學〉,《南風雜誌》第210期(1934年12月),頁321。
[2] 鄧台梅:〈接觸中國文學之路上的一些回憶〉,《在學習與研究之路上》(河內:文學出版社,1969年),第2集,頁176–203。

給鄧台梅。這是他第一次認識魯迅。時間大概是在1926年左右。十年後某一天，去逛河內一個賣中國書的小書店時，他巧合地看到一本《文學雜誌》的特刊，標題為《魯迅先生紀念特集》。看了之後才知道，十年前在那位中國青年那裡所聽到的魯迅，前不久過世了。他很後悔在之前十年期間沒有想過要去找找魯迅作品來看，而在魯迅離世了以後才意識到這一點。然而在此之後五、六年期間，儘管書店老闆很樂意幫忙給他找書，鄧氏也只有偶爾才可以看到一些介紹魯迅的作品內容、一段創作時期或者有關魯迅生活中的小故事等瑣碎資料，一直到1942年為止。

　　通過上述的兩個故事，我們必須面對一個史實，即真正的「新文學」及其代表作家魯迅無論如何都是這麼晚才開始引起越南文壇的關注（1940年代初），而在魯迅出現之前，可以說是「徐枕亞時代。」

　　這一章在概括20世紀初中國文學在越南譯介情況的基礎上，進一步指出，當時徐枕亞是屬於20世紀文學範疇的唯一現象。筆者一方面探討徐枕亞小說在越南的譯介情況中的若干問題，另一方面將其「新文學」形象給展現出來。這裡所謂「新文學」概念需要特別界定，它不是按照五四真正新文學的標準來衡量，而其內涵更傾向於體現著中國文學從徐枕亞小說開始，要以另外一種身分和另外一種傳統登上越南文壇。徐枕亞小說的「新」來自於幾個方面：一、越南國語字被推廣時，在中國小說的翻譯熱潮中，它是唯一屬於20世紀文學範疇的創作。在周圍都是古典文學作品的情況下，徐枕亞小說及其內容所反映的「現代」中國社會自然體現了它的「新」文學精神；二、被翻譯成越南國語字之

後，徐枕亞小說原本帶有傳統文學色彩的駢體文言文，竟然被換成一種當時在越南社會象徵著「新式」、激進思想的文字，這是一個極大的改變。不僅如此，隨著越南國語字日漸現代化，徐枕亞小說的譯作在語言上也反映著相應的變化。三、徐枕亞小說從翻譯者到第一批讀者，都是越南當時具備精英意識的知識分子，徐枕亞小說不僅進入了他們的閱讀選擇，同時也體現了他們對中國「新」文學的觀念。這些「新」的特徵，從本質上來講，源於越南現代知識分子接受西方文化後對中國文學的看法的內在轉變。

第一節：20世紀初中國小說的翻譯熱潮

一、南圻的中國小說翻譯熱潮：從國語字推廣的目的開始

有一個不可否認的事實，即若殖民統治者不把國語字向全社會推行，中國文學作品在越南也許不必要、也不需要進行翻譯，越南讀者仍然可以直接閱讀中國文學作品。由於南圻率先淪為殖民地，國語字率先在這裡推行，因此中國小說翻譯潮流也先從這個地區開始。

當時中國小說被當地人稱為「艚傳」（truyện Tàu），意思是「艚人的故事」。越南南圻是華人居住最多的地方，在這裡也經常有中國人坐船過來做生意，因此當地人把中國人稱作「艚人」（người Tàu）。「艚傳」在越南研究者的論述當中指的是「明、清時期以來的中國章回小說」，現在叫「中國古典小說」並用以

區別現代按照西方體格來寫的小說。[3]

在南圻淪為法國殖民地之前，艚傳早已跟著華人的出現而來到南圻，當地的儒家文人也都很熟悉艚傳。然而，要等到法國統治者在南圻制定以國語字為中心的教育制度以後，才產生了用國語字翻譯艚傳的需要。此時艚傳翻譯的目的很明顯是為了更廣泛地向整個地區推行國語字，並不具備文學作品介紹的意義。此時翻譯最多的是歷史題材小說，1901年《三國演義》在《農賈茗談》週刊8月1日首刊上開始連載，這是第一部被翻譯成越南國語字的艚傳。《農賈茗談》是屬於經濟類的第一份用國語字發行的報刊，創刊於1901年，停刊於1924年5月，每一期共有8頁，特殊情況下增加到12頁，主題皆與經濟相關，此外會留著3-4頁專門登載各種小說。越南現代文學的第一次小說創作比賽也是由《農賈茗談》主辦，因此它在越南現代文學史上是有相當重要的位置。在《三國演義》被翻譯之後，1904年繼續翻譯了《宋慈雲》，1905年翻譯了《岳飛傳》，這些作品的翻譯當時還算是個別現象。然而，到1906年艚傳的翻譯數量一下子變成13部，這樣的情況維持了三年，並成為越南第一次中國小說翻譯的高峰。屬於這個翻譯熱潮的中國歷史小說有《東周列國》、《五虎平西》、《北宋演義》、《殘唐演義》、《反唐演義》、《封神演義》、《群英傑演義》、《水滸傳》、《五虎平南》、《薛丁山征西》等等。

當時文學作品翻譯的標準是，只要翻譯者把作品翻譯得淺顯

---

[3] 鵬江：《南圻的國語字文學1865-1930》（胡志明：年輕出版社，1992年），頁234-235。

易懂即可，讀者不太注重文學藝術修辭，也不關心譯本是否忠實於原著的問題。[4] 據統計，自 1901 年至 1930 年，在南圻參與艚傳翻譯領域並印成書籍出版的譯者共有 50 名，但沒有一個人上過舊式學校或參加過科舉考試。[5] 因為早在 1867 年，法國統治者已單方面宣布南圻六省是他們的殖民地，並在這裡將漢字及科舉制度廢除。艚傳的讀者來自於社會的不同階層，不同行業，農村和城市裡都有，而完全不僅限於「婦女、兒童才喜歡艚傳。」[6]

艚傳當時在越南如此受歡迎的狀況可以通過許多原因去理解。越南研究者們認為，那是因為越南國語字文學還沒發展起來。據研究者初步統計，從 1904 年到 1910 年期間一共有 46 部中國小說出版，但越南國語字小說的數量是 0。可以通過表 2-1[7] 去瞭解。

除此之外，當時的報紙也只有幾種像《農賈茗談》（1901 年）、《省日報》（1905 年）、《六省新聞》（1907 年）、《南圻地分》（1908 年）等。其中有一些報紙雖然說是「日報」，但基本上都是一個星期才出版一次，並且這些報紙在內容上無法和艚傳的趣味性相提並論。

除了這些情況以外，從接受心理角度來講，跟當時的西方故事相比，艚傳的故事及其人物更加接近越南讀者的期待視野。法國統治者所帶來並強加在這個地區上的西方文化，對於當地居民來講，本身已經產生了文化上一定的隔閡，再加上這又是「敵人」

---

[4] 鵬江：《南圻的國語字文學 1865–1930》，頁 243。
[5] 鵬江：《南圻的國語字文學 1865–1930》，頁 242。
[6] 鵬江：《南圻的國語字文學 1865–1930》，頁 247。
[7] 鵬江：《南圻的國語字文學 1865–1930》，頁 245。

表 2-1　1904–1910 年中國小說（艚傳）在南圻翻譯出版情況

年分	艚傳數量	越南小說數量
1904	1	0
1905	1	0
1906	13	0
1907	12	0
1908	8	0
1909	4	0
1910	7	0

的東西，當時若有人還是繼續學漢字的話，甚至被認為是愛國的象徵，這些不免使一般平民老百姓對西方文化產生了抵抗心理。在這種情況下，他們很自然靠近，並敞開心扇接受來自於長期熟悉的中國文化的艚傳。

二、北圻的中國小說翻譯熱潮：文學作品譯介的初步意識

北圻在 20 年代（1923–1929 年）才發生了以徐枕亞小說作為代表的第二次中國小說翻譯熱潮，大約晚於南圻十年。十年期間，國語字從南圻慢慢推行到北圻，並逐漸得到越南知識分子的重視。國語字同時被大部分舊式知識分子的志士們作為傳播愛國、革命思想以及被新式知識分子作為建設新的國學、國文的重要工具。經過這兩項活動，國語字在 20 年代基本上已經完成其「訓練」階段，並被越南知識分子相當成熟地運用，從原來僅僅是生活中的交流工具升級到表達思想層面的語言。

這個改變直接影響到文學作品譯介的觀念。潘繼柄是北圻第一位翻譯中國小說的譯者。1909 年，他同樣也選了《三國演義》

這部歷史章回小說作為翻譯對象。在這部譯作的序裡，潘繼柄清楚說明翻譯的理由：

> 我們安南人現在已經有很多人學習國語字了，這是多麼可喜的事啊！過去，我國的男子要經過多年的辛勤努力，耗費父母大量的錢糧，才能達到手捧書卷、高吟低誦的地步，其實也未必能夠心領神會。可是現在，不僅男子，就連婦女，甚至年輕的姑娘和天真的兒童也都能捧起書來讀了，而且讀一字懂一字，念一句就能體會其中的意味，可以說是心領神會了。……但遺憾的是，文字是易學了，人人都懂了，可是到哪兒去找書來讀呢？讀完了《宮怨吟曲》，[8] 又讀《翹傳》，[9] 全部加起來也不過幾十種，讀得快的人三天就讀完了。由於上述原因，我們才決定出版這套叢書……[10]

從這段話可見，這時候的中國小說翻譯已經不是用來推廣國語字的工具，而是為了滿足讀者閱讀的需要，但文學作品本身尚未具備審美欣賞的意義。

到了1923年在《南風雜誌》第77期，團協在介紹徐枕亞《雪鴻淚史》時，很明確地闡述文學作品的價值意義，以及作為介紹作品的重要原因。他寫道：

> 孔子刪《詩經》並沒有刪去鄭衛詩，修《春秋經》也不去除篡弒之事，意思是用好的事來勸導人們，用壞的事來告

---

[8] 越南古典名著，用喃字寫成的詩作。
[9] 越南古典名著，採用六八體詩形式寫的喃傳（用喃字寫的韻文小說）。
[10] 轉引自克勞婷・蘇爾夢（Claudine Salmon）著，顏保譯：《中國傳統小說在亞洲》（北京：國際文化出版社，1989年），頁202。

誡人們，（這樣做）第一關係到道義之事，第二關係到文章之事，那是（孔子）所流傳下來的不朽。無論故事是好是壞，人是對是錯，只要是經過有價值的人的品題後而留下的，都是有價值的文章和有價值的故事。《雪鴻淚史》是一部很新的小說，距今才15年，是應該看的。小說中的人物又是當今新學界的人，更應該看的。雖然在小說裡，人物的本分不是很符合道理，但作品是好文章、感情深刻、人親切、故事新鮮，我們從中若看到好文章就該稱讚，看到違反道義的事該用來告誡別人，總的來看是一部有價值的小說。

鄙人最近抄到一個翻譯《雪鴻淚史》的文章，裡面沒有說明誰是譯者，只有譯者的一段話：「這部譯作的原著作者是徐枕亞，文章很好，情感也深刻，但因為譯者持有個人意見而不願供給公眾閱覽，只想供給有共同愛好之友閱看……」

鄙人把譯作閱讀一遍後覺得裡面的國語文章體裁很靈活、很新鮮，因而將之抄了下來在此供讀者閱覽。關於文章是好是壞自有公論。[11]

在《雪鴻淚史》第一次問世，由於作品內容描寫寡婦戀愛的情感世界，當時在越南社會裡這是相當新鮮的主題，可能會引起爭議，因考慮到這個情況，翻譯者不得不用上述迴避自我的方式去介紹作品。雖然不介紹有關譯者身分，但是我們仍看到這時候的文學作品譯介，已經非常明顯地註重作品的思想和藝術價值，

---

[11] 徐枕亞著，團協譯：〈雪鴻淚史（I）〉，《南風雜誌》第77期（1923年11月），頁421。

而不再考慮其他文學外在的因素。

第二節：20 世紀中國文學在越南的開始——徐枕亞小說譯介

一、徐枕亞小說何時被譯介到越南？

徐枕亞的小說具體是在哪個時間段被譯介到越南，這個問題到現在仍存在不同的看法。中國研究者顏保在〈中國小說對越南文學的影響〉[12] 一文中，有一部分內容，專門針對 20 世紀初譯成拉丁化越南語的中國小說進行總結。作者列出一個以小冊子形式出版的小說譯本的覽目表，長達 29 頁的書目裡羅列了 316 部小說，在越南出版的時間是「自 1905 年左右開始並延續到日本入侵為止。」[13] 根據作者提供的越南文書名以及出版的時間、地點（這個書目沒有提供作者的名字），並通過筆者個人對材料進行對照後，發現其中收入了徐枕亞的幾部小說：《情海風波》（1927 年）、《蝴蝶花》（1928 年）、《玉梨魂》（1930 年）、《雪鴻淚史》（1932 年）、《余之妾》（1939 年）。作者在文章中關於徐枕亞小說也有過說明：「對 20 世紀在上海開始流行的以徐枕亞為代表的『鴛鴦蝴蝶派』小說也很需要。徐枕亞的作品至少有三部已被翻譯」（指的是《玉梨魂》、《雪鴻淚史》及《余之

---

[12] 克勞婷・蘇爾夢著，顏保譯：〈中國小說對越南文學的影響〉，《中國傳統小說在亞洲》，頁 191-236。
[13] 克勞婷・蘇爾夢著，顏保譯：《中國傳統小說在亞洲》，頁 201。日本侵入越南的時間為 1940 年。

妾》)。[14] 顏保雖然沒有提到徐枕亞的另外兩部《情海風波》和《蝴蝶花》，但根據筆者個人所把握的資料，這兩部徐枕亞的作品皆有其以作者身分在越南出版過的紀錄。從顏保的書目我們可以初步推論，徐枕亞的小說大概是從 1927 年開始被譯介到越南。

中國學者方面對這個問題的關注，在另外一本專著《中國前現代文學的轉型》[15] 的第 9 章第 5 節「近代小說在亞洲」中，我們也找到相關的內容。郭延禮指出：

> 特別值得注意的是，20 世紀初的鴛鴦蝴蝶派小說也傳入越南，這與越南淪為法國殖民地後都市經濟、市民文化的發展以及城市人口的增長有關。據有關材料顯示，鴛鴦蝴蝶派代表作家徐枕亞的《玉梨魂》（吳文纂譯）、《雪鴻淚史》（阮光創譯），20 世紀 30 年代就已譯成越南文，均在河內出版。另一部小說《余之妾》（阮南誦譯，河內，1939 年），我懷疑就是徐枕亞的小說《余之妻》，《余之妻》30 章，屬長篇小說，最早的中文單行本是 1917 年 2 月 1 日小說叢報印行的本子。如果我的猜測不錯的話，僅徐枕亞的小說就有三種譯本。[16]

從這段文字來看，作者很有可能是參考過顏保的上述資料後而提出看法，認為徐枕亞小說大概是在 30 年代被譯介到越南。

在許多有關越南文學的現代化過程的專著中，徐枕亞及其

---

[14] 克勞婷‧蘇爾夢著，顏保譯：《中國傳統小說在亞洲》，頁 203。
[15] 郭延禮：〈近代小說在亞洲〉，《中國前現代文學的轉型》（濟南：山東大學出版社，2005 年），頁 173–175。
[16] 郭延禮：〈近代小說在亞洲〉，《中國前現代文學的轉型》，頁 174。

《雪鴻淚史》經常被越南學者們提到其影響，但是幾乎沒有哪位研究者真正對這位中國作家及其作品進行深入探討。2010 年，美國哈佛大學哈佛燕京學社的阮南博士在一次國際研討會上，作過報告〈女子自盡，是小說的錯？──對越南 20 世紀初女子與文學、社會之間的關係的一個視角〉。[17] 這報告的內容可以說是第一次對徐枕亞及其創作在越南的翻譯出版情況進行了仔細地梳理，並初步指出徐氏及其作品在越南文學現代化過程中有著相當重要的地位。這一文章提供的書目見表 2-2。

據阮南博士的說明，書目是他經過參考三個資料來源之後而總結出來的。[18]

阮南在自己的文章中特別說明，據他所把握的資料記載，徐枕亞的第一部小說《多情恨》1919 年被譯介到越南，但目前找不到這部作品的越南文譯本，沒辦法對照出原著及其漢文書名。在

---

[17] 阮南：〈女子自盡，是小說的錯？──關於越南 20 世紀初女子與文學、社會之間的關係的一個視角〉，發表於 2010 年 3 月 18-19 日在胡志明市舉辦「日本文學及漢文化圈各國（越南、中國、韓國）文學的現代化過程（19 世紀末 20 世紀初）」國際學術研討會。研討會由日本國際交流基金會資助。該報告之後節選發表在研討會論文集──團黎江主編：《比較視野下的東亞近代文學》（胡志明：胡志明市綜合出版，2011 年），頁 700-713。全文請見：http://khoavanhoc-ngonngu.edu.vn/nghien-cuu/ly-luan-va-phe-binh-van-hoc.html?start=30

[18] 據阮南報告，三個資料源的參考包括 (1) Christiane Rageau: *Catalogue du Fonds Indochinois de la Bibiothèque Nationale, Vol. 1: Livres Vietnamiens imprimés en quốc ngữ, 1922–1954*, Paris: Bibliothèque Nationale, 1979; (2) Claudine Salmon: "The Influence of Chinese Fiction on Vietnamese Literature," *Literary Migrations: Traditional Chinese Fiction in Asia (17th–20th Centuries)*, Beijing: International Culture Publishing Corporation, 1987, pp. 286–316; (3) 越南國家國家圖書館線上館藏書目。

這樣的情況下,很難確定那部作品就是徐枕亞所創作的,因此阮南將徐枕亞小說的譯介時間定在 1923-1931 年。第一部小說被譯介到越南是《雪鴻淚史》,最後一部是發表在一份雜誌上但尚未找出漢文書名的作品(請見表 2-2 編號 23)。

在前人所研究的基礎上,筆者進一步對他們所提供的資料進行全面的考察,具體做法為,在越南國家圖書館查找並搜集所有以徐枕亞為作者身分的小說譯本。根據自己所能把握的資料範圍裡,筆者支持阮南先生所提出的觀點,即徐枕亞小說第一次被介紹到越南的時間是從 1923 年。關於譯介時間的下限,筆者手中的資料有所不同,這個觀點將在下一部分詳細說明。

表 2-2　徐枕亞小說在越南 1923-1931 年的翻譯出版情況(阮南提供的書目)

編號	出版年分	作品	作者	印書館／刊物	譯者	筆者補充
1	1919	多情恨(?)[a]			潘孟茗	
2	1923-1924	雪鴻淚史	徐枕亞	《南風雜誌》第 77-84 期	M.K.(團協)	
3	1924	自由鑑	徐枕亞	《南風雜誌》第 87 期	東朱	
4	1925	片片桃花(?)		裴春學出版社	阮克亨	阮南指出這可能是吳雙熱的《片片桃花錄》。
5	1927	余之妻	徐枕亞	新民書館	阮杜牧	
6	1927	余之夫	徐枕亞	新民書館	阮杜牧 嚴春覽	與莊禹梅《雙俠破奸記》合集出版,但圖書的作者僅標徐枕亞。
7	1927-1928	余之夫	徐枕亞	《南風雜誌》第 119-130 期	阮敦服(松雲)	
8	1927	余之夫	徐枕亞	新民書館	阮杜牧	單行本。
9	1927	芸蘭淚史		東西印館	林喬	阮南指出真實作者是喻血輪。

編號	出版年分	作品	作者	印書館/刊物	譯者	筆者補充
10	1927	情海風波		日南書館	阮子超	據顏保在〈中國小說對越南文學的影響〉中譯越小說書目中明確指出《情海風波》是徐枕亞的作品。但目前通過阮南初步的考察認為當時至少有三位作家出版過與此有同樣名字的作品，[b] 但其中沒有徐枕亞。
11	1928	芙蓉娘		日南書館	阮子超	阮南指出真實作者是吳綺緣。
12	1928	玉梨魂	徐枕亞	龍光印館	讓宋	
13	1928	梨筠淚史(?)	徐枕亞	日南書館	竹溪(吳文篆)	
14	1928	雪鴻淚史	徐枕亞	龍光印館	團資術	
15	1928	情海風波		日南書館	阮子超	第二次出版。
16	1929	情海風波		日南書館	阮子超	第三次出版。
17	1929(?)	花花夢(?)	徐枕亞	日南書館	阮子超	小說越文名是《人緣夢》。據記載，中文名的漢越音跟「花花夢」相似，所以暫時這樣翻譯。
18	1929(?)	鏡魂俠			團資術	俞天憤。越文版《鏡中人》，徐枕亞評閱而非作者。
19	1929	梨筠淚史(?)	徐枕亞	日南書館	竹溪(吳文篆)	第二次出版。
20	1930	玉梨魂	徐枕亞	新民書館	吳文篆(竹溪)	
21	1930	雪鴻淚史	徐枕亞	南記		
22	1930	芸蘭淚史	喻血輪	東西印館	林喬	第二次出版。
23	1931			《婦女時談》1931年7月29日至8月2日	梅溪	在雜誌上發表了徐枕亞的小說，但沒查到原著。

註：[a] 阮南提供的書目中，(?) 代表作品沒有找到原著的書名，暫時通過越譯本的漢越音而推出。

[b] 梁鳳樓：《情海風波》（上海：海左書局，1925年）。喻血輪：《情海風波》（上海：文明書局 1924年）。胡瘦竹：《情海風波》（上海：小說影戲社 1925年）。

二、徐枕亞小說在越南現存的譯本

在進入這一部分的內容之前,筆者認為有必要對在下面所使用的一些詞語進行說明。20世紀初在越南同時存在著三種語言:拉丁化越南語(國語)、漢語和法語。就越南語和漢語而言,越南語在書面層次上的出現(國語字)使得兩者之間的關係變得更為複雜。在一本從漢文翻譯成越南文的書籍中,我們至少會看到三種文字表達的方式,即純越音越南文、漢越音越南文、漢文。比如圖2-1徐枕亞《余之夫》小說譯本封面。封面上,書名同時以三種不同的文字表現。

這三種文字當中,漢越音越南文就是越南人對漢字音讀的越南文字表達。對於徐枕亞小說原著書名的還原,漢越音書名有非常重要的參考作用。有時候翻譯者不像圖2-1清楚地表達了三種書名,一般情況下,如果僅有純越音和漢越音越南文,研究者會按照漢越音書名去推論漢文書名。

阮南先生所整理的書目基本上採用了這種方法。從他的書目來看,譯介到越南的以徐枕亞為作者身分的小說共14部(書目裡序號只是表達作品出版的總次數),包括《多情恨》、《雪鴻淚史》、《自由鑑》、《片片桃花》、《余之妻》、《余之夫》、《芸蘭淚史》、《情海風波》、《芙蓉娘》、《玉梨魂》、《梨筠淚史》、《花花夢》、《鏡魂俠》以及於1931年在一份雜誌上發表的但沒找到原著書名的作品。

其中,有五部小說《雪鴻淚史》、《余之夫》、《情海風波》、《芸蘭淚史》、《梨筠淚史》是多次發表或出版的;五部小說不

是徐枕亞所創作的，具體為《片片桃花》可能是吳雙熱的《片片桃花錄》，《芸蘭淚史》為喻血輪所作，《情海風波》可能是梁鳳樓或喻血輪或胡瘦竹的作品，《芙蓉娘》、《鏡魂俠》分別為吳綺緣、俞天憤所作。

在被認為是徐枕亞所寫的其他九部小說當中（見表 2-2 編號 1-3、5-6、12-13、17、23）起碼有四部小說對照不出原著書名（《多情恨》、《花花夢》、《梨筠淚史》，表 2-2 編號 23），作品的漢文書名都是由阮南按照漢越音書名，或根據越南文書名的意義推測而得。

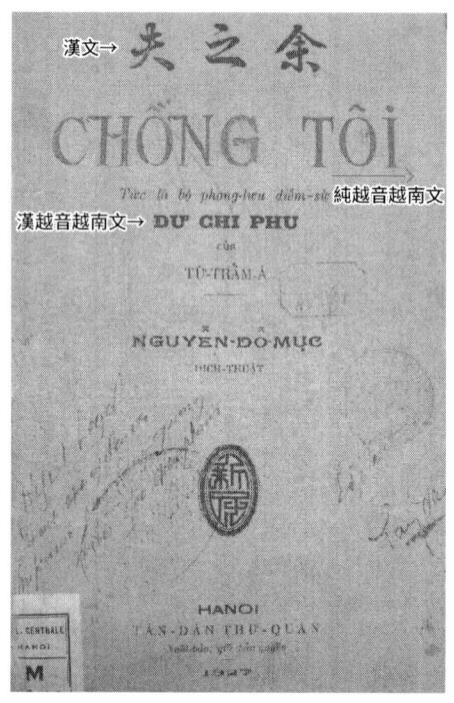

圖 2-1　《余之夫》小説譯本封面
資料來源：徐枕亞著，阮杜牧譯：《余之夫》，河內：新民書館，1927 年。

不可否認，阮南所提出的徐枕亞小說在越南的譯本書目非常具有學術參考價值，但經過筆者個人對資料的梳理工作後，發現這個書目所提供的部分資訊是可以進一步討論的。筆者目前在越南國家圖書館裡找到以徐枕亞為作者的小說譯本一共有十部。在經過跟漢文原著以及相關材料的對照之後，得出以下具體的書目：

一、《雪鴻淚史》從 1923 年 11 月至 1924 年 6 月《南風雜誌》第 77-84 期上連載。1928 年由龍光印書館出版單行本。翻譯者是團資術。

二、《自由鑑》於 1924 年 9 月在《南風雜誌》第 87 期上發表。

三、1925 年，《花之魂》由青年書館出版，陳俊凱翻譯。這部譯作沒有提供漢文或漢越音書名所以無法找出其原著，作品名稱為筆者根據越南文書名的意義翻譯而來。這個譯本沒有被阮南收入他的書目裡。下一部分筆者將詳細介紹作品的主要故事情節，供其他研究者方便查找。

四、《余之妻》於 1927 年由新民書館出版單行本，翻譯者為阮杜牧。

五、《刻骨相思記》1927 年由新民書館出版，與莊病骸《雙俠破奸記》合集，阮杜牧翻譯。與這個版本幾乎同一時間出現在文壇的是阮敦服（號松雲）的譯本，從 1927 年 7 月至 1928 年 6 月在《南風雜誌》第 119-130 期連載。

這兩個版本的漢越音書名都是《余之夫》。阮南在自己的書目中認為這就是作品的原著漢文書名。然而，據中國的相關資料

記載，[19] 都未說明這部小說另有其他書名；在《新編增補清末民初小說目錄》也找不到任何一部以《余之夫》為名的小說紀錄。

六、關於《情海風波》的出版時間，顏保書目和阮南書目皆提供同樣的資訊：1927 年由日南書社出版單行本。目前筆者在越南國家圖書館裡只查找到唯一一個譯本，是在 1928 年由日南書社出版，小說封面上說明這是第二次出版，翻譯者同樣是阮子超。因此，可以初步確定第一版的出版時間是 1927 年。

關於這部作品是否為徐枕亞所寫，筆者想在這裡進一步討論自己的觀點：

（一）首先要說明一點，《情海風波》的書名是由顏保先生提出，並認為這就是原著的漢文書名，筆者為了內容陳述的方便而借用。實際上，譯本的封面上沒有標上漢越音及漢文書名，如果按照越南文書名的意思翻譯，就是《情海起波》，意義也是接近的。

（二）雖然阮南在自己的書目中提出觀點，認為這一部《情海風波》不是徐枕亞所創作的，而很有可能是三位作家梁鳳樓、喻血輪、胡瘦竹其中一位的作品，然而筆者在《中國近代小說大系》和《新編增補清末民初小說目錄》裡卻查不到任何一部書名為《情海風波》的小說。徐枕亞雖然也有一

---

[19] 樽本照雄編，賀偉譯：《新編增補清末民初小說目錄》（濟南：魯齊書社，2002 年），頁 371；馬良春、李福田主編：《中國文學大辭典》（天津：天津人民出版社，1991 年），頁 3895；王繼權、夏生元編：《中國近代小說目錄》（南昌：百花洲文藝出版社，1998 年），頁 266。

部書名以「情海」兩字作為開頭的小說《情海指南》,但這是一部短篇小說集而不是中篇小說。目前在能把握的資料範圍內,筆者無法對照出這本小說的原著,因此很難確定作品的真正作者。

七、《芙蓉娘》於 1928 年由日南書館出版,翻譯者是阮子超,越南文書名《俠影花魂》。經過考察後,阮南指出這部作品是吳綺緣的創作,徐枕亞只是評校者。筆者在《新編增補清末民初小說目錄》也找到相同的資訊,說明這部小說一共有 12 回,很符合於譯本的作品結構。[20] 此外,《中國文學大辭典》中對《芙蓉娘》小說主要故事情節、人物名字等介紹,也確實符合譯本的內容。[21] 因此可以確認,這部小說不是徐枕亞所創作而是吳綺緣的作品。

八、在越南國家圖書館,筆者找到《玉梨魂》的兩個譯本。一個在 1928 年出版,封面上說明是第二次出版,由讓宋翻譯,龍光印刷館出版,書名改為《花之下》。譯者當時僅僅翻譯了《玉梨魂》的前面 15 章。2016 年,另外一位當代譯者楊明繼續翻譯後面 15 章,並且把讓宋曾經翻譯過的前半部分合併,重新出版了一部結構完整的《玉梨魂》(越南書名《花之下》)。[22] 第二個譯本在 1930 年由新民書館出版單行本,翻譯者是吳文篆,用漢越音越南文表達方式保留了原著書名。

---

[20] 樽本照雄編,賀偉譯:《新編增補清末民初小說目錄》,頁 171。
[21] 馬良春、李福田主編:《中國文學大辭典》,頁 2627。
[22] 徐枕亞著,讓宋、楊明譯:《花之下》(河內:文學出版社,2016 年)。

九、1928 年,新民書館出版了一部以徐枕亞為作者的小說。根據翻譯者奇袁所提供的漢越音書名,可以推測出小說漢文書名為《雙妻記》。經過資料的考察與對照,筆者找不到這部作品的原著。在《新編增補清末民初小說目錄》、《中國文學大辭典》、《中國近代小說大系》都沒有類似名稱的作品。

十、同樣在 1928 年 9 月,日南書館出版了徐枕亞的一部名為《梨娘之夢》的小說。阮南根據越南文書名猜測漢文書名是《梨筠淚史》。這個猜測並不成立,因為《梨筠淚史》實際上是《雪鴻淚史》的改名翻版書,且在 1938 年 11 月才由春天藝光書店出版。[23] 無論從譯本的故事內容還是出版的時間上來看,作品原著都不可能是《梨筠淚史》。經過對徐枕亞代表長篇小說的一一查找和對照之後,筆者發現這部小說的原著就是《讓婿記》。

綜上所述,在越南國家國家圖書館所見,以徐枕亞為作者的小說譯本共有十部。其當中我們只能準確地指出有六部作品是徐枕亞所創作的,它們分別為它們分別為《雪鴻淚史》(1923 年)、《自由鑑》(1924 年)、《余之妻》(1927 年)、《刻骨相思記》兩種譯本(1927 年)、《玉梨魂》兩種譯本(1928 年版、1930 年版)、《讓婿記》(1928 年)。根據現存的譯本,徐枕亞小說在越南的譯介發生於 20 年代(1923-1928 年),出版地主要為河內。

---

[23] 樽本照雄編,賀偉譯:《新編增補清末民初小說目錄》,頁 406。

三、徐枕亞小說其他譯本的有關資料

筆者在這一部分將把另外幾部小說譯本的相關資料進行詳細介紹。在越南，這些譯本都被認為是徐枕亞的創作，但卻出現兩種情況：第一，目前在圖書館仍被保留下來，不過尚未對照出真正原著；第二，僅僅被記載在有關文獻當中。這個現象足以說明當時徐枕亞在越南文壇是一個非常有影響力的名字。

（一）《多情恨》

據有關資料記載，1919年徐枕亞所創作並由潘孟名翻譯的《多情恨》在越南首次出版。雖然譯本沒有被保存下來，但潘孟名的《詩文集摘錄》仍收入了他親自為這部小說譯本寫下的序。

潘孟名（1866-1942年）是一名詩人，出生於儒生家庭，從小深受漢文化的薰陶。17歲時就中鄉試三場。他精通漢文，所創作的詩文大部分都是用漢文寫作。潘孟名同時也是一位翻譯家，除了中國古典詩歌的翻譯以外，他還翻譯了小說，最著名的就是馮夢龍《情史》和徐枕亞《多情恨》。

潘孟名為《多情恨》譯本寫下的序分成三段，最前面一段介紹：「《多情恨》是徐枕亞的一部小說。小說裡有一位新式女子名為黎素貞，[24] 她愛上一個叫敏明道的男子，因為明道不願意娶她所以她就抱著怨恨而死。」[25]

---

[24] 人物的名字根據漢越音翻譯。
[25] 潘孟名：《詩文集摘錄》（南定：阮忠克出版，1942年），頁110。

第二部分中，譯者以 70 行駢文體形式並通過分析「情」與「恨」之間的瓜葛去表達小說裡女主人公的內心世界及其命運。在這一段韻文裡，有兩點值得我們留意：

一、在第二部分的開頭，譯者直接說明為什麼這部小說被取名為《多情恨》。由於以韻文形式寫作，因此很難把原文的每一句話都翻譯過來，筆者只能用簡短的語言來概括。大概的內容是，主人公是一個情感始終如一的姑娘，卻被命運捉弄讓她遇見一個花心薄情的男子，姻緣因而不能如意，但女子依然懷著一片癡心而遺恨千秋，《多情恨》一書名即由此得來。

二、解釋書名之後，從譯者文章中還能瞭解到女主人公紅顏薄命，因自由二字而失足一朝，錯愛了風花男子，結果一身多病，一心煩惱。因情之深恨之切而最後失去生命。

序的第三部分譯者寫道：

> 世上大部分男女都錯在「情」一字上，這裡是偷香竊玉，那裡是攀柳折花，近期常有風流之案。這一書以那些用情者為借鏡讓男女們不再淪於苦海，作書的人因明白那一情理而想用這部書來阻擋狂瀾。這書是一部小的情史，裡面描寫了情男癡女們的情愛、情豔、情癡、情幻、情妒、情俠、情奇、情哀、情苦等多種情，目的是為了叫醒正在沉於醉夢中的癡男怨女。[26]

收入此序的詩文集封面上，我們也看到一段關於《多情恨》的圖書廣告語：「《多情恨》，徐枕亞的一部可以叫醒正在沉於

---

[26] 潘孟名：《詩文集摘錄》，頁 113。

醉夢中的癡男怨女的小說。書約共有 100 頁。重新翻譯並即將再版,是一個與以前版本完全不一樣的譯作。」[27]

除了潘孟名的序以外,其另一部作品集的編書者,曾說明潘孟名當時之所以把《多情恨》翻譯成越南文的理由:「當時在中國剛剛出版了一木由徐枕亞創作的小說,書名為《多情恨》,作品講到中國女界中的自由之禍。先生以為這部書可以叫醒正在沉於醉夢中的癡男怨女,所以 1919 年把作品翻譯成越南文。」[28]

目前《多情恨》的越南文譯本已經佚失,據有關資料記載該書約共 100 頁。光根據書名來猜測原著是很不可靠的做法,實際上我們在中國資料中也查不到相關書名的作品。

(二) 《情海起波》

《情海起波》的原著書名,在顏保和阮南的書目裡被定為《情海風波》,在越南出版於 1927 年。下面提供的故事情節,是根據 1928 年版由日南書社出版,阮子超翻譯的譯作。

武陵地有必韓堂[29] 夫婦,他們生了一個女兒名字叫珠娘。珠娘今年 28 歲,風姿秀媚,天資聰明,早在 15 歲時畢業於錫江省女子師範學校。珠娘性格多愁善感,有一次中秋夜晚,她一個人在花園裡突然聽到從遠方隱隱傳來吟詩的聲音。她聽到吟詩人的兩首詩後,心裡深有同感就把詩抄下來。

---

[27] 潘孟名:《詩文集摘錄》,封面。
[28] 潘孟名著,陶士雅編:《筆劃詩集》(河內:智德書社出版,1953 年),頁 13。
[29] 人物名字根據漢越音翻譯過來,可能與原著裡人物名有一定差異。

村裡面有一位長輩，名為邢界仁，創辦了一個小學，想邀請珠娘來當老師。不巧就在那時，珠娘的母親去世，她因為這事受到太大的打擊而病倒了，只好寫信邀請朋友陵素娟來替她擔任教學的工作。有一次從學校下課回來，素娟給珠娘送來一封信。寫信的人是周偉氣，同樣是在學校工作的老師，珠娘之前也已聽說過這個人，信裡說想通過文字來和她結緣。珠娘很驚訝，聽素娟解釋以後才明白，原來珠娘那次中秋夜晚抄下來的詩是周偉氣寫的，吟詩的人也是他。素娟碰巧看到珠娘抄下來的詩，以為是珠娘寫的就很留意地記了下來。某一次，素娟和周偉氣帶學生去參觀西湖景色和附近的革命烈士墳墓時，即景生情而把珠娘抄下的兩首詩給念出來，周偉氣聽到自己的詩後便向素娟問個水落石出，他知道詩是從珠娘那裡讀來的，覺得兩個人很有緣分，所以寫信給珠娘。在明瞭信的來源以後珠娘也給周偉氣一個回覆，兩個人從此就通過文字與對方結緣。

周偉氣，長安人，出身於世閥之家，弱冠之年畢業於京師的一所師範學校。母親早逝而家裡又很貧窮，父親在四川打工，周偉氣寫信給舅舅邢界仁幫忙找工作。恰好邢界仁剛辦一所學校，便請他過來當老師。

周偉氣和珠娘郎才女貌，在感情上又是知己。周偉氣的舅舅邢界仁和珠娘的朋友素娟多次說服珠娘父親必韓堂，讓他把女兒嫁給周偉氣。剛開始韓唐很不樂意，他嫌周偉氣貧窮，把珠娘嫁給他就怕女兒受苦，但因邢界仁和素娟的多次說服，最後還是同意了。

婚還沒結成，周偉氣就收到從四川發來的訊息，說父親病重

必須儘快回家,姻緣因兩個人的分離,就這樣結束了。之後素娟也回老家去,珠娘一個人留下,孤寂萬分。後來珠娘父親續弦,託鄰居何氏作媒,竟娶一個四十多歲的寡婦,名叫巧娘。沒想到巧娘就是何氏的女兒,她把女兒嫁進必家是為了想占有必家的財產。嫁進去以後,她們一家合起來想盡辦法破壞必氏父女之間的感情。珠娘曾經尋死,但被貼身侍女翠霞救了回來。繼母巧娘有個女兒叫月珠,女婿是子廷。有一天月珠把人參湯端到房間給繼父必氏喝,看到必氏還在睡覺便把湯喝了,沒想到她丈夫子廷因想害死必韓堂而在湯中下了毒,月珠喝完就中毒死了。全家人趁這個機會把全部罪責推到侍女翠霞頭上,當天晚上,翠霞就從珠娘身邊消失了。雖然猜測到可能是何氏巧娘母女倆一手擺弄的,但沒有證據所以也無能為力。從此珠娘一天比一天憔悴,最後病倒在床上。正好素娟這時從老家過來看她,聽完所有事情以後,就向珠娘父親請求讓珠娘去她老家玩一段時間,必韓堂也同意了。

　　說到周偉氣的情況。他在回老家的路上,遇見剛從日本回來的老朋友歐陽志成。那天晚上兩個人因慶祝重逢而喝得爛醉,醒來以後周偉氣發現自己放重要的證件和金錢的行李被偷走了。身上一文錢都沒有,周偉氣沒辦法繼續坐船到四川,只好上岸跟著志成回他家借點錢。兩個人剛上了岸就發現遠方有員警來查收,志成找藉口離開,把周偉氣一個人丟下。他最後因被認為是革命黨的人而被抓走並判死刑,在坐牢等候行刑期間,有一天夜裡他被一個年輕人救了出來,被送回四川去。到家時,他父親已經去世兩個星期了。因覺得活著沒有任何意義,某個夜晚周偉氣跳河

自盡。把他救過來竟然是一幫草寇，之後周氏就跟著他們到湖北幫忙做帳目結算。在那裡他碰巧遇到正被關在牢裡的翠霞，翠霞把珠娘家裡發生的事情從頭到尾地講給偉氣聽。兩個人之後想辦法逃走，回到武陵找珠娘。到珠娘的家時，才知道家裡的所有人因為與草寇私通，被關在牢裡並即將處以死刑，只有珠娘因為當時不在場正住在素娟家，所以沒被抓走。原來何氏和草寇是串通好的，在那幫人搶劫後被抓時，他們就歸罪於珠娘的父親，控訴他是主腦。

周偉氣和翠霞到素娟的家去找珠娘，但珠娘因為聽到父親臨難而女扮男裝，一個人到京師找熟人幫忙救父親。周偉氣和翠霞又繼續前往京師去找，在路上遇見革命軍的人，因為之前在草寇的巢穴處生活過一段時間，所以周偉氣很熟悉地圖，他給革命軍帶路，將那幫強盜全都抓走，同時也讓珠娘的父親還個清白。之後周氏就帶著必韓堂、翠霞一起到京師找珠娘。有一天路上經過一個寺廟，三個人進去休息，沒想到就在那裡遇見珠娘。原來珠娘因為半路上著涼感冒而暈了過去，幸虧遇到好心的師父帶回去照顧。

珠娘父女相見，既是幸福團圓又是淚流滿面。必韓堂把全部事情講給珠娘聽，然後說周偉氣就是大恩人。必氏想把珠娘嫁給周偉氣，但他卻委婉地謝絕，他說，他和珠娘結了文字之緣，也曾經有過深刻的感情，卻因「情海起波」而使兩個人分開各自漂泊。現在他已成珠娘的恩人，如果兩個人在一起的話，不免將有人說，這門婚事只是為了報恩。那麼他之前為愛情所付出的一切也就毫無意義了。聽了周偉氣通情達理的話，珠娘也同意了，兩

個人保持一生的友情。珠娘決定做獨身主義者,帶著侍女翠霞到武漢參加紅十字組織,周偉氣則到湖北找志成參加革命黨。兩個人都犧牲個人的情感而為國利民福的事業付出。

(三)《花之魂》

《花之魂》根據越南文書名而翻譯。這部作品於1925年由青年書館出版,翻譯者是陳俊凱。筆者找到的譯本一共有64頁,但並不是一本完整的書,剩下的小部分可能在資料的保存過程中已丟失,因此筆者只能根據現有的譯本對資料進行描述。譯本共有十章。

故事發生在杭州,講到主角和花曉春[30]之間的愛情。花曉春是一個妓女,兩個人因同坐遊船看風景而認識,後來產生感情。他們有幾次約對方出來坐船遊覽西湖,但每一次曉春身後都跟著一位老太太。主角剛開始以為那是曉春的母親,後來才知道她就是妓院的老闆娘,名字叫花氏,曉春跟著她所以也姓花。

曉春原來姓林,父親叫勵袁,母親姓鄭,家裡經濟也不是很有餘裕,父親靠筆墨之業生活。全家辛苦到處漂泊,從山東漂到揚州,再回到錫水。曉春五歲時母親去世,父親再娶一個名為霜君的妓女為妻。後來霜君跟家裡的男傭人私奔,勵袁被氣得病死。曉春當年才七歲,被父親的老朋友李叔之夫婦接回去領養。曉春從小天資聰明,叔之讓她女扮男裝的送到學校讀書。到12歲都精通了所有文字。叔之又是藥師,所以曉春也從養父那裡學到一

---

[30] 人物名字是根據漢越音翻譯過來。

點知識。叔之很愛護這個養女，想給她找一個像樣的丈夫，後來找到一位在才貌和學問方面都很優秀的男生叫寄生。婚事剛許配不久，寄生就不幸病死。過一段時間後，有一個六十多歲仍貪色姓趙的老頭上門提親，叔之很生氣將他趕走。姓趙的因此而仇記心間，想辦法陷害叔之，讓他賠了很多錢，後來叔之也病死了。事後不久，家裡發生火災，曉春只好一個人空著手逃跑，過著流浪生活。她先被騙賣到一個平康里，但因為不肯接客而又被轉賣到花氏這裡。花氏知道曉春的才華很受客人歡迎，能賺到很多錢，所以待她很好，從來不讓她做下賤事。花氏還宣布，誰拿出三千兩黃金，誰就可以給曉春贖身。主角真心對待曉春，她也希望主角可以拿錢讓她自由後娶她進家門。可惜主角家父親已過世，剩下的母親和妹妹都是需要照顧的，即使母親允許了主角和曉春的事情，全部家產湊起來也只有幾百兩黃金。

主角和曉春正在想辦法去解決這個難題的時候，主角家裡發生不幸的事情，住在福建的舅舅去世了，主角和家人必須前往治喪，從此兩人失去聯繫。等主角再回杭州的時候，聽說已有人拿三千兩黃金給曉春贖身，但曉春一直等著主角的消息，卻沒找到人，因此病倒在床上。主角好幾次去妓院找曉春，但花氏都找藉口不讓他們見面。有一天主角夢到曉春死了，醒來正要趕緊去找她……

在譯本的現存部分故事就講到這裡。

（四）《雙妻記》

1928 年，新民書館出版了一本以徐枕亞為作者的小說，翻譯

者是奇袁，據譯者所提供的漢越音書名，從而推導出小說漢文書名為《雙妻記》。

某地西亭村前傍水，村後依山，景色清幽。村裡只有饒、俞兩姓。兩姓之間的關係非常好，像是一家人一樣。村裡開兩個學校，一個男校、一個女校。開學校的錢是公款，所以村裡無論富人還是窮人，他們的孩子都能上學。男校校長是饒文心先生，他夫人劉氏是女校校長。

女學生裡面有一位名為俞片影的女生，今年17歲，學習成績都屬全班第一名。饒文心看片影天資聰明、才華超群，想讓她母親把片影許配給自己的表侄子饒克強，片影的母親也答應了。饒文心把這件事告知饒克強母親時，她雖然很是滿意但因家裡剛有喪事，守孝期未滿，暫時還不能進行問名之禮。兩人的婚事就這樣被雙方母親默默地定了下來，這事只有克強知道而片影卻完全不知道。

那年發生大旱災，村裡人都饑荒，長老們要用公款援助窮人，兩個學校只好合併，男女學生一起上同一個學堂。因此克強與片影就有了機會相識，雙方對彼此都產生好感。

有一年，省裡的陸軍學校招新生，村裡的長老選了四位最優秀的男生送去應考，其中有克強。最後只有克強考上，所以要在省裡待四年。片影和克強從此分開，而片影還是完全不知道自己和克強已經有了婚約。

在省裡學習期間，克強居然愛上了一個船戶女兒狄針。兩人許下山盟海誓的承諾，克強想再娶狄針為妾。好幾次暑假回老家，

克強還是不敢把這件事告訴母親和未婚妻片影。等學業完成後，克強又參加日本留學的應考，也順利考上。離出國時間還有一個多月，他回老家和片影舉行婚禮。有一天晚上克強把狄針的事情告訴片影，本以為這事會讓片影傷心，沒想到她居然同意了。片影還讓克強寫信告訴狄針，免得她日夜盼望。出國之前，克強先告別母親和妻子片影後，再到省裡找狄針。因為這次一出去要四年後才回來，所以克強和狄針在出國前夕舉行婚禮，並在船上過著新婚之夜。

克強到了日本就寫信給片影說他和狄針已成為夫妻。片影知道這事後親自來到省裡找狄針，想替丈夫接她回老家照顧，但狄針當時已搬走了。克強走了一個月，狄針的母親就過世，她也懷上了克強的兒子。託著克強的表妹片紅的幫忙，片影找到狄針母子並接他們倆回家一起住，等克強完成四年留學回來以後，全家團圓。

（五）文獻中記載的作品

除了上述能夠找到譯本的作品以外，在一些資料上也看到有關徐枕亞的其他作品的記載，列出來供研究者參考。

《雙妻記》第三封面上寫出《蝴蝶花》是一部愛情小說，由新民書館出版。因為封面上是把《余之妻》、《刻骨相思記》、《雙妻記》和《蝴蝶花》列在一起，所以我們可以初步推測這部小說的出版時間應該在 1927–1928 年期間。封面上記載：「這部書由新民書館出版，雖然忘了告訴讀者這是徐枕亞先生的作品，但還是有許多人買來看。已經印出幾千本，目前幾乎都賣光了，

可見我國讀小說的人還是蠻有眼光的。」[31] 根據書名的接近,筆者猜測可能這部小說的原著就是徐枕亞於1918年8月10月在《小說季報》第2集上發表的《蝶花夢》。

1928年《玉梨魂》被改名為《花之下》並在越南出版。在《花之下》的封面上有列出徐枕亞的五部小說,其中我們已經對照出《梨娘之夢》的原著是《讓婿記》,《俠影花魂》的原著是吳綺緣《芙蓉娘》,《情海起波》雖然找不到原著,但我們也接觸到譯作並在前一部分介紹過作品內容。另外兩部是《人緣夢》和《鏡魂俠》,目前除了作品的越南文書名以外,基本上沒有找到其他有關的資料記載。

第三節:徐枕亞小說作為越南知識分子心目中的「新文學」

筆者曾經在前面一部分強調過,徐枕亞小說在越南文壇的「新文學」意義是需要加引號的,它的「新」不是按照中國的五四新文學標準來衡量,它的「新」也不是說明當時在越南它的地位和其他中國小說譯作有多麼不同,它的「新」是體現著越南現代知識分子對中國新文學的觀念。這個「新」的內涵指涉很多方面。作為文學接受主體的高級讀者——翻譯者——在身分上發生新的改變,從傳統深受中國文化影響的儒家子弟轉化為接受西方思想的現代知識分子。在他們選擇徐枕亞小說作為翻譯對象時,筆者

---

[31] 徐枕亞著,奇袁譯:《雙妻記》(河內:新民書館,1928年),封面三。

認為一方面體現了他們對中國新文學的看法,即在他們眼裡怎樣才足以稱為中國的新文學,另一方面又同時把徐枕亞小說「現代化」了,包括作品語言上的現代化,以及作品作為越南現代小說寫作技巧的參照對象。筆者在下面希望通過具體的闡述突出了這些特點。

一、譯者的現代知識分子意識

筆者認為有必要先羅列一下翻譯過徐枕亞作品的譯者們,筆者僅根據現存的譯本來進行譯者統計,關於其他還沒對照出原著的作品之譯者,則暫時不在此列。1923-1928 年期間至少有六位譯者參與了徐枕亞小說翻譯工作,他們具體是:1923 年團資術翻譯了《雪鴻淚史》;1924 年東朱阮友進翻譯了《自由鑑》;1927 年阮杜牧翻譯了《余之妻》;1927 年《刻骨相思記》的兩個譯本同時問世,一部由阮杜牧翻譯,一部由阮敦服翻譯,阮敦服的譯作是在《南風雜誌》1927 年 7 月第 119 期至 1928 年 6 月第 130 期上連載;1928 年《玉梨魂》的兩個譯本同時出版,一部由讓宋翻譯,另一部由吳文簒翻譯;1928 年吳文簒翻譯《讓婿記》。

他們之間的共同點是都出生於 19 世紀末 20 世紀初,其中最年長的是出生於 1870 年代的阮友進(1875-1941 年)、阮敦服(1878-1954 年);最年輕是吳文簒(1901-1947 年)、讓宋(1904-1949 年)都出生在 20 世紀初;其他兩位譯者出生在 1880 年代,即阮杜牧(1882-1951 年)、團資術(1886-1937 年)。他們之間的年齡雖然最多相差 30 歲,但實際上是屬於同一個時代的人。

他們所經歷的是一個新舊交織、東西方文化碰撞的時代。不妨通過以下圍繞著文字轉換的歷史事件來稍微形容：法國從 1884 年在整個越南確立殖民統治後開始從南圻向北圻中圻推行國語字。1890 年代初期在兩圻創辦專門培養翻譯者的通言學校，主要培養的是越南國語、法語翻譯。1897 年在北圻開始建設一系列法國教育模型的學校，主要用法語講課，但課堂上也教學生學漢字和國語字。1898 年，法國統治者要求在科舉考試的鄉試環節加入國語字、法語的考科，但此時還不是必考。1903 年，國語字和法語正式成為科舉考試的重要科目，國語字和法語從此在整個越南社會中逐漸取代漢字的地位。1919 年法國把科舉制度全部廢除，這意味著漢字及中國文化在越南社會中正式失去了其地位。這一系列事件，與其說象徵性地展現越南社會是怎樣經歷過一個從接受中國文化的薰陶到接受西方文化的影響的過程，不如說那些歷史變動，使得當時大多數是儒學子弟的越南知識分子，在面對同時既是亡國又是生存的危機時，必須做出不同的選擇。

有一部分知識分子堅持著從中國傳統文化那裡受到影響的立場。在國家有難時，他們選擇放棄官位而投身抗法革命，甚至還成為當時社會中的重要政治力量，體現出傳統士大夫對國家大事始終關懷的精神。這部分知識分子被越南歷史稱為「愛國儒家志士」，他們是發生於 1903–1908 年間的「維新運動」的主要力量和重要成員，最有代表性的人物是潘佩珠（1867–1940 年）、潘周楨（1872–1926 年）。越南的維新運動主要包括幾個分散的事件：東遊運動、東京義塾學校的創辦，以及發生在中圻的維新運動。東遊運動是 1905 年開始，以潘佩珠作為領導者，帶領越

南學生赴日求學。東京義塾學校 1907 年 3 月在河內創辦。中圻的維新運動由潘周楨領導，發生於 1906-1908 年。這些活動雖然是由不同的人主張，並在不同領域中採取不同方式地分散進行，但這些知識分子之間都有共同的目標，通過社會改革、開通民智、培養人才、振興工商業等一系列活動的進行，促使國家富強，從而為國家尋找擺脫法國統治的出路。作為越南整個維新運動的前提，是 1900 年左右越南這一批知識分子接觸到從中國傳來的維新思潮的書籍、報刊，他們稱之為「新書」、「新文」，意思是用來區別於傳統儒家子弟閱讀的書籍。他們通過這些書籍、報刊瞭解了西方經濟、哲學、社會等各方面思想，瞭解日本明治維新運動的同時也接觸了中國康有為、梁啟超等人的維新思想。他們從這些思想中吸取並形成了自己的維新思想，一方面繼續用漢字寫出不同鼓勵維新運動的文章，另一方面也認識到國語字在傳播革命思想的功能上的巨大作用，因此「新書」、「新文」以及他們自己文章的翻譯，都是他們所注重的任務之一。也因為國語字得到這一批知識分子的認可，才順利地獲得成為越南社會的正式文字的機會。

這一批知識分子所選擇的舊學傳統，最終在法國統治者對他們的革命運動的鎮壓下而無法繼續下去。他們在歷史上失去了地位，意味著傳統儒家子弟的知識分子至此完成了自己的歷史使命。

與上述部分知識分子作出不一樣選擇的，是一批被越南歷史所謂「歐化儒家」、「西學儒家」的知識分子，翻譯徐枕亞小說的譯者們即屬於這一類知識分子。他們首先都有儒學教育的背

景，如阮友進曾經考中秀才，阮敦服、阮杜牧的父親都當過官，團資術出身於傳統儒學家庭，吳文簒和讓宋從小都學過漢字。在面對歷史的變動時他們選擇投身於社會，拿自己的知識、文化來為社會服務，而不選擇參與政治活動。他們主動學習國語字，其中也有人學法語、上過法越學校，雖然這些活動從表面上來看好像是接受了殖民制度的統治，但實際上他們在社會中所選擇的工作，基本上相當獨立於殖民統治者的行政管理體系。不同程度的參與了報社工作，是其中大部分人的選擇，有的人當雜誌的主要編輯，有的人只是為各種報刊投稿，然而最終的目標都是為了建設越南本國的國文、國學[32]事業。因此觀察當時的報刊內容，不難看出它基本上都集中於對新知識的普及與宣傳以及文化、思想的研究。翻譯（包括翻譯小說在內）是他們工作的一部分，並且在一定情況下，這樣的工作也能夠表達譯者對社會種種問題的關注與顧慮。

在北圻20世紀初期《東洋雜誌》和《南風雜誌》是兩個重要刊物。它們對越南國語字的書面化完善以及越南現代文學的形成有著非常重要的貢獻。這兩份刊物雖然當時都由法國保護政府來贊助，但主編位置都由越南知識分子來承擔，從表面上是傳播統治者思想的工具，但主編者都儘量採取委婉的方式來堅持著他們的目標，即在傳播與接受西方和東方文化的基礎上建立著帶有本國特色的學術與文化。在兩份刊物上大量地翻譯和介紹有關西

---

[32] 20世紀前30年在越南社會中最流行的字眼，意思是指「本國（新）的文化、（新）的學術」。

方和中國的哲學、思想、文化、文學等，當時聚集了一大批有才華的知識分子來參與國學、國文的建設工作。《東洋雜誌》[33]創刊於1913年5月15日，停刊於1919年，是河內的第一份國語字刊物，翻譯徐枕亞小說的阮杜牧便為《東洋雜誌》的重要合作者。《南風雜誌》創刊於1917年7月1日，至1934年12月16日停刊，共有210期，是當時存在的時間最長的一份刊物。《南風雜誌》同時出版三個不同語言的版本，即國語字、漢字和法語字。翻譯徐枕亞小說的譯者當中阮友進、阮敦服是《南風雜誌》的重要編輯者，團資術是第一個在《南風雜誌》上發表徐枕亞《雪鴻淚史》的譯者。

從以上的論述可見，在「歐化、西學的儒家」知識分子身上，已經萌芽地形成現代知識分子的意識。其實我們在這裡也可以借用陳思和教授對中國「現代知識分子」的論述，更清楚地表達這一點，因為從某種程度上來講，越南和中國的傳統知識分子都是從儒學傳統的封閉體系走進西方文化介入的社會裡。陳教授認為中國「現代知識分子」具備兩點：「首先要有一個社會的民間崗位，這是一個前提，知識分子首先是有他自己的專門知識或者技術」；「其次，光有這個崗位還不夠，他還具有一種超越了職業

---

[33] 《東洋雜誌》的創辦者與主編之一是阮文永（1882-1936年），河內人，是一名記者和作家。他精通法文、越南國語字、漢字、喃字，在20世紀初對越南本民族的國學國文建造和國語字推廣有重要貢獻。1919年《東洋雜誌》停刊之後，阮文永的兒子阮江（1904-1969年）於1937年5月15日在河內又另外創辦一份同名的《東洋雜誌》。這一份續辦的《東洋雜誌》在1939年9月停刊。就是說在越南20世紀初會出現兩份同名的《東洋雜誌》。

崗位的情懷,對社會、對人類發展的未來,他有所關懷。」[34] 這兩點我們都能在徐枕亞小說翻譯者身上看出來。他們都是先從傳統教育走出來,然後通過主動學習新的文字來接受新的文化和新的教育。之後又憑著自己的知識修養,在社會裡擁有了報社編輯或寫作的工作,並藉此實現了他們對越南本國的學術、思想、文化建設的夢想。再加上他們又是在一個相對不順利的殖民環境裡進行,更加顯示他們的知識至上精神,以及他們自由而獨立的思想,這些都是現代知識分子所具備的重要特徵。

二、徐枕亞小說的「新文學」意義

(一) 作為知識精英的讀物選擇

在中國 20 世紀文學史中,徐枕亞小說通常被定為市民大眾的通俗文學,因而曾經被新文學家們屏棄於現代文學之外。至今中國文學史家已不再用雅俗新舊文學之分去衡量這一類小說的價值,並在文學史上還原了它如五四新文學一樣應有的重要位置,這兩個部分的文學組成 20 世紀中國文學的多元共生體系。其中通俗文學和五四新文學各自都擁有自己的讀者群體,通俗文學以市民大眾為服務對象,而五四新文學代表著知識精英的心聲。

如此看來,徐枕亞小說在中國文壇的背景下,針對市民大眾的讀者群,然而被翻譯到越南以後,它卻有非常不同的發展情況。

---

[34] 陳思和:〈第二講:知識分子轉型與新文學的兩種思潮〉,《中國現當代文學名篇十五講》(北京:北京大學出版社,2009 年),頁 22-23。

徐枕亞小說第一次在越南文壇出現，就是在一份屬於知識精英的刊物上。它先被知識精英選擇翻譯，再進入知識精英的閱讀過濾之後，才在社會裡引起了市民大眾的歡迎。這是使得在越南的徐枕亞小說具備了「新文學」特徵的第一點。

在上述內容曾經提過徐枕亞小說第一次登上越南文壇，就是1923年，《雪鴻淚史》在《南風雜誌》上連載，筆者簡略地介紹過有關《南風雜誌》的一些內容。於此需要進一步突出並強調一點，就是《南風雜誌》所針對的讀者是社會的知識者，而不是普通的讀者。

《南風雜誌》的主編是范瓊（1892-1945年），他是越南的第一批新學（西學）知識分子，從小就接受西方教育，但本身也精通漢學。「南風」之名選自《詩經》中〈南風歌〉「南風之薰兮，可以解吾民之慍兮；南風之時兮，可以阜吾民之財兮」的詩句，范瓊在發刊詞說道：「希望本報給讀者帶來的感覺就像南風所帶來的感覺一樣。」[35] 這首詩的意思正是表現著范瓊一生追求建立一個屬於越南民族的新國文、新國學。他把一生的理想寄託在《南風雜誌》上。

《南風雜誌》的發刊詞說明，因目前舊學日漸消失而新學尚未形成，因此本報將樹立國家的「高等學識」作為奮鬥目標。雜誌主編范瓊認為這個任務應由知識分子來擔當，因為「國的根在於民，民的主在於上流的知識階層，或稱『社會的識者』，這如同屋子一定要有屋頂。沒有屋頂的屋子怎麼住呢？一個國家若沒

---

[35] 范瓊：〈前言〉，《南風雜誌》第1期（1917年7月），頁5。

有能夠擔當保護國家的學統、培養國粹的任務的上流知識怎麼能稱得上是國家呢？」[36] 也是因為對本民族的國學、國文有了種種焦慮而「我們幾個同志兄弟因那些問題的焦慮而創辦了這個刊物，以求國內諸位知識者共同協力並安妥地解決這個難題。我們設想，當今最急迫的是要建設一個新的高等學識來代替正逐漸消失的舊學……要建設這樣的學識，我們設想最好的辦法就是將舊學與當今的學問結合在一起，這樣我們未來的學問才不至於忘本，也不至於落後。」[37] 關於該雜誌的章程，范瓊也明確表示：

> 本報的宗旨，是建設了新的學問以代替舊式儒學，提倡符合於時代以及國民水準的新思潮。新學問和新思潮的特徵是吸取了西洋尤其是法國的學術、思想的同時不忘培養我們的國粹。
>
> 本報不主張具備普通意義而希望將之辦成一個屬於我國高等學界特有的機關報，包括新學與舊學的學者在內。
>
> 本報的內容範圍包括古今的思想學術，以及當今世界的重要問題。但在表達那些問題的方式上本報將選擇最簡要地論述以更符合我國人的水準。[38]

《南風雜誌》創刊於1917年，每個月出版一次，每一期共有50-60頁。剛開始有國語字和漢字兩個版本，創刊五年後（1922年10月第64期開始）加編法文版，總共有三種版本。

---

[36] 范瓊：〈前言〉，《南風雜誌》第1期（1917年7月），頁2。
[37] 范瓊：〈前言〉，《南風雜誌》第1期（1917年7月），頁3-4。
[38] 范瓊：〈前言〉，《南風雜誌》第1期（1917年7月），頁5。

《南風雜誌》的欄目分為八個部分，據發刊詞裡的介紹條列如下：

一、《論說》談論一些時事性問題尤其是跟國家情況直接相干的問題。

二、《文學評論》介紹新書、舊書中的新而可取的思想，翻譯或介紹各國著名文學作品（包括現代的和古典的）尤其是法國文學。

三、《哲學評論》研究古今哲學思想，通過東西方哲學思想的比較而提出符合於國情的新思潮，以「折衷主義」為主要態度來對待。

四、《科學評論》探討科學方法、科學歷史發展、介紹世界各重要發明。

五、《文苑》專門發表國音（指喃字）或漢字的韻文、散文、詞賦、歌曲。

六、《雜俎》介紹新出版的圖書，名言，學術界動態的資訊。

七、《時談》談論國內外發生的重大事情，國家政策。

八、《小說》專門翻譯介紹法國優秀小說，[39] 選擇介紹的主要觀點是注重於文字優雅、內容有意義、結構巧妙，足以作為創作典範讓國內作家借鑒的小說。

九、在上述八個欄目中，文學評論、哲學評論、科學評論是雜誌最重要的部分。

---

[39] 在後來這個欄目不僅介紹法國小說，而且還介紹中國小說或登載國內作家的小說創作。

綜上所述，可見《南風雜誌》帶有很明顯的文化、思想「啟蒙」意識，在越南 20 世紀初期確實是知識精英們的重要舞臺之一，吸引不少知識精英參與，推動越南新文化、文學的發展。因而徐枕亞的作品在這裡上登載也不可能僅僅具備一般消閒解悶的意義。1923 年從第 77-84 期連續登載了《雪鴻淚史》，1924 年第 87 期上登載了《自由鑑》，1927 年從第 119-130 期登載了《刻骨相思記》。《南風雜誌》用了大約 20 多期來介紹徐枕亞的三部短篇和長篇小說，可見該雜誌主編對這位作家的創作的重視。

（二）體現知識精英對中國「新」文學的觀念

於此突出徐枕亞小說的「新文學」意義的第二點，就是當時的知識分子之所以選擇它作為翻譯對象，在筆者看來，很大程度上是因為這一類創作相當符合他們心目中對中國「新」文學的形容。這個形容主要來自越南知識分子因長期接受傳統中國文化及古典文學的影響，而留下的接受習慣。換句話說，到了 20 世紀，在越南知識分子的眼裡，中國文學基本上就是現今我們所謂古典文學，比如形式上以詩詞歌賦為主、講究對仗、韻律，內容上是「文以載道、詩以言志」，語言上是文言文等。因這個接受習慣，我們不難理解，為何在中國被批評「文章很肉麻」的徐枕亞小說卻在越南文壇如此受到認可，尤其是小說的文章寫作方面。在前部分曾經提到《雪鴻淚史》被介紹的時候，譯者也不僅一次強調作品是「好文章」。

《雪鴻淚史》和《玉梨魂》為代表的徐枕亞是用駢四儷六的對偶文體來創作的，而從傳統教育走出來的越南知識分子，無論

怎麼歐化都對這種文體有很深刻的感情。在越南國語字書面化進程的初期，許多越南寫作者仍喜歡用駢文形式來寫文章。再加上《雪鴻淚史》、《玉梨魂》敘事裡又夾帶大量的詩詞，這種駢散結合的文言、詩詞入文的文章形式，是非常符合當時越南知識分子從傳統帶到現代社會的中國文學形象。在這個基礎上，徐枕亞作品又以小說形式作為創作體裁，故事內容也涉及到當下社會因東西、新舊文化碰撞而產生的種種問題，作品創作的時間離越南知識分子所生活的時代也很近（起碼跟古代人的創作時間相比）等，這些因素使得在越南知識分子視野裡，徐枕亞作品又具備了「新」文學的意義。在《雪鴻淚史》介紹詞裡，譯者曾經說過「《雪鴻淚史》是一部很新的小說，距今才15年」，這句話很能夠幫助我們理解當時譯者對「新」文學的定義。

　　《玉梨魂》和《雪鴻淚史》在越南的接受語境中出現了換位現象，從中也可以看到傳統上延續下來的文學接受習慣的痕跡。在中國文學史上，《玉梨魂》先問世並引起很大的社會反響，備受廣大讀者的歡迎，因此作者後來又把這部小說改寫為日記體的《雪鴻淚史》。然而到了越南以後這個順序完全顛倒了過來，《雪鴻淚史》率先出現，且因為該作品的火紅，翻譯者才把《玉梨魂》的故事之後附上去。儘管如此，《玉梨魂》的地位明顯亞於《雪鴻淚史》，在越南文學史上只要提到徐枕亞的名字，首提的作品為《雪鴻淚史》而非《玉梨魂》。實際上《雪鴻淚史》才對越南現代小說的形成產生了重大影響。

　　1923年《雪鴻淚史》在《南風雜誌》從第77-84期上連載，共有8期。1924年，在《南風雜誌》第86期上，譯者再翻譯了《玉

梨魂》第19章《日記》的一部分內容以及徐枕亞的自序,作為《雪鴻淚史》在內容上的補充。他寫道:

> 舊小說家寫什麼故事都以團圓作為結尾,新小說家卻不講到底,留一個未明讓讀者好奇猜測以後事情會如何發生。
>
> 《雪鴻淚史》是夢霞的日記文集。夢霞的事哪裡做得好哪裡做得對而徐枕亞要如此耗盡學才編寫兩次文章。看所有的序之後才知道之前徐枕亞寫過一部書叫《玉梨魂》,後來才寫這一本日記並稱之《雪鴻淚史》。這樣的話《玉梨魂》是一個身軀而《雪鴻淚史》就是其靈魂。
>
> 鄙人看《雪鴻淚史》後覺得可惜因為故事講到夢霞去留學就結束了,參照《玉梨魂》之後才知道往後的事情是如何,因此在下面做一個補充而翻譯讓故事更完整。[40]

在越南的語境下,《玉梨魂》就這樣被看成《雪鴻淚史》的補充版本。對於這個現象,筆者認為也有可能當時越南的譯者們先接觸了《雪鴻淚史》,所以才把這部作品在《玉梨魂》之前譯介。然而,《雪鴻淚史》在越南比《玉梨魂》更加受歡迎的原因,完全可以從越南知識分子對中國文學的接受習慣的分析中,取得更有說服力的解釋。

從上述的引文中可見,1924年譯者們已經知道有那麼一部《玉梨魂》的存在,但是一直到1928年,這部小說才被翻譯出來。儘管當時文壇上幾乎同時出現了這部作品的兩個譯本,但《玉梨

---

[40] 徐枕亞著,團協譯:〈雪鴻淚史(補傳)〉,《南風雜誌》第86期(1924年8月),頁170。

魂》也沒有找回自己原有的首創作品的位置。筆者認為，相比之下《雪鴻淚史》的文章形式更加吸引越南知識分子，它既有中國文學傳統的因素也帶上形式和內容上的創新。從文學傳統因素來講，雖然《雪鴻淚史》和《玉梨魂》都共同採用將詩詞韻文插入文本的敘事形式，但據統計「《玉梨魂》中的詩文達 130 首，而在《雪鴻淚史》中，詩文的數量超過 400 首。」[41] 這個數字就說明《雪鴻淚史》中的詩詞也是形成作品的吸引度的重要因素。事實上，在評論《雪鴻淚史》的時候，越南評論家也曾經提到這個理由。1932 年，即徐枕亞小說出現在越南的九年之後，《南風雜誌》第 175 期上有一篇〈略論國語字文學的進化〉，其中提到國語字文學形成之前的小說翻譯情況。作者認為《雪鴻淚史》是當時在越南翻譯的中國小說中最好的小說之一，而其中主要理由就是徐枕亞文章寫得美，並且「《雪鴻淚史》有很多好的詩歌，像六八體詩、或律詩、或詞曲。」[42] 當然，這裡的「詩歌」主要強調的是作品裡已經翻譯成國語字的詩歌，而不是說原著的詩歌。但從這細節上，我們可以看出徐枕亞的作品給當時的翻譯者帶來了很多靈感，他們在翻譯作品的時候，往往不僅停留在語言轉換的層面上，而似乎將之看成第二次藝術創造。

從作品形式的創新來說，《雪鴻淚史》明顯比《玉梨魂》要

---

[41] 魯毅：〈論鴛鴦蝴蝶派小說入文詩詞的敘述功能——以民初小說《玉梨魂》與《雪鴻淚史》為個案〉，《西華大學學報（哲學社會科學版）》第 5 期（2010 年 11 月），頁 58-62。

[42] 竹河：〈略論國語字文學的進化〉，《南風雜誌》第 175 期（1932 年 8 月），頁 124。

具備更新鮮的特點,即它用書信和日記的結合作為小說的主要敘事結構。從中國的情況來講,「在接觸西洋小說以前,中國作家不曾以日記體、書信體創作小說」,[43] 而《雪鴻淚史》就是「中國文學史上第一部用日記體寫作的長篇小說。」[44] 這樣一部小說出現在越南,在知識精英們的眼裡自然備感新鮮。這種敘事方式至少帶來了兩個在藝術技巧上的革新:第一,敘事角度的轉換,從前大部分古典小說都以第三人稱去敘事故事,《雪鴻淚史》轉換為第一人稱,突破了原來全知敘事的局限;第二,對於個人情感與內心世界的挖掘,無論是日記還是書信,都能集中且充分展現人物的心理世界。

《雪鴻淚史》的出現,就在越南國語字文學尤其是新小說形成的前夕,越南新小說家以此做為寫作範本,並在 1925 年推出越南北圻第一部現代小說《素心》,作者是黃玉魄。許多越南文學史家及研究者都相當一致地認為,這部小說是直接受到《雪鴻淚史》的影響與啟發。除了內容上有些相似之處,他們也常常提到日記與書信體結合的敘事結構的影響,以及由此帶來的人物心理刻畫的借鑑。

《素心》是一個關於淡水和素心的愛情故事。淡水是高等學校的學生,頗有文才的青年。素心原名是阮氏春蘭,今年 20 歲,是名家淑女,上西學的學校同時精通漢文,喜歡作文寫詩,算是一名新式的女士。他們因為一個機緣而認識了對方。淡水在春蘭

---

[43] 陳平原:《中國小說敘事模式的轉變》(北京:北京大學出版社,2010 年),頁 181。
[44] 陳平原:《中國小說敘事模式的轉變》,頁 184。

家裡當了她弟弟的家教。在慢慢地接觸以後，兩個人通過書信以及詩詞交換，而對對方產生了感情。淡水就把「素心」這個稱號送給了春蘭，因為蘭花之中有一種是白蕊的，而且春蘭在他心目中也是一個很純潔的女孩子。在淡水察覺到兩個人感情已經發展到更深刻的程度，他開始覺得痛苦，因為他本身已經有了父母為他所訂的婚約，他必須告訴素心事情的真相。從此時開始，兩個人的愛情故事就變成一場悲劇。素心雖然是一個崇拜戀愛自由的新式女子，並且她的新思想也得到母親的支持。知道淡水已有婚約了以後，雖然很是悲哀，但她仍然為他保留了那顆純正的心，而不願意再連累其他男子。然而到最後，因為母親得了病重，而不得不聽從家裡的安排，也嫁給了一個她不認識的男子。故事的結局是素心因為過於憂鬱、痛苦最終得了咯血病而去世。她給淡水留下了記錄她對淡水的深愛的全部日記。

　　《素心》的問世也許跟《玉梨魂》、《雪鴻淚史》在中國文壇的那樣，當時引起了越南社會的轟動，特別受到青年讀者歡迎。從接受《雪鴻淚史》的影響到越南現代小說《素心》的問世這個現象來看，筆者認為足夠體現徐枕亞小說，尤其是《雪鴻淚史》在越南的「新文學」意義，同時也體現了越南知識分子對中國新文學的觀念。這個觀念建立在從傳統延續下來的文學接受習慣的基礎上，再結合當時知識分子在由西方文化因素的切入後，對中國新文學的主觀看法，並不是全盤接受從中國傳播過來的新文學觀念。換句話說，當時被介紹到越南的中國新文學，曾經不被越南知識分子認可。

　　1933 年，在《南方雜誌》第 190 期上，黎余發表了〈國家文

學的根源以及新文學〉一文。作者在談論越南新文學的情況時，也提到中國十年來所發生的新文化運動。[45] 他認為中國新文化運動從本質上來說，就是將白話作為書面語言，用白話去寫文章，就像現在的越南人用國語字寫文章一樣，或者就像古代的越南人用喃字寫作，其實都是同一個道理。這樣看來，越南人反而比中國人提前幾千年就實施了這個辦法。此外，作者也提到胡適所提倡的白話詩，並認為那不是真正意義上的詩歌，因為它沒韻沒律，也沒有美感，一般的人都可以寫出來。在作者看來，只有讀書的人才有足夠的資格和足夠的文才去創作詩歌。從這兩點上，作者基本上否認了中國新文學的意義。甚至當時越南著名的評論家懷清曾經感慨，現代中國什麼都沒有了，只好回到像江蘇陶瓷、唐詩等那樣古老之美去。[46] 筆者要特別強調的是，上述這些觀點都在徐枕亞小說翻譯已經走過熱潮之後才發表，越南知識分子仍然看不出中國新文學的真正的「新意義」；或換句話說，這樣的中國新文學並不符合越南知識分子心目中所認定的中國新文學形象。

（三）徐枕亞小說譯作的形式現代化

徐枕亞小說的越南譯作具備了形式的現代化，這一特點首先體現在譯作的語言現代化方面。徐枕亞小說在原著裡用駢體文言

---

[45] 黎餘：〈國家文學的根源以及新文學〉，《南風雜誌》第 190 期（1933 年 11 月），頁 408。
[46] 阮文校：〈1945 年 8 月革命前中國現代文學在越南的介紹研究情況初探〉，《中國研究雜誌》第 5 期（2000 年 10 月），頁 61。

文來寫,在中國當時新舊交替的語境下意味著傳統文學的回顧,尤其是這些作品出現在清末民初,白話小說的盛行到提倡白話文的五四運動期間,因此更加體現其在文學語言發展的歷史趨向裡的一股「逆流」。而這些作品到了越南被翻譯成國語以後,反而在文壇上具備了進步的意義以及現代性的象徵。這又是從另外一個角度體現了徐枕亞小說的「新文學」意義。我們不妨通過下面一段作品內容的翻譯,來形容作品通過翻譯之後所獲得語言上的現代化形式。以下例子是《雪鴻淚史》第一章的開端:

己酉正月

今日為己酉元旦。余自出世以來,所曆之元旦,並此已二十有三。韶華如箭,余乃如弦,箭去而弦仍寂然。歲自更新,人還依舊,余所以負此元旦者深矣。聰明消盡,只餘得一片癡呆,將於何處發賣耶!爆竹一聲,歡騰萬戶。元旦誠可賀哉,而余之元旦獨可吊。三年前之元旦,已撇余而逝;三年後之元旦,複逐余而來。余回溯過去之元旦,而余乃泫然;余下測未來之元旦,而余更惘然。元旦自元旦,哀樂人為之。人謂余性乖僻,無事不抱悲觀。夫余亦猶人耳,非別具肺腸者。余亦有笑口可開,余亦有眉頭可展。使余果有可樂之實際,則對此佳日,將舞手蹈足之不暇,何無疾而呻為?痛哉余心!余固不求人諒也。[47]

---

[47] 徐枕亞:《雪鴻淚史》,收入廖隱邨主編:《鴛鴦蝴蝶派作品珍藏大系》(北京:中國廣播電臺出版社,1998年),卷1,頁523-524。

翻譯成越南文：

Tháng Giêng (năm Kỷ Dậu, 1909)

Hôm nay là ngày tết nguyên đán.

Từ khi tôi ra đời đến nay, đã trải qua tết nguyên đán này hai mươi ba lần rồi, bóng xuân như mũi tên bay, mà tôi thì như cái cung, tên bay đi mà cung vẫn ở lại, im phắc như tờ. Năm thì một ngày một mới mà người thì một ngày một cũ đi, mòn mỏi thông minh hết quách rồi, còn đời ngây dại bán cho ai!

Tỉnh dậy, nghe tiếng pháo đùng, ra vườn thấy cảnh hoa nở, vui vẻ thay cho tết nguyên đán, mà sao tôi lại buồn bã thay cho tết nguyên đán? Tết nguyên đán cũ đã bỏ tôi mà đi, tết nguyên đán mới nó lại đuổi theo tôi mà chạy lại. Tôi nghĩ Tết nguyên đán khi trước thì tôi rớm nước mắt; tôi lại chưa biết tết nguyên đán sau này ra làm sao, thì tôi lại bâng khuâng, như giấc mộng hồn vậy. Cũng có người cười tôi, trái chứng trái nết, gặp sự gì cũng mua lấy một khối sầu. Than ôi! Tôi cũng là người, tôi cũng có mồm miệng, tôi biết cười; tôi cũng có mày mặt, tôi biết tươi; nếu thật là vui lòng, tôi tội gì không ốm mà tôi rên?

Than ôi! Tôi cũng không cần ai biết cho tôi làm gì nữa.[48]

為了讓讀者更好的體會到作品語言上的現代化意味，筆者將這段越南文字又翻譯成現代中文：

---

[48] 徐枕亞著，團協譯：〈雪鴻淚史 (I)〉，《南風雜誌》第77期（1923年11月），頁421。

正月（己酉年，1909）

今天是元旦節。

從出生的那一年到現在，我已經度過23次元旦節了，春光如箭，而我就像弓弦，箭都飛去了而弦卻寂靜地留下。歲月一天比一天新，而人卻一天比一天陳舊，聰明的都消失了，剩下的癡呆向誰發賣呢？

起來聽到爆竹的聲音，走到花園看到一片花開的景色，多麼喜慶的元旦節啊，我卻為何因元旦節而那麼傷心？我回憶過去的元旦節就想流淚，而想到以後的元旦節不知道將如何，我又很茫然，像是在魂夢中。也有人取笑我性格怪僻，遇到什麼事都自懷憂愁。哎呀，我也是人，我也有可開的笑口，我也有可展的眉頭，如果真的開心，我何必無疾而呻呢？哎呀，我也不需要別人理解我了！

其次，在觀察從《雪鴻淚史》到《讓婿記》等六個作品八個譯作來看，可以發現這些作品甚至還體現著越南國語的現代化完善。在翻譯作品的過程當中，為了讓國語字書面語更加接近口頭語言，而逐漸擺脫漢字文言文的影響，譯者有意識地把譯作的語言儘量純越音化，減少漢越音的使用。這裡所謂「純越音」和「漢越音」就像漢語裡「白話文」與「文言文」一樣，若一句話裡有太多漢越音詞語，會讓一般不具儒學教育背景的讀者難以讀懂。這種語言上的現代化，作品名字的翻譯上得到比較明顯的印證。在八個譯作當中，只有兩部譯作是用漢越音表達形式保留了原著名字，而基本上另外六部作品的名字都用純越音的語言形式來表達，比如《余之妻》翻譯為《我的妻子》，《玉梨魂》翻譯成《花

之下》,《讓婿記》翻譯為《梨娘之夢》等,基本上只要看作品名字就能懂其意義。相關整理請見表2-3。

譯者這樣的翻譯方法,一方面出自個人對國語完善化的意識,另一方面也是為了迎合讀者的需求。讀者對有太多漢越音詞語的譯本,基本上拒絕閱讀。當時漢越音的詞語也被稱為「艚字」(艚人的文字,即漢字)。上面曾經提到《南風雜誌》第175期上發表的〈略論國語字文學的進化〉,其中回憶十年前,在國語字文學形成之前的小說翻譯情況,徐枕亞小說有兩部被作者提到。除了前面談到的《雪鴻淚史》以外,竹河也提到《刻骨相思記》,這部作品在越南叫《余之夫》,翻譯成國語是《我的丈夫》。

表2-3 徐枕亞小説兩種書名翻譯對照

在越南出版的時間	在中國出版的時間	作品原著	原著名漢越音保留	書名純越音翻譯
1923	1914	雪鴻淚史	Tuyết hồng lệ sử 雪鴻淚史	
1924	1915	自由鑑		Gương tự do 自由之鑑
1927	1917	余之妻		Vợ tôi 我的妻子
1927	1915	刻骨相思記 (阮杜牧譯)		Chồng tôi 我的丈夫
1927	1915	刻骨相思記 (阮敦服譯)		Chồng tôi 我的丈夫
1928	1912	玉梨魂 (讓宋譯)		Dưới hoa 花之下
1928	1912	玉梨魂 (吳文篆譯)	Ngọc lê hồn 玉梨魂	
1928	1918	讓婿記		Giấc mộng nàng Lê 梨娘之夢

這部作品有兩個翻譯版本,幾乎在同一年問世,一部是阮杜牧翻譯,印刷成書籍,在 1927 年由新民書館出版的;另一個版本是由阮敦服翻譯在《南風雜誌》第 119-130 期上連載。這篇文章裡面提到在《南風雜誌》上連載的譯本,他說:「那部小說已經有了幾個譯本,我這裡想提起松雲先生名為《我的丈夫》的譯本。也許因為不印成書而普及到讀者,所以很少人知道,或許是因為他的翻譯行文太難懂了,所以讀者不喜歡。確實也應該承認他在行文中用了太多『軆字』了,在那些注重簡易且純粹的越音語言,以及反對在國語行文當中使用軆字的人的眼裡,他的文章肯定受到攻擊。」[49]

徐枕亞小說譯作中也能看出另外一種形式現代化的趨向,即小說章回結構的解除。在六個作品八個譯作當中,除了《自由鑑》是一篇短篇小說以外,另外五部都是長篇小說而且使用章回結構敘事。一般在每回的開頭,都標上題目,其往往是對仗工整、整齊劃一的概括性詞句。除了《雪鴻淚史》、《玉梨魂》每一章節的標題比較簡略之外,《余之妻》、《刻骨相思記》、《讓婿記》都是以詩詞作為每回的標題。通過七個譯作的考察,發現只有《雪鴻淚史》、《玉梨魂》因為標題的簡短而被保留地翻譯過來,阮敦服翻譯的《刻骨相思記》譯本也相當忠實於原著的章回結構,而其他譯本都把每章節的標題全部刪掉,內容中只留下「第一章」、「第二章」等題目。筆者認為這樣的做法無形中把小說傳統的章回結構給解除了,在閱讀的過程當中讀者自然不再被那些

---

[49] 竹河:〈略論國語字文學的進化〉,頁 124。

結構形式所約束,若被故事內容深深吸引時,甚至也會跳過那些並不顯眼的題目,那樣的情況使得小說形式逐漸向現代小說的形式靠攏。

小結

筆者在這一章裡,通過三大部分內容的展開,已經相當全面地介紹了越南 20 世紀初的兩次中國小說翻譯熱潮,並說明徐枕亞小說在越南的譯介以及目前有關各種譯本的資料現狀,筆者同時也論述了徐枕亞的小說翻譯,在越南當時如何體現了越南現代知識分子對中國「新文學」的形容。

在筆者對 20 世紀中國文學在越南的整個觀念當中,徐枕亞小說的譯介被看作中國文學身分轉換的開頭,這個身分在第一章被定為「外國文學身分」。從語言翻譯的角度來講,這個說法應該是成立的,但從文學觀念上來看,儘管在翻譯者、讀者、傳播形式等跟文學作品有直接關係的因素都發生改變,然而 20 世紀初期的文學觀念仍然體現著一種過渡時期的投影。在 20 世紀初期,譯者、讀者對中國文學的欣賞確實都已經產生了一定的距離,西方文學尤其是法國文學的出現,同時也讓人們初步地產生了「國別文學」的意識,但從審美觀念及欣賞習慣來講,由於長期和中國文學有深刻接觸,而一下子難以割斷連繫,體現著一種慣性的延續,在徐枕亞小說的接受現象上我們很明顯看到這些特點。在越南知識分子眼裡,不能說徐枕亞小說已經具備了「外國文學」的真正意義,作者本身也不像之後將近 20 年的魯迅被放

在「世界格局」裡來認識其地位。越南知識分子對徐枕亞小說的接受，還是印證著不少從對中國文學的接受傳統延續下來的文學觀念及審美欣賞習慣。儘管如此，徐枕亞小說的接受情況，在另一方面仍體現著知識分子在接受觀念上的改變。他們在徐枕亞小說中看到自己所熟悉的中國文學形象的同時，也發現了其中的現代性意義，並在文壇上為讀者呈現出一個「新」的中國文學形象。因此，筆者認為，這位作家及其作品在越南讀者對中國文學的接受過程中有非常重要的地位，它是傳統接受習慣的結尾，又是現代接受觀念的開頭。換句話說，徐枕亞小說譯介在越南對中國文學的接受歷史中，擔任了從古代過渡到現代的橋樑意義。從這個角度來講，它足以稱為20世紀中國文學在越南的起點。

雖然都是同時代的作家，但徐枕亞小說在越南如此受歡迎，魯迅反而比此晚了很多年才真正獲得越南讀者的認識，筆者認為這些都是值得我們去探討的現象。如果按照陳思和教授「先鋒與常態」說法的話，那麼徐枕亞小說就是屬於常態文學，而魯迅的創作是先鋒文學的代表性。在這兩種中國現代文學的形態被另一種國別文化接受的時候，常態文學一般都是首要被選擇，而先鋒文學往往要等到它使常態文學發生了相應的變化，並且它本身也喪失其先鋒意義後，才可以進入接受視野。魯迅在越南40年代後，才被越南讀者真正認識到其文學價值與文學史意義，足以說明這一點。觀察後面的譯介階段，其實也可以看到類似的現象。比如，在越南第二個譯介階段，即從40年代初到60年代末，當時各種中國文學作品都屬於常態文學形態，沒有哪一部作品具備先鋒意義的文學現象。因為這個階段的文學作品在中國文學史上

是屬於一個共名時代的文學。或者比如在第三個譯介時期,即從90年代初開始,張賢亮小說是經中越兩國文學關係中斷十多年後,第一批被譯介的中國文學作品。當時跟傷痕文學相比,反思文學的張賢亮作品還是往「常態」意義更靠攏一些。再舉例子,莫言作品在越南的接受情形也可以提供一些思考的空間。在他作品被中國文學史定位為「先鋒文學」時,越南讀者並不認識這位作家,而往往是他的作品進入了中國大眾視野以後才傳入越南文壇。或者可以提到在越南的中國尋根作家群體作為說明的例子,他們作品到現在雖然在越南已經有過譯介,但這一類作品仍然不是很受讀者的歡迎。

綜上所述,筆者認為文學作品的接受,尤其是在異質的文化背景下的接受,本來就是一種常態形式的發展,它往往隨著一種文化對另外一種文學的看法的變化而逐漸發生變異,而不可能跟過去、跟傳統一下子割斷聯繫,因此它很自然地把常態文學的現象率先納入自己的接受視野。

第三章
從「新文學」到「現代文學」：
40 年代到 60 年代期間的中國文學譯介

　　這一章的標題，筆者借用了陳思和教授〈中國新文學整體觀〉一文[1]中「新文學」和「現代文學」概念的含義。文章中回顧中國 20 世紀文學史的研究發展，陳教授總結出其三大階段，即「中國新文學史」、「中國現代文學史」以及「中國 20 世紀文學史」。陳教授認為「新文學史」、「現代文學史」和「20 世紀文學史」雖然只是代名詞，但它們本身卻代表不同歷史階段對文學史這門學科的不同認識。其中 30 年代初的「新文學史」階段中「新文學」被看作是文化現象，是當時人們認識當代社會發展的一種參照，這十年新文學的總結是，具有恆久的學術價值。到了 1949 年以後的「現代文學史」階段，「現代文學」的含義既不是世界意義上的 "modern"，也不是時間意義上的 "contemporary"，它是一種特定的政治概念，也就是指 1919–1949 年之間的新民主主義革命時期，因此也有文學史稱其為「新民主主義時期的文學」。其政治對學術的制約是相當明顯的。在這個前提下，「中國現代文學史」只是「中國現代革命史」普及教育的一個方面。

---

[1] 陳思和：〈中國新文學整體觀〉，《秋裡拾葉錄》（濟南：山東友誼出版社，2005 年），頁 42–52。

筆者認為如此含義的兩個概念，恰好能夠表達越南對中國文學第二個階段的接受特徵，越南讀者對中國文學的接受確實經歷過從文學欣賞的立場轉向政治圖解的立場的過程。這個譯介時期的時間跨度，若需要用具體的紀年來表達，應該是 1942–1966 年。1942 年是魯迅作品開始被系統性地譯介發表的一年，直至 1966 年大約結束了越南對中國文學新動態的關注，在此以後 15 年期間沒有任何一部中國文學新作被譯介到越南。

筆者這一章標題之所以借用陳思和教授的概念，是因為除了能夠表達越南接受者在不同歷史階段對同一個文學對象產生不同認識以外，這些概念還可以用來說明一個情況，即譯介重點從對「新文學」作品的關注逐漸轉移到對「現代文學」新動態的追蹤。40 年代時期，越南文壇集中譯介了魯迅和曹禺的作品。從 50 年代初到 60 年代中旬，大概 15 年的時間中，大部分中國文學作品譯介，以中國 40 年代末到 50 年代末的主流文學為主。

第二個譯介時期從表面上（至少書籍出版時間方面）來看是一個完整的時間段，中間幾乎沒有中斷過，但實際上通過具體的資料考察，將會發現其內部在接受思想上發生過變化，這個變化可以從好幾個層面闡述。從文學本身來，中國新文學從被視為世界文學的一部分脫離，並轉變為政治意識形態的忠實表達。從接受讀者的角度而言（這裡所謂「讀者」主要指的是作為高級讀者的翻譯者），面對文學作品時，他們從對作品的藝術創造的關注，逐漸轉移到對作品主題意義的不斷修正，並且努力為之定下「統一」的解讀觀念。從整個文學譯介時期的全貌來看，呈現出一種

從「無名」的、多元化的文學接受狀態,逐漸發展到極其統一的「共名」接受思想。這些不同層面的變化之間沒有一個共有的具體時間界限,換句話說,它們不是在共同的時間點上同時發生變化,不像前述提及在中國「新文學」和「現代文學」的不同文學史研究階段,以 1949 年中國政治趨勢發生變化作為時間界限。在越南接受中國文學的第二個階段裡,必須根據不同情況(不同越南譯者對中國文學的譯介工作,或者不同中國作家作品的譯介狀況等)才可以把發生在不同層面的變化一個個的時間標誌確定下來。第二個階段總體的發展趨向,即從對作為世界文學一員的「新文學」的認識,走向對作為貫徹毛澤東文藝思想的「現代文學」的全盤接受。

在本專著的第三章裡,為了更好地呈現第二個文學譯介時期的總體特徵,筆者將會論述三大問題。

其一,介紹越南譯者鄧台梅對中國文學的譯介與研究,並集中論述他在文學譯介觀念上的轉變。鄧台梅被越南文學界普遍認為是第一位介紹中國新文學到越南的翻譯者,他的主要貢獻在對魯迅、曹禺作品的譯介與研究、中國現代文學史教材的編寫及參與指導,並展開對中國現代文學作家作品的譯介工作。他對中國現代文學在接受觀念上的轉變以 1945 年為界。1945 年之前,鄧台梅主要譯介魯迅的小說、詩歌與戲劇、曹禺的《雷雨》和《日出》、傅東華的一首詩,以及發表一些介紹新文學、魯迅或曹禺創作的文章。1945 年之後,他編寫越南的第一部中國現代文學史,指導現代文學的譯介和研究工作。由於他在越南政府機構中有重

要地位,在學術界中也是權威學者,所以他對中國現代文學的研究觀點,便成為越南的中國現代文學研究領域中研究者的指導觀點。

其二,介紹潘魁對魯迅文學的譯介觀點,並突出該觀點與時代背景如何產生落差。潘魁是魯迅作品譯介的另一位重要翻譯者。從資料的考察來看,潘魁比鄧台梅早一步譯介了魯迅的作品,然而,30年代潘魁對魯迅文學的譯介,在越南文壇上並未產生任何影響,他的譯介在50年代時期才開始被讀者注意。1955-1957年期間,潘魁出版了魯迅的兩部小說集《吶喊》、《彷徨》以及一部分雜文。潘魁的譯介觀點呈現對魯迅文學的藝術思想性的捍衛態度,堅持知識者的立場。越南當時的國家文藝政策,要求譯介呈現毛澤東文藝方向的中國文學作品,在這樣的歷史環境中,潘魁的觀點遭到嚴重的批判與否定。而和潘魁在思想上發生嚴重分歧的觀點就是鄧台梅,兩人的分歧主要在對魯迅文學形象意義的理解上。鄧台梅觀點壓抑了潘魁的觀點,意味著當時意識形態化的文學觀念成為越南文學譯介的主流話語。然而潘魁所堅持的知識者立場和對文學本身意義的維護,卻為這個被視為思想單一的譯介階段,添上更有文學意義的內涵。筆者認為對潘魁的文學譯介觀念的重視,也是本專著的一個突破點,這不僅展現觀察文學接受史的客觀態度,還原該文學史更豐富的全貌,而且也表達筆者對文學接受史的個人觀點,即文學接受史不僅反映了一個國家讀者心目中的外國文學形象,更是該國知識分子的精神史,他們的思想觀念都透過他們所選擇譯介的作家作品來獲得呈現。

其三,本章通過資料的考察來呈現越南對中國當時屬於「主

流文學」的譯介畫面。所譯介的作品集中在現代文學和當代 40 年代末到 50 年代末的文學作品。若用現在的眼光來看，這個畫面包括現代作家，除了魯迅、曹禺之外，還有郭沫若、茅盾、巴金、老舍、葉聖陶等；也包括當代作家，像趙樹理以及當時是「主旋律文學」作家，如杜鵬程、劉青、梁斌、吳強、羅廣斌、楊益言、歐陽山、楊沫等。這個宏大的畫面，尤其是「主旋律文學」的那一部分，經過 50 年歷史後幾乎不再被越南讀者所記得，也似乎沒有在中國文學研究中被提到，然而筆者認為，它仍然為下一個譯介時期留下相當深刻的痕跡。

第一節：文學譯介與時代背景

一、外國文學的全新身分

在這一章的開始，筆者將接著前面章節的思路繼續談，即關於 20 世紀初期中國文學在越南文壇上所形成的外國文學身分這個問題。如果說 20 世紀初期階段，徐枕亞小說譯介是標誌著中國文學身分轉換的起始，那麼所謂「外國文學身分」其實還沒真正確立起來。雖然在表面形式上，例如語言翻譯的需要、讀者現代型知識分子的新身分、文學傳播方式的現代化等一切因素都發生質的變化，但實際上對中國文學的接受仍然保留不少從古代文學到現代文學範疇的過渡性觀念。

到了 1942 年，越南讀者視野下的中國文學形象已經發生全新的改變，即變成「作為世界文學一員的外國文學」形象。筆者將把論述重點放在越南讀者的「視野改變」問題，而非中國文學

形象本身。第二章中提及,早在 30 年代初,越南報刊上已經出現過不僅一篇有關中國新文學介紹的文章,然而當時還抱持著從接受傳統延續下來的文學觀念及審美欣賞習慣的越南讀者,並不認可這樣的新文學形象,這意味著當時中國新文學還沒進入越南讀者的接受視野。到了 40 年代,這個視野有了全新的改變。實際上在進入 20 世紀初期的時候,它早已在內部開始發生變化,只不過那些變化還不足以呈現出「全新」的品質。語言方面而言,20 年代徐枕亞小說譯介的階段中,由於越南文字的改變,對中國文學作品形成了翻譯的需要,但這時候的漢字從某種程度來講還不完全是一種陌生的文字,尤其是對當時具備中國傳統文化教育背景的知識分子,它更難以稱上是「外來的語言」。然而,到了 40 年代這個情況已不復存在,用來創作文學作品的漢語已經是一個「歐化」形式的白話文,不再是越南知識分子過去所熟悉的按照傳統語法形式的文言文。越南學者鄧台梅在〈中國文化在我國未來學術領域中的地位〉一文曾表示,越南人若要瞭解中國新學術界的情況,應該學習中國的普通話和白話文,而不是學中國古文。[2] 因為在學校學了七、八年的古文出來後,遇見中國人時,仍然需要翻譯者或筆談才可以溝通,看中國現在的報刊、書籍時也不懂其意思。他還進一步提醒越南讀者,中國現在的語言已經是「文言合一」了。這就說明,在越南接受者的視野裡,此時的中國語言已完全是「外來語言」。

---

[2] 鄧台梅:〈中國文化在我國將來學術中的地位〉,《清議雜誌》第 100 期(1945 年 2 月),頁 76–81。

到 1942 年為止,帶有世界性因素的、被納入世界文化格局的中國新文學已至少有 25 年左右的發展歷史,其發展歷程從 20 年代在現代知識分子「小圈子中傳流」,到 30 年代獲得讀者的廣泛接受及市場的認可,再到 40 年代因面對戰爭的現實,而不得不在文化價值結構內部三分天下。

還有另外一個原因,使得中國文學在 40 年代的越南文學環境裡能夠獲得「外國文學」的真正意義,因為此時的越南文壇已經具備世界文學的背景。進入 20 世紀,越南文學先是脫離中國文學的「同文」傳統,再向西方文學系統模式學習與借鑑,到最後在這兩條文學源流的基礎上建立一種屬於自身民族國家的現代型文學,這個形成機制本身已經很明顯地具備了世界文化文學氛圍。在越南現代文學史上,1932 年是一個非常有意義的時間標誌,這一年見證著兩個重要的文化現象的發生,即越南的第一個現代文學社團「自力文團」的成立以及開啟新詩運動的第一首詩〈老了的情〉的問世。這首詩的作者是潘魁,他是筆者後面將會談到的魯迅作品的重要翻譯者之一。這兩個事件標誌著越南新文學的誕生。經過將近十年的歷史發展的越南新文學,至 40 年代時,與其他國家文學(包括中國文學在內)基本上已有了對等的地位,它在世界各種國家文學發展網路、思潮流變中發展,同時和這些國家文學共同建構起一個豐富的世界文學體系。在一種文學成為世界體系的一分子時,其研究者在觀察其他國家文學同樣也會將之看成世界體系的一部分。從這個意義上來說,中國文學形象,在 40 年代越南文學的接受視野下,是真正意義上的外國文學。

二、作為文學譯介背景的一些文化現象

　　在越南現代歷史上，40年代到60年代是一個有重要意義的歷史階段。在國家政治體制上發生重大轉折的同時，整個國家也在一個特殊的發展環境裡，一邊維護自己的獨立，一邊把新生的國家建設起來。1945年9月2日，越南向全世界宣告越南民主共和國成立，國家主席是胡志明，首都在河內。之後不久，1946年12月19日剛從敵人手裡得來的主權又一次面臨被剝奪的危機，整個國家人民進入抗法戰爭時期。1954年10月10日，以河內為中心的北方得到解放，以西貢為中心的南方土地上，法軍退出越南戰場的時候，美國又進來接續戰事，直到1975年4月30日，越南獲得整個土地的解放，南北統一。

　　一個時代的歷史背景與其說會直接影響到文學的發展，不如說會在文學的發展歷程中（包括文學譯介與接受在內）留下它的痕跡。儘管在某些時期文學不得不為國家政策服務，但同時它還是很本能地去尋找兩者之間可以調和的方式，來維護屬於自己生存的空間，按照自己內部的規律而發展。所以筆者希望做到的工作，不是去證明文學譯介與接受是如何服從國家的文藝政策，而是換一個角度去觀察文學在與國家政策親近的時期中，它是怎樣以文學的姿態發展，出發於對文學譯介與接受的研究立場，盡努力呈現整個以文學為主線的發展面貌（而不是文學為政治服務的面貌）。因此對於在這個階段發生的跟越南對中國文學的譯介與接受有關的文化事件，筆者作了單獨的陳列，而不放在個別文學譯介現象研究中進行一起分析，意思是想把它看作文學譯介的背

景來瞭解，而不是把它作為決定文學譯介的發展趨向的主要因素。

在越南民主共和國誕生之前，越南共產黨的文藝組織「救國文化會」於1943年2月成立，機關刊物是《前鋒》雜誌，提出〈1943年越南文化提綱〉。[3]〈1943年越南文化提綱〉為越南文化運動提出三大原則：民族化、科學化、大眾化。「民族化」是指「反抗所有阻止越南文化獨立發展的所有奴役、殖民影響」。「科學化」要求「反抗使文化走向反科學、反進步道路的所有力量」。「大眾化」是指「反抗使文化背叛或背離廣大群眾的所有主張、行為」。〈1943年越南文化提綱〉也提出，越南新文化是由越南共產黨領導，雖然未具備社會主義文化或蘇維埃文化的特徵，但在形式上有民族性質，在內容上有新民主特徵。

越南民主共和國成立之後，1948年7月越南第一屆全國文藝代表大會召開。在這次大會上，「救國文化會」結束了其歷史使命，大會決定成立了「越南文藝會」，組織機構有：《文藝》刊物、文藝出版社及人民文藝學校。1957-1983年，魯迅作品第一翻譯者鄧台梅先生一直是「越南文藝會」的主席。這次大會上也決定將〈1943年文化提綱〉作為新越南的文化綱領。

1946年，鄧台梅翻譯了毛澤東的《新民主主義論》，大眾出版社出版。

---

[3] 長征：〈1943年越南文化提綱〉，收入長征著，蘇輝若主編：《長征選集1937-1954》（河內：國家政治出版社，2007年），第1集，2007年，頁204。

1949 年，事實出版社出版毛澤東《文學藝術的問題》，[4] 譯者叫「活動」翻譯。事實出版社成立於 1945 年 12 月 5 日，現為事實國家政治出版社。出版社的主要任務是傳播馬克思列寧主義、胡志明思想和宣傳越南黨、政府的政策與路線。這本書的內容就是毛澤東在 1942 年 5 月 2 日和 23 日兩次在延安文藝座談會上發表講話，也就是中國文學史上的《在延安文藝座談會上的講話》文本（以下簡稱《講話》）。按書封面上的說明是「馬克思叢書」，我們可以理解此時《講話》更多的是被當作宣傳馬克思理論的參考書，而尚未成為中國文學譯介的指導方針。實際上從此年之後，在越南文壇上就開始出現毛澤東文藝思想所提倡的中國文學作品了。

1950 年 1 月 18 日，越南與中國建交。

1955 年，由鄧台梅帶領的越南作家代表團訪問中國。回來之後寫了《與五位中國作家相見》[5] 一書，文藝出版社 1956 年出版。書內容寫到五位中國作家趙樹理、李季、魏巍、陳登科、曹禺相見後，給越南作家留下的印象。

1955 年，南木翻譯毛澤東《文學藝術論》，文藝出版社出版。這本書也就是《講話》。此文本不是第一次被翻譯成越南語，但要等到這個時候，它才被看作文藝工作中的重要指導文件，對文藝工作有著直接影響。

---

[4] 毛澤東著，活動譯：《文學藝術的問題》（河內：事實出版社，1949 年）。
[5] 鄧台梅、阮功歡、黃忠通、武秀南：《與五位中國作家相見》（河內：文藝出版社，1956 年）。

1955年，南松翻譯了《批判胡風的資產唯心文藝思想》，[6] 文藝出版社出版。其中收集並翻譯了郭沫若、蔡儀等人的文章。

1957年2月，越南第二屆全國文藝代表大會召開。在大會上，當時是前任黨總書記長征發表講話強調：

> 最近政治和文藝的問題在社會輿論中特別突出。關於這個問題，馬克思列寧理論已經談了很多。在中國，毛澤東同志在延安文藝座談會中也討論到。馬克思列寧理論認為，在有階級的社會裡，文藝是反映了階級鬥爭，具備明顯的階級性。這個觀點已經獲得咱們大多數文藝工作者的認同。文藝為政治服務指的是階級的政治，不是為一個籠統的政治或為某一個搞政治的人而服務。
>
> 我國的文藝公開站在民族、勞動人民的權利這一邊，並承認越南勞動黨的領導，這是我們時代的一個特點。這也是現在越南民主共和國文藝的黨性。[7]

此番談話明顯體現越南對中國當時的文藝思想的認可，而且「文學為政治服務」還成為越南全國的文藝發展政策。這就意味著越南對中國文學的接受，正式走進以毛澤東文藝思想的反映作為譯介準則的時期，開始了越南文壇對中國「現代文學」的緊切關注的階段。

---

[6] 郭沫若、蔡儀著，南松譯：《批判胡風的資產唯心文藝思想》（河內：文藝出版社，1955年）。

[7] 長征：〈在愛國主義和社會主義的旗幟下為豐富的民族文藝而奮鬥〉，收入長征著，蘇輝若主編：《長征選集1955–1975》（河內：國家政治出版社，2009年），第2集，頁265-266。

1958 年，事實出版社出版《中國文藝界的反右派鬥爭》，[8] 翻譯了當時發表在中國的《人民日報》、《文藝報》上有關 1957 年開始的反右派鬥爭的一些社論和評論文章。

1958 年，事實出版社在上述的資料之後，緊接出版周揚《文藝戰線上的一場大辯論》。[9] 封面在標題下方特別注釋，內容根據 1957 年 9 月 16 日在中共中國作家協會黨組擴大會議上的講話整理、補充和文藝界的一些同志交換了意見之後寫成。在出版前言介紹周揚的講話在《人民日報》上發表。

1960 年 2 月 6 日，越南文學研究院成立，機構刊物是《文學研究雜誌》，第一任院長是鄧台梅先生。這是越南社會科學研究領域中最早成立、學術名譽也是最高的學術研究組織之一。《文學研究雜誌》從 1960-1969 年期間是月刊，1970-1993 年每兩個月出刊一次，1994 年後又從「雙月刊」變「月刊」。在雜誌名稱的更改上經過三個階段的變化：1960 年創刊到 1963 年第 6 期是《文學研究雜誌》；1963 年第 7 期到 2003 年改成《文學雜誌》，從 2004 年至今又還原《文學研究雜誌》的初名。《文學研究雜誌》創刊頭兩年（1960-1961 年）用很多空間介紹有關中國現代文學的情況，尤其是翻譯當時文藝主流話語的文章。比如，1960 年第 5 期發表以群〈五四文學革命的輝煌傳統〉；[10] 1960 年第 7

---

[8] 邵荃麟、陸定一著，武慧琼、潘春皇、武幸、秀炎譯：《中國文藝界的反右派鬥爭》（河內：事實出版社，1958 年）。

[9] 周揚著，武慧琼、武戌越譯：《文藝戰線上的一場大辯論》（河內：事實出版社，1958 年）。

[10] 這標題在翻譯的過程中可能有修潤過。筆者根據越南原文直譯過來。

期發表馮至〈學習毛澤東思想，進一步確定外國文學研究方向〉；1961 年第 7 期發表何其芳〈毛澤東文藝思想是中國革命文藝運動的指南〉等。

　　從上述一系列文化事件的陳列中，可以注意到三個時間點：1945 年之前，1949-1955 年，1955 年以後。在 1945 年之前是「新文學譯介階段」。文學作品的譯介可以說是出自翻譯者的自由選擇。作為一個知識者的翻譯者的工作基本上還沒受到時代精神的太多制約，文學作品翻譯的選擇從某種程度是上體現著翻譯者個人的文學觀念、審美感受、精神立場等。1949-1955 年，隨著毛澤東文藝思想在越南的宣傳以及中越兩國關係的友好，中國「現代文學」逐漸進入了越南文壇，這個階段可以說是「現代文學譯介的開端」。1955 年以後（具體的下限是 1966 年）可以說是「現代文學譯介的高峰期」，翻譯表現「毛澤東文藝思想」的文學作品成為國家文藝政策，屬於當時中國文壇的「主流文學」的大量作品，都被翻譯介紹到越南。此外，也有一部分「新文學」被翻譯，但它基本上也被視為屬於「現代文學」的範疇，換句話說，這些作品因為符合「新民主主義文學」特徵，才被翻譯介紹。

　　總而言之，整個文學譯介時期比較明顯地體現「共名」的發展趨向。「共名」是陳思和教授在 20 世紀中國文學史理論中所提出的概念。概念的含義是「當時代含有重大而統一的主題時，知識分子思考問題和探索問題的材料都來自時代的主題，個人的獨立性被掩蓋在時代主題之下。我們不妨把這樣的文化狀態稱作為「共名」，而這樣狀態下的文化工作和文化創造都成了「共名」的派生。「共名」的文化狀態下，時代主題對知識者來說，既是

思想的出發點又是思想的自我限制，從某種意義上說，也可以把這種狀態下工作的知識者稱作時代精神的「打工者」，[11] 這個概念恰好能夠表達越南對 20 世紀中國文學的第二個譯介時期的發展特徵。若需要用一個詞語來概括這個時代的中國文學接受精神，那應該是「體現毛澤東文藝思想」。許多翻譯者都是在這個統一的時代要求下譯介了中國文學作品。

第二節：鄧台梅譯介觀念的轉換

一、鄧台梅的中國文學譯介與研究

雖然說中國文學翻譯與研究並不是鄧台梅一生所追求的事業，但他在這一領域中的成就具有奠基性的意義。他被越南文學界普遍認為是第一位介紹魯迅文學事業及翻譯其作品的譯者，他是第一位編寫中國現代文學史的學者。他許多有關中國現代文學的評論文章，都成為後來年輕研究者的指導觀點。在鄧台梅所處的特殊歷史環境裡，他的影響一方面來自於個人的淵博知識及深邃的思想，一方面他的社會地位也有助於增加他在學術界中的影響分量。

鄧台梅（1902-1984）是越南著名的教育家、文學研究專家、文學家，出身於儒學傳統和革命傳統的家庭。父親參加過潘佩珠、潘周貞提倡的「維新運動」，後來被抓進牢裡。鄧台梅從小就在

---

[11] 陳思和：《新文學整體觀續編》（濟南：山東教育出版社，2010 年），頁 262。

奶奶老家學漢字，長大一點繼續學國語字。

22歲高中畢業後考上河內東洋師範高等學校。這是由殖民政府創辦的東洋大學院裡面的附屬學校，主要培養小學和中學老師，課程安排基本上按照法國教育系統模式。東洋大學院體系中還有其他附屬學校，像東洋醫科學校、東洋獸醫高等學校、法政學校、農林高等學校、文科高等學校、美術高等學校等等，這些附屬學校是後來新越南許多著名大學的前身。東洋大學院被認為是越南第一所現代型大學，越南許多著名教授都是從這所學校畢業。鄧台梅1925-1928年在校期間開始積極參加各種愛國運動。

1928年畢業後他成為順化國學學校的教師。順化位於越南中部，是阮朝時期（1802-1945）的京城。順化國學學校是越南的一所歷史傳統最悠久的高中學校之一，成立於1896年。鄧台梅在學校工作期間因為參加革命運動，坐了三年監牢。

1932年出獄後，鄧台梅搬遷到河內並在一所私立學校繼續教育工作。

1935年，和朋友一起創辦升龍私立學校。參與學校的教育工作都是當時的一批愛國的知識分子，他們通過教育的橋樑，傳授並培養學生愛國的精神，因此這一所學校在歷史上被稱為越南革命的搖籃。

1939年以後，鄧台梅開始接觸馬克思主義思想，以及其文藝理論與世界革命文學，他開始將筆和文章作為革命思想的表達及戰鬥的武器。他用越南語和法語給報刊投稿的同時，也開始寫一些短篇小說。

1945年之前,他最著名的著作有:1944年出版的《文學概論》,被認為是第一部運用馬克思主義文藝理論,系統性地論述文學理論相關問題的著作;1944年出版《魯迅的身世與文藝》;1945年出版《中國現代文學中的雜文》,他這時候也翻譯了魯迅在各類文體上的作品,及曹禺的戲劇《雷雨》、《日出》。

從嚴格意義上來講,鄧台梅並不是第一個翻譯魯迅作品的人。據越南研究者的考察,在1931年,越南另外一位作家武玉潘早已翻譯了《孔乙己》並發表在《法越雜誌》12月1日第59期。[12] 當時這篇小說是根據法語版翻譯過來,武玉潘當時並不認識魯迅,所以他無法從"Lousin"的英文拼音推測出「魯迅」一名,作品的名字也翻譯成《孔士氣》。後來,魯迅逝世週年(1937年),譯者潘魁翻譯了魯迅的兩部作品。當年2月6日在《香江雜誌》第27期上發表了《孔乙己》,不過當時這篇小說的作者沒有被說明得很清楚,僅寫「L. S. 的短篇小說」。讀者不知道L. S. 到底是誰。同年11月6日,潘魁又翻譯了《華蓋集》裡的〈犧牲謨〉並發表在《東洋雜誌》第26期上,才稍微具體的介紹作品「原文是LUSIN(魯迅)——中國去年剛去世的文豪。」然而當時越南文壇幾乎沒有產生任何反響,一直要到1942年,經過鄧台梅的一系列譯介成果後,魯迅才成為越南讀者所關注的文學家。由於這個原因,後來越南學界中許多學者還是更願意把鄧台梅看作第一位介紹魯迅作品的重要翻譯者。

---

[12] 阮文校:〈1945年8月革命前在越南的中國現代文學介紹研究情況初探〉,《中國研究雜誌》第5期(2000年10月),頁60。

第三章 從「新文學」到「現代文學」：40年代到60年代期間的中國文學譯介

從文學接受的角度來看，1945年在鄧台梅的中國文學譯介研究事業中可以說是個重要轉捩點。在此之前，或許是因為對中國新文學的接觸還處於開始的階段，或許是因為鄧台梅本身尚未擔任更重要的政治任務，所以他對中國文學的見解還是能夠保留較多的學術成分。在1945年之後，隨著鄧台梅的知識者身分受到政治崗位上的制約，也隨著越南和中國在政治關係上的密切，他的中國文學譯介研究工作不得不參雜著意識形態因素。

1945年之後，鄧台梅先後擔任了教育領域、文藝領域、學術領域中的領導職位。1946年，他擔任新越南政府的教育部部長。1954年，他擔任文科師範大學的校長，這是一所在新越南獲得北方土地上的主權以後於1954年設立的大學。1956年這所大學分成兩個不同的學校，即綜合大學[13]和師範大學，到現在這兩者都是越南的一流大學，尤其在文學研究領域中都有很高的學術聲譽。1956-1959年，鄧台梅教授同時擔任這兩所大學文學系的系主任。1957-1983年，他連續三屆擔任「越南文藝會」主席。1959-1976年，擔任越南文學研究院的院長。

在這30多年的時間裡，鄧台梅的研究範圍並不像之前把興趣放在對中國文學的關注上，而擴展到越南古代文學、越南現代革命文學、世界文學（尤其是俄羅斯文學和歐洲古典文學）等更廣泛的研究領域。

對於中國文學，鄧台梅此時基本上不再參與作品譯介工作，

---

[13] 1993年，綜合大學合併河內一些院校之後組建了河內國家大學。

轉向評論與研究。而他的學術研究觀點越來越體現了意識形態化的傾向，透過他在這階段所寫的學術文章，都能相當明顯地看到這一點。

1955年，他發表〈最近中華學術界裡的思想鬥爭〉在《師範大學集刊》6月第2期上，該文介紹了當時中國學術界對古典文學研究專家俞平伯《紅樓夢研究》的批判，和對文學理論家胡風及其「集團」的反對。[14] 同年發表〈胡適──從買辦思想到反國〉在《祖國報》6-8月第14-16期上，發表〈清除胡風思想及其反動集團〉在《祖國報》9月第19期上。

1956年，發表〈魯迅──鬥爭的榜樣〉在《文藝報》10月24日第143期。該文的主要觀點認為「魯迅的一生是鬥爭的一生。為民族、為祖國而鬥爭。在文藝和思想領域中鬥爭。反帝國主義的鬥爭，反軍閥官僚的鬥爭，反買辦資產的鬥爭，反道德虛假的鬥爭，反偽裝革命分子的鬥爭。為了與時代同步，為了指導時代而跟自己鬥爭。為了領導整個思想運動走到勝利而在自己內部團體也進行鬥爭。魯迅的天才與個性，是在中華大眾人民的鬥爭中煉成的，也是一百年以來全體中華人民英勇的鬥爭精神的偉大表現。」[15]

1958年，鄧台梅編寫《中國現代文學史略1919年-1927年》（事實出版社出版）。在專著的前言，鄧台梅說明編寫這本書的

---

[14] 鄧台梅：〈最近中華學術界裡的思想鬥爭〉，收入鄧台梅著，文學出版社編：《鄧台梅全集》（河內：文學出版社），第2集，頁323-336。
[15] 鄧台梅：〈魯迅──鬥爭的榜樣〉，收入鄧台梅著，文學出版社編：《鄧台梅全集》（河內：文學出版社，1997年），第2集，頁383。

理由：

> 在八月革命成功之前，我們曾經想出版一本書叫《一百年中國歷史（1840-1940）》，其次是一本《一百年中國文學（1840-1940）》。稿子剛完成，全國抗戰就發生，那兩卷書稿都還沒送到印刷廠去。在抗戰期間，我們有時間去重新看稿子並深入思考。我們覺得：應該重新審定那兩本書裡的編寫觀念。因為：從歷史方面來講，那一段一百年的歷史裡，中國社會在質上發生改變，從一個封建社會轉變成一個半殖民地半封建社會。有很多重大事件已發生。中華革命的性質也是從就民主革命向新民主革命轉變。如果將一百年裡所發生的那麼多重大事件全都寫在一百張書頁裡並為讀者一一解釋有關封建社會、半殖民地半封建社會、中國革命的性質，恐怕是一個超乎能力的願望。因此，我們認為應該把那段歷史分成兩個部分，近代部分是從 1840 年（鴉片戰爭）到五四運動和現代部分是從五四往後面。另外一個方面的原因是關於資料問題，15 年前我們所接觸到的資料，尤其是有關基礎理論的資料，基本上都是太簡略，錯誤思想也比較多。總之，要重新修改這兩本書的內容結構。所以，在想到兩本書的出版打算只能中途放棄，甚至以後也沒有機會讓它們見到太陽，我們也不覺得很後悔或許很可惜。[16]

從這段話裡，起碼可以看出鄧台梅編寫這部文學史專著的時候明顯受到毛澤東文藝理論的影響，即把 1919 年以後的文學看作「新民主主義時期」的文學。

---

[16] 鄧台梅：《中國現代文學史略 1919 年–1927 年》（河內：事實出版社，1958 年），頁 3-4。

1959 年，〈接觸中國文學之路上的一些回憶〉一文被收集在《送給中國的詩與文》特刊，由文學出版社出版。文章中，鄧台梅回憶了他從小到現在對中國文化文學的個人瞭解和感受，包括古典文學和現代文學，尤其是他怎麼樣接觸、認識及理解魯迅思想和文學創作。[17] 這篇文章是為迎接中華人民共和國成立 10 周年而寫的。

　　1961 年，在《文學研究雜誌》第 7 期上發表〈越南文學與中國文學的悠久和密切的關係〉，文章總結了在兩千多年歷史中，兩國文學關係經過不少挫折，終於現在已經取得相當好的成績，文章寫到：「經過幾年奮鬥，我們現在已經有了一批有能力的幹部，他們可以很好地擔任向越南群眾讀者介紹中國文學的工作。我國讀者越來越多，他們也越來越關注中國文學。今天的讀者已經有很好的機會去系統性地閱讀中國古典文學，他們對古典文學也具備比以前更健康的欣賞興趣。現代文學更可以給我們讀者群眾帶來豐富的實踐意義，其中嚮往社會主義的路程，為人類的獨立、和平而鬥爭等主題內容都使得越南作家、讀者對中國作家的文學創作感到很親切。」[18] 文章最終總結：「在越南勞動黨和中國共產黨的領導下，出發於國際主義友誼的立場及馬克思列寧主義的科學路線的兩國文化交流已經初步獲得良好的成績。我們有足夠理由相信，在未來兩國文學文化關係將越來越密切，取得越

---

[17] 鄧台梅：〈接觸中國文學之路上的一些回憶〉，《在學習與研究之路上》（河內：文學出版社，1969 年），第 2 集，頁 176-203。
[18] 鄧台梅：〈越南文學與中國文學的悠久和密切的關係〉，《在學習與研究之路上》（河內：文學出版社，1969 年），第 2 集，頁 240。

來越美滿的結果。」[19]

從鄧台梅的一系列學術文章中，我們不難看出政治意識形態對學術的制約是相當明顯的。尤其是體現在一個像鄧台梅這樣有多重身分的人物身上（政府領導者、教育工作者、學術研究者），學術意識和政治意識形態意識這兩者的關係幾乎是達到最高的統一和融合。鄧台梅的文學譯介觀念從某種程度來講可以代表整個時代接受精神的發展趨向，實際上，他的譯介觀點仍然在今天的學術領域中繼續發揮其影響。

二、魯迅譯介：從「世界文壇上的大文豪」到「中國文化革命的主將」

（一）世界文學視野下的魯迅

鄧台梅從 1942 年開始譯介魯迅的作品。他當初並沒有把魯迅很「狹隘」地刻畫為中國新民主主義時期文學的偉大形象，而是用世界文學的眼光來形容這位作家。

1942 年，鄧台梅翻譯魯迅的〈人與時〉並發表在《清議雜誌》10 月第 23 期的「外國名文」欄目中。他當時寫出的介紹詞是：

> 如果說「譯」就是「反」，如果說詩不是一個可以「懂」的故事而僅是可以「感」的故事，那麼我們就應該放棄翻譯和講解外國詩歌的念頭。

---

[19] 鄧台梅：〈越南文學與中國文學的悠久和密切的關係〉，《在學習與研究之路上》，第 2 集，頁 241。

一首用民族語言寫的詩，在被翻譯成其他國家語言的時候，不得不擺脫掉其形式上的詩味，內容上的音響和節調，詩人的意思及其性格中理性上無法領會到的微妙和深奧。尤其是現在的詩壇上已經出現一些就喜歡寫得黑暗、寫得神秘，寫得讓別人無法理解的筆觸。

儘管如此，有一點還能讓我們欣慰的是，全人類的性格中仍有大同之處。所以，一篇名文的特性就是它有普遍的性格（universel）。

我們也很幸運因為今天在這個世界上的許多詩人當中不是所有的人都已經喝了 Dadaisme 派的迷魂藥。

魯迅（1880-193?）是最近幾年剛去世的中國先進文藝家。魯迅的很多詩文都被翻譯到國外去。魯迅的特色是用平淡的話覆蓋著深奧的意義。《清議雜誌》在將來會介紹給讀者的小說《阿Q正傳》是魯迅的一部已被翻譯成法語、英語、俄語、義大利語、日語、俄語等多種語言的作品。魯迅的思想與藝術不是中國獨權擁有的產物，而是世界名文庫裡的共同物品。

我們也要翻譯，講述魯迅的詩與文。我們不敢說自己可以全面地展現出這位中國文豪的思想面貌。我們只能說會盡努力去「懂」。「懂」，也是一種相遇。努力去相遇，我們是否能「懂」，能「見到」嗎？

下面的一首詩〈人與時〉是摘自《新青年》，這是中國近15年來的著名雜誌。[20]

---

[20] 魯迅著，鄧台梅譯：〈人與時〉，《清議雜誌》第 23 期（1942 年 10 月），頁 16-17。

在這段介紹詞裡面，鄧台梅把魯迅文學的世界性意義表達得很清楚，筆者認為也沒有必要再作更多的闡述。這裡所謂「世界意義」或「世界眼光」更強調鄧台梅對文學現象的觀看視野與角度，通過這個視野，一位作家及其作品的文學意義將被放在世界文化的範圍裡來認識；另一方面，也可以將它引申地理解為一種對文學作家作品的多元化的理解與接受狀態。

在翻譯並發表魯迅的〈人與時〉之後，從 1942 年 12 月到 1943 年 12 月，鄧台梅不斷地譯介了魯迅作品，具體為：《清議》1942 年 12 月第 26 期譯介戲劇《過客》；《清議》1943 年 1 月第 28 期，譯介小說《孔乙己》；在《清議》1943 年 3 月第 33 期上，譯介散文詩〈影的告別〉；從《清議》1943 年 4 月第 34 期到 7 月第 41 期，譯介小說《阿 Q 正傳》；在《清議》1943 年 12 月第 50 期上，譯介散文〈狗・貓・鼠〉。

從這些羅列來看，筆者認為有兩點值得注意，其一，魯迅作品譯介全部都在《清議雜誌》上發表；其二，魯迅作品當中每一類文體都有代表作被選出來譯介，筆者想通過這兩點展開討論自己的觀點。

首先，筆者認為魯迅作品全部在《清議雜誌》上的發表這個事情本身是有意義的，即體現著魯迅在越南文壇上的出現具備世界性定位。為什麼這樣認為呢？因為《清議雜誌》在 40 年代的越南社會裡是一個帶有世界氛圍，既開放又多元的文化平臺的象徵。《清議雜誌》創刊於 1941 年 6 月，是一份公開發行的雜誌。1941 年創刊時為月刊，1942 年 5 月起變半月刊，從 1944

年到 1945 年 8 月停刊期間每週出刊一期。在封面上,《清議雜誌》自認為是一份「議論─文章─考究」的刊物,實際上社會議論、文學批評與文學創作、學術考究也是雜誌的三大主要內容。在文學方面,主要登載有關世界文學創作及文藝理論問題的介紹,此外也發表越南古典文學的相關考究。登載文學創作的空間並不是很大,但是《清議雜誌》的文學審美觀念比較開放,願意接受各種藝術創造傾向的文學創作。我們在這一份雜誌上讀到魯迅的作品,也看到對其他外國文學作家的譯介,像愛爾蘭作家王爾德(Oscar Wilde)、法國作家紀德(Andre Gide)、法國詩人古爾蒙(Remy de Gourmont)、法國詩人瓦勒里(Paul Valery)、前蘇聯作家高爾基(Maxime Gorky)、印度詩人泰戈爾(Rabindranath Tagore)、英國作家曼斯菲爾德(Katherine Manthfield)、英國作家卻斯特頓(Gilbert Keith Chesterton)、美國作家賽珍珠(Pearl Buck)等等。《清議雜誌》所追求的文化目標是建設一個趨向西方化而具備「越南性格」的民族文化文藝。

　　《清議雜誌》從一開始就沒有正式表示明確的政治社會觀點,但從大體上體現了相當明顯的民族精神和民主精神。雜誌的主要成員及與其合作的群體都屬於當時社會中的高級知識者,他們都畢業於法國巴黎或越南河內的一流學校,具備碩士以上的學位水準,他們的知識面覆蓋相當廣泛,包括醫學、法學、自然科學、技術科學、文學、歷史等等。所以《清議雜誌》的話語立場基本上就是知識分子的立場,在國家面臨重大轉折的時候,他們希望通過這份雜誌實現他們對社會的參與,他們把自己所作表達為「對事物與思想的通曉／收集資料去說明解決關係到越南民族

生活的若干問題／為真正藝術而服務／普通而不低價」的宣言。

魯迅及其作品就是在那樣一個多元化的、具備世界性的文化平臺上被介紹給越南讀者，在翻譯者——即鄧台梅本身的譯介意識中，魯迅也是一位多方面成就的作家。筆者之所以一直強調魯迅形象在此時是一個內涵豐富的文學形象，是因為從 40-60 年代整個越南文學接受環境裡，這個文學形象越往後越失去了其原有的豐富內涵。不像後面的階段裡，魯迅的小說和雜文被抬到很高地位，而他的詩歌、散文雖然都被翻譯了，卻很「邊緣化」。這種情況在鄧台梅開始譯介魯迅作品時是不存在的，他在魯迅的每一類文體中，都選出其代表作品來介紹，一方面是他希望能夠展現出作家形象的全貌，另一方面其實也表達他心目中對於一位世界大文豪的形容。除了雜文文體之外，魯迅的小說、詩歌、戲劇、散文等文體的代表都有作品翻譯：小說有《孔乙己》和《阿 Q 正傳》，詩歌有〈影的告別〉，短劇有《過客》，散文有〈狗・貓・鼠〉。鄧台梅的這種做法也明顯體現著他受了西方文學體裁分類法的影響，即把一個文學創作體系分成詩歌、小說、戲劇的三大類體裁。所以我們很容易理解為何他作出這樣的翻譯選擇，這個原因同樣可以用來解釋，為何在新文學裡他選了曹禺的戲劇來譯介，而不是其他體裁的作品。它其實體現了越南讀者對中國文學的新認識，從原來僅有詩詞傳統的文學過渡到以小說為主的形象，最後轉向除了小說、詩歌之外也具備戲劇體裁的新型文學。

鄧台梅在翻譯魯迅的每個部作品時基本上都附上他個人對作品文本的解讀。儘管這些解讀內容稍微簡略，但仍是研究者個人的獨立見解和學術觀點的一種表現。這種注重文本細讀的學術態

度，不僅在當今的治學環境裡有重要意義，在當時學術界逐漸往以論帶史的傾向發展的背景下，更是一種非常難得而稀少的文學研究方法。

短劇《過客》後鄧台梅專門作一個「講解」部分，其中他寫道：

> 在這一篇短劇裡，表現派（Expressionnisme）的影響是非常明顯。

> 就像很多表現派戲劇一樣，《過客》劇本的布景很簡陋：一片荒涼的叢葬，一株雜樹，一間小土屋，一扇門，一條似路非路的小道，劇本的設計僅有那麼多。

> 浪漫、自然的古典戲劇中所認為是最重要的藝術觀點像心理分析、地方色彩、歷史色彩等因素，在表現派戲劇看來，都是過時的東西，不必要注意到它。這個劇的故事在哪裡發生？什麼時候發生？在哪裡發生都行！在哪天發生都可以。劇裡的人物也是一樣：哪裡的人？什麼名字？年齡多少？什麼職業？身分歷來？表現文藝都不關心那些瑣碎的東西。其藝術目是儘量擺脫形式和現象的約束，直接與自我接觸，來把握心靈的意味和精神。

> 光線在舞臺上尤其有重要位置。在《過客》裡在樹上的，鑽進老翁小土屋裡的黃昏線，野地上的光斑，過客後面的夜色，都可以給劇本添上許多生動的色彩。光線是表現戲劇藝術中的「啞巴人物」。

> 表現劇注重大眾多於個人，注重普遍狀態多於個性，注重靈魂實體的深奧多於印象的浮淺，作家刻畫一個能夠代表一個團體，一個階級，一個時代的人物。這個人物體現著

他的某些懇切的要求、渺茫的希望，或者心靈深處的痛苦和隱密的興趣。《過客》裡的三個人物僅代表著三個年齡段。一個人的性格、命運，也是一個團體的本質。劇筆者物也是一定的普遍模型。老翁代表老大一代，經驗豐富，對受痛苦者富有同感心。但隨著年齡的增加，精神的進取心也逐漸消退，所以他在領會事物時往往帶著冷眼人的冷漠表情。在這陽光之下，他對一切事物不再覺得新奇但也不感興趣了。關於小女孩，她還未成年所以對生活，對事物都沒有清楚的想法，也還沒感覺到生活的苦辣，對現在、未來也沒有擔憂。在荒涼的叢葬上，在夕陽的黃昏下，她仍很天真無憂地在那裡采著野花。《過客》的主動人物代表著40歲左右的年齡段的一代，他深藏著這個年齡段心靈中恐慌感。他們曾經感受到人生的艱辛，對眼前的生活感到厭煩，但「過客」還是有力氣往前走。前行！未必是有什麼目的，只不過為了滿足日夜所促使著、所纏綿著的欲望。前行！是因為無法停下來，是因為心靈的聲音似乎用了神力（或許魔力）來促使讓人無法抗拒！前行，再前行！至於走到哪裡，都不知道的。那樣的態度，說是瘋狂也可以。可是誰知道那些瘋狂的行為是否僅僅表現一個時代裡的一代人的心靈恐慌。[21]

再比如，鄧台梅在《清議雜誌》第33期翻譯魯迅的散文詩〈影的告別〉時，他在開頭的「小引」裡同樣寫出自己對作品的見解：

在另外一篇關於魯迅短劇的「小引」文章裡，我們曾提到

---

[21] 魯迅著，鄧台梅譯：〈過客〉，《清議雜誌》第26期（1942年12月），頁22。

在表現文藝對這位中國大文豪的創作的影響。

下面的這首詩，是摘出自寫於1924年的散文詩集《野草》。就像其他德國、法國、英國的表現派作家一樣，魯迅不僅在短劇裡體現了這個先進的文藝思想，而且將之運用到抒情詩當中。

表現主義雖然最初是在歐洲出現，但仍包含著東方精神，尤其是印度文化、思想。因為對西方物質生活的過於厭煩，因為要反對自然派的科學觀念，所以文學藝術家們決定嚮往單純的感情、原始的生活的回歸，將人類的情感回到自然世界去。

大部分作品都彌漫著厭煩、辛酸、不滿的情緒。那是因為受著東方哲學的思想，同時也是歐戰1914-1918年結束後大部分知識年輕人的必然感受。在面對空前未有的破壞場面，他們從「科學萬能」的夢想中清醒過來，他們對僅會把人類推倒死路的「燦爛的文明」感到厭煩。他們不是抗擊潮流的戰鬥者，或許有些人因為幾次痛苦的經歷而喪失了前行的精神，所以他們只有在思想層面上對現實狀態作出反對。從這一方面來講，我們可以說表現派的作品是時代的「不平歌」。

關於魯迅的作品，在這一首散文詩裡，我們也看出那樣厭煩的情緒。人生使得連人的影子對人的身體也感到厭煩而想離開之並沉默在黑暗裡。為何如此呢？在一篇《自選集》的自序裡，魯迅告訴我們：大概在1918-1925年期間，有一段時間他對世界狀況、尤其對中國當時時局感到很失望、頹唐。他看到好幾次運動的失敗，都是因為軍閥、財

閱以群利用了政治機會而自私自利。魯迅也看到以前戰陣裡的夥伴，有的成過去的人，有的在某地漂泊著，也有的不僅失去了信仰而且還走上妥協、投降的路上。魯迅說在那些年裡，他很多時候感到只有自己一個人在寂寞的沙漠裡走來走去。[22]

在《清議雜誌》的總共 14 期上先後譯介魯迅詩歌、戲劇、小說之後，鄧台梅在第 45-47 期上繼續寫了三篇介紹有關魯迅的身世、人格，及其在中國文壇上的地位的文章。

在〈身世〉一文中，鄧台梅認為魯迅是「在最近 20 年的世界文壇上有筆名為『魯迅』（Lutsin）的中國現代大文豪。」魯迅的作品「對於在金錢和武力的威力壓迫下被欺騙、被折磨的貧困者充滿著同情憐憫之心。如果一位文藝家在面對苦難者時，他的心沒有產生絲毫的善意和同情，如果他的心靈無法聆聽到大眾的歎息聲、呻吟聲、埋怨聲，他是絕對描寫不出正活在無情人生裡被拋棄、被犧牲的人群中那麼多憂鬱的心情，那麼多滿臉汗淚和鮮血的面孔，那麼多必須帶上命中註定的名字的人物，像是『阿Q』、『孔乙己』。」在鄧台梅的陳述下「魯迅堅決要建設白話文學，目的問了進行社會改造」，「1918 以後，魯迅成為中國新文化運動的主腦。在《新青年》雜誌上，魯迅開始發表小說和雜俎。在魯迅敏銳而精細的筆觸下，白話文就發展到最高的水準並壓倒了當時的浪漫古典文學（文言）和『復古』運動。」鄧

---

[22] 魯迅著，鄧台梅譯：〈影的告別〉，《清議雜誌》第 33 期（1943 年 3 月），頁 14。

台梅認為在魯迅發表《吶喊》期間，雖然說心裡仍然存在著對現實的懷疑心理，但因為「對先進分子還是有很多感情所以他還是決定拿起筆來寫作，先是為了幫助朋友，後是為了把國家的劣敗狀態拿出來分析、解剖讓國民注意去改造。」[23]

在〈人格〉一文中，鄧台梅表示：「總之，從魯迅的人像照我們看到一位富有經驗，富有感情但又很淡定、深沉的作家人格。無論他多麼憤怒、痛苦、或生氣都壓不過他的博愛和理性上的客觀態度」；「魯迅不厭惡人類，不厭惡同胞，他只是厭惡雖然僅為少數卻對人類造成危險的分子」；「魯迅厭惡醜惡，厭惡不公平，厭惡惡人。那是事實。然而也有另外一個事實，即魯迅愛人類。魯迅的寫實文學雖然沒有用悲傷的格調，呻吟的語句或很多感嘆號（！）來為『世態、人情』哭泣，但我們也不能因此而說魯迅是個無情的人」；「魯迅雖然是一個『百分之百』的中國人，但他的心靈、思想、才華都超越了種族、國家的界限而成為世界思想和文藝庫藏中的一部分。」[24]

第三部分「魯迅在中國文壇上的地位」，[25] 鄧台梅認為：「魯迅在中國現代文學上的地位是從五四運動以後才明顯提高。」五四運動的精神是「反帝和反封的精神」。「從文化角度來看，五四運動為中國新文化建設了一個傳統，那是啟蒙運動，或者叫

---

[23] 鄧台梅：〈魯迅（1881-1936）身世〉，《清議雜誌》第45期（1943年9月），頁15。
[24] 鄧台梅：〈魯迅（1881-1936）II〉，《清議雜誌》第46期（1943年10月），頁12-14。
[25] 鄧台梅：〈魯迅（1881-1936）III〉，《清議雜誌》第47期（1943年10月），頁11-12。

開心運動。這場運動的目的是用白話文來給民眾普及新文化。」「在魯迅最後的 15 年裡,他仍然和先進文藝思潮一起同步。雖然受傳統思想的薰陶,但魯迅沒有被 "momie" 化(木乃伊),而且還向外面不斷地吸收新生氣來培養自己獨特的文藝。」[26]

關於魯迅的藝術,在《狂人日記》、《阿 Q 正傳》、《傷逝》等小說裡的文章都明顯是寫實文學,也有很含蓄的抒情書寫片段。魯迅的許多「雜感」裡面有著深沉而華麗、雄渾而傷感、深刻而豐富的語調,跟文言文差距不大。從大體上來看,魯迅的文章注重於把思想表現得徹底、嚴密、分明、清楚。

關於精神方面,魯迅的思想不是建立於瘋狂的想像力及唯心系統的抽象理論上的浪漫精神,他的思想從平常生活中的具體事物、具體狀態出發。魯迅的文章注重表現事實,心界裡、物界裡和社會裡的事實。魯迅的小說就是寫實畫面,目的是為了暴露國家的現狀,讓讀者自己尋找真理之路。在他的雜文裡也是那樣:魯迅的論述都是根據確當的辯證思維,沒有「高談闊論」的表達。

魯迅是一個富有感情的人。他的感情深刻而熱烈,但是那份感情總藏在客觀態度的淡定觀察裡面,對人物的惻隱之心都壓抑在一個孤寂的心靈之中。在描寫被淹沒在人生刻薄的笑聲中的人物時,好像魯迅要壓抑著自己,不讓感情顯露出來。但讀者讀完他的小說後,總是想到阿 Q、祥林嫂、孔乙己的命運,發現在那麼多人物的委屈後面,是一個正在皺眉、咬牙的無情社會的悲慘

---

[26] 鄧台梅:〈魯迅(1881–1936)III〉,《清議雜誌》第 47 期(1943 年 10 月),頁 11–12。

事實。作品中從頭到尾沒有看到作家的任何一聲歎氣,但他仍然能寫出讓讀者感動的文章。

在最後鄧台梅總結「魯迅是中華文藝的領導者。但魯迅的藝術和思想同時也代表著 20 世紀世界思潮中的一個系統。」[27]

從上述的資料介紹中,可以看到 1945 年前在鄧台梅譯介視野下的魯迅形象基本上集中在一點——魯迅是世界水準的中國現代大作家。他的世界水準主要體現在思想和藝術兩方面:從思想方面來講,他是一位人道主義的文學家,他的作品體現著對弱者的憐憫和博愛;從藝術方面來看,他是一位多方面成就的作家,從小說、詩歌、散文到戲劇等文體上都有很成功的創作。另外,他成功運用了寫實主義、表現主義等多種創作方法來體現出自己的文學個性。因此,他的思想和文藝超越了國家、種族的界限而成為世界思想和文藝庫藏中的一部分。

(二)「中國文化革命的主將」的文學形象

1945 年後,隨著鄧台梅在 1946 年對毛澤東的《新民主主義論》的接觸,隨著越南和中國從 1950 年之後在政治、文化等關係上有著密切的聯繫,鄧台梅本身先後擔任著不同的社會身分,他譯介研究視野下的魯迅形象也發生很大的改變。如果說之前,他的介紹觀點是出發於對文學藝術意義本身的重視,那麼後來的譯介觀點,則傾向於文學是否能夠體現革命運動的精神。換句話

---

[27] 鄧台梅:〈魯迅(1881–1936)III〉,《清議雜誌》第 47 期(1943 年 10 月),頁 26。

說，衡量一位作家或一部文學作品的意義，並不是要看其在思想上是否有貢獻、藝術上是否有獨特的創造，而是要看其對一個革命運動的體現是否有代表性、典型性意義。這個轉變的原因，在鄧台梅的表達當中，被認為是因「思想的錯誤」而需要修正。在他的文章中其實也看到了那個所謂「修正」的痕跡，比如，1944年在他所著《當今中國現代文學中的雜文》前言中，在提到發生在1926年到1928年的那場「革命文學」論爭時，他相當明確地表示自己的觀點：

> 之後文藝界的論爭繼續圍繞著「新文學的內容」問題。那是發生在1926年到1928年的文學論戰。這個時期的爭論關於唯物辯證法。有一部分作家站在無產立場要求文學和藝術須滿足唯一的目的，即為政治和社會宣傳的目的。這個過激的態度就挑起語絲派的反對。這一次不是意識形態上的爭辯。兩派都站在社會主義立場上。在魯迅領導下的語絲派其實也不反對革命。兩派之間的分歧僅是文學在社會生活中的意義問題。唯物思潮的極左傾向作家，尤其是創造社，確實把文學、藝術理解得過於狹隘，也有些機械。他們的「傲慢態度」只能把文學藝術推到宣傳專用文章的狹隘而枯燥的地步。[28]

很明顯，鄧台梅在這段話裡，因出於對文學藝術自身特點的捍衛，而對以創造社為代表的極左作家提出反對意見。然而，於1958年他編寫的《中國現代文學史略1919年–1927年》的「從「文

---

[28] 鄧台梅：〈當今中國現代文學中的雜文〉，收入鄧台梅著，文學出版社編：《鄧台梅全集》（河內：文學出版社，1997年），第1集，頁382-383。

學革命」到「革命文學」的理論」部分裡,鄧台梅卻表示相反的觀點,他說:

> 從 1923 年以後,尤其是在五卅運動期間,創造社作家否認了浪漫要素並且走進革命道路甚至立刻進入無產階級的革命道路。郭沫若的社論《我們的文學新運動》(1923 年 5 月)及其之後成仿吾、郁達夫的文章都證實一點:即這時候無產革命思想已經滲透到創造社的文學理論裡。隨著創造社的轉變,新文學運動就正式進入革命文學道路。[29]

鄧台梅之所以在文學接受觀念上發生改變是因為接受了毛澤東《新民主主義論》觀點的影響,尤其是其中有關文學藝術的論述觀點。這個影響在他的《中國現代文學史略 1919 年 –1927 年》取得這樣具體的表達:

> 一定的文化往往是反映一定社會的政治和經濟的觀念形態。文化在政治和經濟的基礎上發展,反過來,文化也給予影響於政治和經濟。五四運動把中國民主革命歷史分成兩個階段:舊資產民主革命階段和新資產民主革命階段。這同時也在中國文化發展過程中標誌著大轉變。一個新文化的出現要遵從已發生質變的革命的要求以及要為那個革命服務。那是新民主主義的文化,即無產階級領導的人民大眾的徹底反帝反封建的文化。
>
> 在四十多年來革命運動的過程當中,新文學往往是一個革命的力量,是中華人民的革命事業的重要部分。在馬克思列寧的思想和中國共產黨的領導下,文學在內容思想和藝

---

[29] 鄧台梅:《中國現代文學史略 1919 年 –1927 年》,頁 114。

術形式上都忠實地反映新民主革命的政治鬥爭。這時期的真正作家給自己設置的歷史任務是，先在反帝反封建的文學戰線上鬥爭，之後對買本資產進行徹底地反抗。中華新文化的根本價值就在此。中華文學的新文學精神首先是一個鬥爭的、大眾的、現實的文學。[30]

在《新民主主義論》，毛澤東也給魯迅很高的評價，而這些評價同樣也成為鄧台梅在這階段對魯迅文學譯介研究的基本觀點。「魯迅，就是這個文化新軍的最偉大和最英勇的旗手。魯迅是中國文化革命的主將，他不但是偉大的文學家，而且是偉大的思想家和偉大的革命家。魯迅的骨頭是最硬的，他沒有絲毫的奴顏和媚骨，這是殖民地半殖民地人民最可寶貴的性格。魯迅是在文化戰線上，代表全民族的大多數，向著敵人衝鋒陷陣的最正確、最勇敢、最堅決、最忠實、最熱忱的、空前的民族英雄。魯迅的方向，就是中華民族新文化的方向。」[31] 在此觀點的基礎上，鄧台梅在他的《中國現代文學史略1919年–1927年》[32] 中對魯迅文學形象的介紹基本上通過以下幾點來展現：一、魯迅是一位與封建主義、資本主義進行徹底鬥爭的作家。他對白話文學的提倡與貢獻，他作品的內容主題都強烈體現這一點。二、魯迅是人民大眾的作家，無論是小孩、婦女、知識者還是農民都是以弱者的身

---

[30] 鄧台梅：《中國現代文學史略1919年–1927年》，頁19。
[31] 毛澤東：〈新民主主義論〉，收入《人民文學出版社編：《毛澤東選集》（北京：人民文學出版社，1952年），第2卷，頁668–669。
[32] 鄧台梅：〈魯迅與白話小說〉，《中國現代文學史略1919年–1927年》（河內：事實出版社，1958年），頁154–171。

分出現在他的小說裡,他們都是封建制度和資本主義制度的受害者,通過這些人物的刻畫,一方面體現了作家的批判精神,另一方面也表達他對弱者的同情。此外,魯迅也是第一位在中國小說裡把農民形象提升到主人公的最高位置的作家,在描寫農民及其生活,魯迅都是站在農民的情感和精神的立場上。三、魯迅是現實主義的代表作家,他的作品直接暴露社會的腐敗現狀,他的創作方法是從批判現實主義發展到社會現實主義。

也因為魯迅以這樣的文學形象出現在文壇,所以當時他的小說和雜文被提到很高的位置,壓抑了他的詩歌、散文創作。許多越南讀者到現在對魯迅的詩歌、散文仍然很陌生,可見他在這個時候被樹立起來的文學形象對後來有深刻的影響。

魯迅「中國文化革命的主將」形象的含義,除了上述特點之外,在鄧台梅的另外一篇文章裡更進一步取得更加嚴密的界定。那是他在1959年給一位年輕學者的專著《魯迅——中國文化革命的主將》寫的序。序裡面他強調:

> 黎春武同志的研究專著中最可貴的地方之一,是修正了這幾年來自稱「人文派」的一些分子的故意誤解。
>
> 我們還記得:最近一段時間,也有人研究、介紹魯迅但是他故意讓讀者誤解了魯迅和中國共產黨之間的關係,誤解了魯迅的寫實態度和他的諷刺文學……於是有人雖然對魯迅什麼都不知道但也「跟在老作家的腳後」而認為魯迅不需要共產黨的說明也可以成才。
>
> 黎春武同志的這本專著將說明讀者分辨清楚那些「無恥」

筆觸中的惡意和錯誤。

讀者將明白:從一開始創作,作為一位熱情的青年作家的魯迅已經很願意遵奉馬克思者和真正革命者的命令而寫作的。去世前幾個月,在答托洛斯基派的信裡,魯迅也宣布能夠做為「為著現在中國人的生存而流血奮鬥者」的同志是自己的光榮,他們就是中國共產者。

讀者將明白:魯迅的雜文就是向敵人射出的那些致命的彈子,但魯迅永遠不會用諷刺文章的那種辛辣來攻擊革命陣地,他的筆鋒是針對著從北洋軍閥到蔣介石的法西斯集團的反動派。

那就是黎春武同志這一專著的可貴貢獻。[33]

從鄧台梅的這番話中,我們可以看出這時候越南文壇對魯迅文學的接受觀念已經發展到意識形態化的最高度層面。「中國文化革命的主將」含義的理解已經狹隘到「魯迅是中國共產黨的革命者」的程度,他的文學創作不是代表個人思想而是中國共產黨文藝方針的一種理解。除了這種理解之外,關於魯迅形象的內涵意義,當時越南文壇不允許任何第二種話語或解讀。尤其這個觀點體現在一個同時作為學術界、文藝界、教育界的帶領人的思想當中,我們更能看出貫徹「毛澤東文藝思想」方針已經成為整個時代對中國文學接受的嚴格要求。而對魯迅的文學接受就是這個時代最有代表性的文學接受現象。

---

[33] 黎春武:〈序〉,《魯迅——中國文化革命的主將》(河內:文化出版社,1959 年),頁 6-7。

三、曹禺譯介：從作品創作藝術的關注到主題意義的修正

40 年代初期，除了魯迅作品的譯介，鄧台梅也選擇推薦曹禺的戲劇給越南文壇。筆者在對鄧台梅的曹禺戲劇譯介的觀察中，也看到類似於魯迅文學譯介的情況，即在譯者的譯介與接受的觀念上發生變化。我們將這個變化定為「從作品創作藝術的關注到主題意義的修正」。關於翻譯者鄧台梅在觀念上發生改變的大致原因，前一部分已經表達得相當清楚，不再贅述。在這部分，筆者將通過資料的考察集中闡述這些改變是如何具體地發生。

鄧台梅在譯介魯迅作品之後，從 1944 年 8 月開始在《清議雜誌》上翻譯並發表了曹禺的《雷雨》。這部作品在《清議雜誌》從第 77-97 期，總共連載了 20 期（中間隔了一期沒發）。隨後兩期發表了曹禺為《雷雨》寫的序。1946 年，發行《雷雨》譯本的單行本，由大眾出版社出版，鄧台梅同時也為這部作品寫下作為介紹作品的前言。1958 年，經過修改之後，鄧台梅重新出版《雷雨》，由文化出版社出版。這個版本裡面，序幕和尾聲都被刪去了。越南當今所流行的版本即是 1958 年鄧台梅重新翻譯的版本。

從 1945 年 5 月開始，鄧台梅繼續在《清議雜誌》第 108 期上翻譯登載曹禺的《日出》，不過這部作品才發表到一半，《清議雜誌》就停刊了，一共十期。1958 年，鄧台梅把作品剩下的部分完整地翻譯並出版，由文化出版社出版。

1963 年，《北京人》在越南文壇問世，鄧台梅雖然沒有直接參與作品翻譯工作，但他負責譯本的校定以及為這個作品寫了介紹詞。

跟魯迅文學創作相比，鄧台梅對曹禺文學作品的關注確實偏少很多。當然曹禺的創作量也無法跟魯迅相提並論，當時他還是位年輕作家。鄧台梅對曹禺文學介紹的資料因而也比較淡薄，我們只能根據他為作品譯本寫的幾篇序言文章來瞭解譯者的譯介思想變化。

從譯介的一開始，曹禺及其作品在鄧台梅的介紹中被定位為中國白話文學及新戲劇的輝煌成就。鄧台梅非常欣賞曹禺的創作才華，將他的《雷雨》比喻為偉大作品。1944年12月《雷雨》在《清議雜誌》上連載完畢，1946年6月由大眾出版社發行單行本。據鄧台梅的介紹，我們瞭解到這部作品甚至還在河內首都劇場舞臺上上演過。那時候大約是在1946年12月，當時全國抗法戰爭將要爆發，雖然政治氛圍緊張，但在公演的那幾天仍然吸引了觀眾的關注，來劇場看戲的人非常多。在越南對20世紀中國文學的接受歷程中，這樣成功的案例是非常少見的。

可以說在進入意識形態化的文學階段之前，鄧台梅本身對曹禺文學及其藝術才華是有些偏愛了，所以在1956年兩人在北京相遇的時候，曹禺給鄧台梅留下很感動的印象：

> 對一個人的印象，第一印象總是最準確的印象。
>
> 曹禺，一個20多年前早已著名的作家，今天就站在中國人民的鬥爭隊伍中，那是一個很有意義的故事。
>
> 一是，一個真正的文藝家永遠是人民的文藝家，他和人民一起同步，全心全意為人民服務。
>
> 二是，共產黨領導的、按照馬克思列寧主義路線的文藝路

線是當今文學藝術最燦爛的路。[34]

我最注意到的是那句話「曹禺，一個20多年前早已著名的作家，今天就站在中國人民的鬥爭隊伍中。」這句話之所以讓人讀出來覺得感動是因為當時作為文藝界領導者的鄧台梅在表達國家話語的同時，仍然能把自己個人感受融入其中。他和曹禺相見，不是一般的初次見面，而是帶著十五、六年的感情去見故知，那個「熟悉的陌生人」居然也能夠和他走在同一條道路上，這讓人欣喜。

鄧台梅在1946年為《雷雨》譯本寫的序言文章當中，討論了個人對《雷雨》中的偶然因素意義的觀點。鄧台梅這篇文章是針對一位中國批評家的觀點而討論，他在《光明》雜誌1937年的一期中看到黃芝岡先生的文章，文章中認為《雷雨》的遺憾就是偶然因素占有過於重要的位置。經過資料的考察與對照，得知黃芝岡的那篇文章是〈從《雷雨》到《日出》〉，原載於《光明》半月刊1937年2月10日2卷5期。鄧台梅提供的那段文章是：

> 像《雷雨》周萍和母親妍上了是一個偶然，但他又和妹子愛上了卻再來一個偶然；一個有兒子的母親被逐了卻在無意中做了前夫聽差的妻子是一個偶然，她生的女兒又在她前夫的家裡做婢女和少爺哥哥愛上了卻再來一個偶然：這裡，便有了兩個偶然了。偶然是社會上偶然會有的事，但偶偶然卻很難有；一個偶偶然便偶然會有，但兩個偶偶然會在一道卻太奇了。戲劇中的故事專走向偶偶然的道路上

---

[34] 鄧台梅、阮功歡、黃忠通、武秀南：《與五位中國作家相見》，頁51-52。

去的在中國古代叫「傳奇」，不奇不傳，越奇越傳，於是，
故事的戲劇性越多，離事實卻更遠了。[35]

在原文中，這段文章是黃芝岡先生用來說明《日出》比《雷雨》有更進步的意義，即《日出》裡偶偶然的地方比《雷雨》要少得多。但在鄧台梅的理解下，那就是表達評論家對《雷雨》的藝術價值的否認，而否認理由是《雷雨》裡有太多偶然的事。鄧台梅在提供上述那段文章後表示：

上述的評論觀點確實很尖銳。有一個事實是，在這部劇裡面的確有很多偶然的事。另外一個事實是，在一部作品若出現太多偶然的事情很可能導致作品的社會性的減弱。我把這劇的故事情節講給我朋友聽，他也回答我：「總之那全是虛構的故事」

儘管如此我們也不應該忘記一點：一部劇寫出來是為了在舞臺上演出，而不是用來閱讀的。在四面圍牆的劇場裡的觀眾不像讀者那樣有很多時間思考問題。所以大部分觀眾沒有足夠的時間去考慮很多。再說只要在看演出或者看一本書的時候，我們覺得很感興趣，那麼我想可以認為是「好」了，不必要求過高……

我只是想說：從欣賞的角度來講，在一部作品能夠觸動我們的感情的時候，我們對作品的「求全責備」態度並不是能代表大部分人的態度，也不是最「健康」的態度。[36]

---

[35] 鄧台梅：〈《雷雨》中的偶然性格〉，《在學習與研究之路上》（河內：文學出版社，1969年），第1集，頁63。
[36] 鄧台梅：〈《雷雨》中的偶然性格〉，第1集，頁64。

從那段話中，我們明白鄧台梅對曹禺作品的藝術價值抱持認可的態度，這種認可出於對文學藝術最本質意義的觀念，即一部好的文學作品它首先要觸動讀者的感情，讓作品和讀者之間有著心靈上的溝通。

除了從審美欣賞的角度去反駁中國批評家對《雷雨》藝術價值的否認之外，鄧台梅也另外針對「偶然」問題展開他的觀點。據鄧台梅的理解，黃芝岡的那句話「故事的戲劇性越多，離事實卻更遠了」的意思是說，《雷雨》的社會性很弱，或者沒有太多的社會意義。鄧台梅卻不以為然，他認為《雷雨》中的很多偶然事情並沒有影響到作品的社會性，反而更能反映中國社會的特點以及中國最近二、三十年的社會面貌。首先，中國社會就像一個小的世界，在那個小世界中，每個省就像一個有各自語言、風俗的國家。有人說，中國不是一個民族而是一個世界；中國不是一個國家，而是一個文明。那個特殊的文明同時容納最醜惡、粗鄙、噁心和最美好、高尚的東西。所以在別的社會覺得很新奇、很「偶然」的事，若放在中國的社會裡卻都變成平常的事。其次，《雷雨》中的偶然都是愛情故事的偶然，而那些愛情因為不符合當時社會的倫理和道德，所以才走到悲劇的結局。這樣的話《雷雨》是有現實的社會根據的，而不完全是虛構的故事，作品就是反映了中國從封建制度過渡到資本主義的社會面貌。

《雷雨》在1958年出版的譯本是根據曹禺1954年修改過後，由人民文學出版社出版的版本。如果在1946年的譯本序言中，我們可以看到鄧台梅對曹禺作品的藝術價值的分析，那麼到1958年的譯本序言裡，鄧台梅對作品主題意義的正確理解更加關注。

鄧台梅認為，曹禺把作品的序幕和尾聲刪除的原因除了因為劇本太長之外，最主要的原因，是作家想給作品一個能夠反映中國社會現實的新面貌。在鄧台梅的表達之下，那個新面貌就是曹禺突出了作品的現實意義。在這篇序言裡，鄧台梅特別強調「我們在這裡僅針對已經修改過的作品而指出其現實意義。這也是一個機會，讓我們跟讀者以及有研究戲劇、演出戲劇愛好的人，修正在作品主題理解上的一些不準確的觀念」，「曹禺這次整理的作品將說明我們重新並更準確地評價作品的主題思想。」[37] 為此鄧台梅在序言中集中分析了《雷雨》的歷史背景和人物的階級性格。

關於歷史背景，鄧台梅講解：

劇本故事發生在五卅運動（1925年）前後。在這時期，買辦資產階級與封建勢力已經勾結起來，他們向外國資本妥協、投降並剝削國內無產階級。當時在中國共產黨領導下的工人階級越來越強大並開始為了解放自己、解放人民而進行激烈的鬥爭。《雷雨》當然不是一部反映時代的階級鬥爭的作品，它還沒看出工人階級的未來以其歷史勝利的必然性。再說，那也不是作家的創作目的。在這部劇裡，作家的目的僅是集中反映當時社會現實的一個方面，即反映一個充滿罪惡的家庭中的悲劇，這個家庭是代表著封建勢力和買辦資產勢力的勾結。那是作品的思想主題。[38]

關於人物的階級性格，鄧台梅分析：周樸園是中國社會裡買

---

[37] 鄧台梅：〈譯者的話〉，收入曹禺著，鄧台梅譯：《雷雨》（河內：文化出版社，1958年），頁1、3。
[38] 鄧台梅：〈譯者的話〉，收入曹禺著，鄧台梅譯：《雷雨》，頁6。

辦資產階層的典型人物，他是半殖民地半封建社會的產物，他的命運註定要走向滅亡之路；魯媽代表著正經而清白的女人，雖然受盡壓迫但仍然保有自尊與天良；繁漪是人壓迫人、人欺騙人、人吃人的制度裡的一個犧牲物，她的憂鬱來自於她在周樸園家庭裡被折磨得垂死的生活。在《雷雨》中，最難演的就是魯大海的角色。五卅運動前後的中國煤礦工人的英勇精神和他們的戰鬥意義在魯大海身上還沒得到典型性的體現，所以才引起人們對魯大海的人格的一些誤解。實際上，魯大海象徵著由資本主義產生出來的產物，但又反過來毀滅它的對抗力量。魯大海代表著憤恨資產制度，並且跟那個黑暗社會鬥爭到底的工人。他的憤恨是階級的憤恨，他的鬥爭是階級的鬥爭。

最後鄧台梅總結：

> 在這一部作品裡，曹禺同志的藝術成功體現在人物的塑造上。成功的原因是因為他在藝術上有良好而深厚的修養，他同時也學習了民族文學和國外進步文學……但曹禺成功的最主要原因，是因為他非常瞭解之前中國封建和資產社會裡的生活，他厭惡那個充滿罪惡的社會，並且很同情當時在社會裡受摧殘的人。因此，新的《雷雨》劇作具備很明顯的現實意義，它控訴舊社會並給青年一代帶來一線希望，使他們對公理正義多一些感慨。[39]

鄧台梅為曹禺作品寫的評論文章並不多，所以要觀察鄧台梅文學接受觀念的改變，筆者只能根據上述兩篇分別寫在1946年

---

[39] 鄧台梅：〈譯者的話〉，收入曹禺著，鄧台梅譯：《雷雨》，頁10。

和 1958 年的序言。資料分析上不免有些淡薄，但仍然給我們多提供了一個角度或一個層面，來瞭解這位譯者的文學接受思想和觀念。

第三節：潘魁與時代落差的譯介觀念

一、越南文壇上的潘魁

潘魁比鄧台梅大 15 歲，生於 1887 年，卒於 1959 年。在鄧台梅還是一個年輕教師的時候，潘魁在文壇上已經是一位著名的文學家和學者。

潘魁出身於書香門第和有革命傳統的家庭。他的外公是阮朝官員黃耀，擔任河內城總督。1882 年在法國的進攻下，黃耀為了保護河內城的主權而亡，是越南歷史上著名的英雄人物。他的父親考中乙榜進士，[40] 當過知縣。

潘魁從小學漢字，18 歲考中秀才（1905 年），之後主動放棄科舉而學國語字和法語。1907 年，他參與了當時的「維新運動」並在東京義塾工作。「維新運動」被法國鎮壓之後，他繼續參加革命運動。1908 年被抓到牢裡，1914 年刑滿被釋放。1918 年，潘魁跟《南風雜誌》合作，之後因為和雜誌主編范瓊發生爭執，不再投稿。

---

[40] 乙榜進士，於越南另名「副榜」，區別於級別更高的甲榜進士，或叫正榜進士。

1920-1939 年是潘魁思想最活躍的時期，在這將近 20 年期間，潘魁的全部精力都用於在各種報刊上發表文章，成為越南當時著名的文學家和著名學者。他的文章所覆蓋的知識範圍很廣，例如中國和越南的古代文獻；中國（當時所謂）當代的文化、文學、政治；越南歷史、文化、文學、語言的考究；當時政事評論等。潘魁也是報刊上各種學術爭論的帶頭者或積極參與分子，而所論爭的內容都涉及到越南 20 世紀思想、文學、社會中最基本而長久的學術問題。比如，有關「越南是否有國學」、「怎麼正確使用國語字」、「孔學和宋儒之間的差別」，討論國史等問題。潘魁在越南文學現代化歷程中也是第一個提倡新詩的人，他的詩作〈老了的情〉標誌著越南新詩的誕生。

1946 年 12 月，越南抗法戰爭爆發，中央黨政領導機關都轉移到北越山區。當時 60 歲的潘魁也跟著到越南文藝會，從事研究和翻譯工作。1954 年，越南北方得到主權，領導機關轉回首都河內。1955 年潘魁回到河內，並繼續在越南文藝會工作，這時候他開始出版之前在抗戰時期翻譯過的魯迅小說和雜文。1956 年，越南文化部和越南文藝會派他到北京參與魯迅逝世 20 周年紀念大會，並在此大會上發表談話。1957 年參加越南作家協會成立大會。

1956 年，潘魁和一些文藝者合辦了一份社會文化性的半月刊《人文》，潘魁當雜誌主編。1958 年，圍繞著以《人文》雜誌和另外一份出版物《佳品》為中心的一批知識分子，因為爭取創作自由和言論自由，而遭遇了跟中國反右運動中胡風集團類似的命

運。越南歷史上將這個事件稱為「人文佳品事件」或「人文佳品運動」。當時被定為「人文佳品」集團分子,是黨員的開除黨籍,有的被開除公職、軟禁,有的被勞動改造,有的被投入監獄,情況都很悲慘。1986年實行改革開放之後,這些知識分子得到平反,其中很多人雖然已故,仍被追授《胡志明獎》和《越南國家獎》。這是越南國家最高級別獎項,授予在科學技術、教育、文學藝術領域中對國家的發展作出重大貢獻的人。《胡志明獎》每五年授予一次,《越南國家獎》每兩年授予一次。

潘魁雖然當時是「人文佳品」集團分子,但他沒有機會得到平反。因為運動被鎮壓後一年多他就病死,享年72歲。儘管沒有看到恢復名譽的那一天,但潘魁在文化思想領域中的貢獻,一直受到學術界的重視並在其中發揮影響。近十多年來,在晚輩研究者的努力下,潘魁在文壇上最活躍的時間裡所寫出來的文章基本上都獲得再次出版的機會。《潘魁寫和譯魯迅》,作家協會出版社2005年出版,也是其中一書。

潘魁的一生是堅持著知識分子立場,通過文藝寫作來體現對社會、國家的關懷,他的一生先是為了越南民族的獨立,後又為了國家的民主自由而奮鬥。

二、潘魁譯介魯迅文學:知識分子精神的維護

從資料的考察來看,其實潘魁還比鄧台梅早一步譯介了魯迅的作品。據潘魁在〈魯迅是世界和中國的大文豪〉一文中的陳述,他在1928年已翻譯了魯迅所譯的《愛羅先珂童話集》裡的〈池邊〉

並發表在《東法時報》[41] 第 774 期。在魯迅逝世後一年,他曾經翻譯魯迅的小說《孔乙己》和雜文〈犧牲謨〉,並先後在《香江雜誌》和《東洋雜誌》上發表。他也說,之所以拿到魯迅的書,是因為當時有一位中國朋友秘密帶在身邊,並回國後丟給他。因為當時越南報刊都受法國殖民政府控制和檢閱,所以無法將魯迅的文學思想公開介紹,只能默默地翻譯一些內容上不怎麼引起注意的文章。

在潘魁陳述這些內容時,他的意思只是想強調文壇在 1928-1937 年期間已經有人知道魯迅的存在而不是完全不認識,但還是要等到鄧台梅那年譯介了魯迅文學,越南人才真正認識到這一位作家。他這樣說的:

> 魯迅是中國和世界的大文豪,這次《人民報》將魯迅介紹給越南人並不是第一次他被介紹的。1946 年,八月革命後大概半年多,鄧台梅先生有出版過一本書,裡面翻譯了魯迅的幾篇短篇小說以及在書的前面部分也附上介紹作者的文章。可惜,經過八、九年的抗戰時期後,鄧台梅先生的書已經成了很稀罕的寶物,讀者想找來看都很難找出來。在那八、九年的期間,自由區的報刊應該要繼續鄧台梅先生的工作,但因為還要忙其他更急迫的事,所以在這段時間裡僅看到《文藝報》上登載的那一篇小說〈祝福〉。[42]

---

[41] 《東法時報》是西貢的一份報紙,每週出版三期,創刊於 1923 年 5 月 2 日,停刊於 1928 年 12 月 22 日,共有 809 期,從一開始是「親近殖民政府」傾向,到 1926 年改換主編以後卻變成「政府對立」傾向並很受讀者歡迎。

[42] 潘魁:〈魯迅是世界和中國的大文豪〉,收入吏元恩編:《潘魁寫和譯魯迅》(河內:作家協會出版社,2005 年),頁 9-16。

通過潘魁上述的表達，有幾點可以稍微進行討論。（一）潘魁所提到鄧台梅的那本書應該是指 1944 年由時代出版社出版的《魯迅的身世與文藝》，潘魁應該在出版時間上記錯。（二）雖然說嚴格意義上，鄧台梅不是翻譯魯迅作品的第一位譯者，但是，在鄧台梅之前的譯者們包括潘魁在內，除了翻譯作品以外並沒有給讀者提供任何有關作者的資訊，他們僅做到「譯」而還沒進行「介」。在這本專著中，筆者理解下的「譯介」不僅僅是一種單純的翻譯和介紹，而更是代表著其背後的一種文學接受觀念。若從這個意義上來講，鄧台梅才是真正意義上第一位譯介魯迅文學的人。

30 年代時期，除了翻譯魯迅的作品之外，潘魁還介紹了他所謂「中國新人物」的女作家黃廬隱。潘魁在〈一位女作家：黃廬隱〉一文中認為廬隱是中國新文學的代表作家，雖然起初她閱讀舊文學，但在新文學運動發生後，她卻放棄了舊文學並且積極回應新文學運動的號召，用白話文創作了許多有價值而體現現代風貌的作品，其中最著名是她的《海濱故人》。在介紹廬隱時，潘魁也順便提到了冰心、丁玲，並對三位女作家在寫作風格上進行了一些比較，他認為這是新文學最有代表性的三位女作家。通過介紹廬隱的這篇文章，最後潘魁表示：「我在文章的開始都說，現在的中國已經跟過去不一樣了，是一個進化的國家。中國進化了，那國的女人必須是進化了。那麼廬隱就是進化的中國女人。」[43]

---

[43] 潘魁：〈一位女作家：黃廬隱〉，《東洋雜誌》第 27 期（1937 年 11 月），頁 21-22，後收入吏元恩編：《潘魁 1937 年發表的報刊文章》（河內：知識出版社，2017 年），頁 279。

同樣在 1937 年，潘魁在《東洋雜誌》第 28 期上發表〈中國文學在世界文壇上有什麼樣的地位？〉，講述了中國文學在 19 世紀末 20 世紀初的變化。文章簡單地告訴讀者，1917 年發生文學革命運動中，胡適和陳獨秀是帶頭人，他們主張廢除文言文、提倡白話文，他們攻擊著各種舊的文體並創造出許多新的文體。文章中指出，20 年來中國文學已經有很大的進步，但越南的許多人仍然稱讚中國古典詩歌比西方詩歌要好。可見，中國古典文學到了 30 年代末還是在獲得越南讀者普遍的喜愛。雖然文章在標題上提出關於中國文學地位的問句，但到最後作者尚未作出回答：「從那場革命到現在剛好 20 年，中國文學從一個老人變成年輕人。他們有新出現的文豪，每年又有新式的詩作、戲劇、小說，在數量和品質都具進步。現在我們自問，中國文學在將來的世界文壇將具什麼樣的地位，真難猜測。」[44] 儘管我們從文章中能看出作者對中國新文學表示一定的認可態度，但他沒有體現出自己對中國新文學的深入瞭解。在這篇文章中，雖然提到了胡適和陳獨秀，雖然陳述了中國新文學，但他卻沒有提到魯迅這一名字。

　　在越南 30 年代時期，有關中國新文學包括魯迅文學的譯介在內，在文壇上僅僅是一種懦弱的聲音，對文壇幾乎沒產生任何影響。潘魁對魯迅文學的譯介要在 50 年代時期才開始被讀者注意到。潘魁從 1955 年起紛紛出版魯迅小說、雜文的譯本並且寫一系列介紹魯迅的文章。當年開始這些工作時他已經快 70 歲了。

---

[44] 潘魁：〈中國文學在世界文壇上有什麼樣的地位？〉，《東洋雜誌》第 28 期（1937 年 11 月），頁 19–20，後收入吏元恩編《潘魁 1937 年發表的報刊文章》，頁 284。

陳列相關資料如下：1955 年，出版《魯迅小說集》，文藝出版社出版，其中收入《吶喊》的六篇《狂人日記》、《孔乙己》、《頭髮的故事》、《風波》、《故鄉》、《阿Q正傳》和《彷徨》中的〈祝福〉。1955 年 8 月 28 日，在《人民報》上發表文章〈魯迅是世界和中國的大文豪〉。1955 年 10 月 27 日，在《文藝報》第 92 期上發表文章〈魯迅的文學鬥爭〉。1955 年 10 月 30 日，在河內組辦的魯迅紀念大會上他發表講話〈魯迅的生活和文學事業〉，後來講稿被收入《魯迅雜文選集》一書。1956 年，出版《魯迅雜文選集》，文藝出版社出版。潘魁從魯迅的 15 部雜文集中挑選出他認為可以理解其意思的 39 篇雜文，翻譯並編輯這部作品選集。1956 年，他被派到北京參與魯迅逝世 20 周年紀念大會並在此大會上發表講話。之後講稿在《文藝報》1956 年 11 月 2 日第 145 期上發表。1957 年，出版《魯迅小說集》第 2 卷，作家協會出版社，其中收入《吶喊》中的〈藥〉、〈明天〉、〈一件小事〉、〈鴨的喜劇〉、〈社戲〉，以及《彷徨》裡的四篇〈在酒樓上〉、〈家庭的幸福〉、〈孤獨者〉、〈傷逝〉。

潘魁寫介紹魯迅文學的文章並不多，若包括作品集的前言一共有六篇。其中，筆者認為最重要的三篇文章是，附在《魯迅小說作品集》中的〈譯者的話〉，主要體現關於文學作品翻譯選擇的觀點；《魯迅雜文選集》中的〈譯者的話〉，體現潘魁個人對魯迅的諷刺文章的理解；《魯迅雜文選集》的附錄文〈魯迅的生活和文學事業〉，相當全面地展現潘魁個人對魯迅思想和文學的接受觀念，其中突出了潘魁對魯迅的自由思考和人格獨立的精神維護。這三篇文章的共同點就在於它們從不同角度體現了潘魁身

上所堅持著知識分子精神。

潘魁屬於越南的第一批現代知識分子，筆者在本專著第二章裡對這一批知識分子稍微做過簡略介紹，這些人都是先從傳統教育走出來，並接受新的文化和新的教育後，又憑著自己的知識修養實現自己對本國的學術、思想、文化建設的夢想。他們身上具備知識至上的精神以及自由、獨立的思想。作為其中的一員，潘魁是帶著這種精神進入了魯迅文學譯介工作的。

在《魯迅小說作品集》的序言〈譯者的話〉裡，最值得我們注意的是他表示自己對文學作品的選擇標準和翻譯觀念。

> 這本書叫作「選集」，因為我裡面按照兩個標準來選：一是，選哪些譯者覺得跟越南人的風俗是接近的作品；二是，選哪些譯者能理解全部意義，尤其是能把握主題的作品。也許以後將翻譯全部，但目前還是先翻譯了這七篇小說。
>
> 在小說裡那些引用古書裡的典故，提到中國近代歷史事件，或者有比較深奧用意的地方，我都根據自己的所知而作些注釋。至於那些越南人比較熟悉的語言表達像「塞翁失馬，安知非福」、「天有不測風雲」，我就不再作注釋了。關於翻譯問題，我選擇魯迅所說的「直譯」，我覺得那是最理想的翻譯方法。意思是，原文是怎樣就怎樣翻譯過來，不減少也不添加，萬不得已才把語句的命題前後次序顛倒。不僅要忠實於原文的意思而且還要傳達原文的神情，與之同時也不能違背本國的語言表達。
>
> 不僅不違背本國的語言表達，而且還為本國語言添加表達形式。比如，那句「一代不如一代」，如果按照我們的語

言習慣要說成「一代比一代差」,但我沒有這樣表達而還是忠實於原文,我意思是想再添加一種表達。[45]

潘魁對文學作品的選擇以及翻譯觀點,都是出自於他對「本國」的文化、語言的考慮。選擇譯介一部外國文學作品的標準,不僅是因為那位作家、那部作品本身有價值和意義,而且要考慮到作品內容是否符合於本國讀者的接受習慣或接受水準。在翻譯那些文學作品的過程當中,儘可能忠實於原著的同時,也要有意識讓本國語言表達提煉到最好的水準。筆者認為這是體現潘魁的知識者立場的第一點。他的一生見證著越南現代語言、現代文化、現代思想的誕生,也見證著作為獨立國家的越南的誕生,在見證的同時他也不斷為民族文化、思想、語言的建設以及國家獨立的建設付出貢獻。潘魁的經歷樹立了他獨立自主的思想,而到他翻譯魯迅文學的那個年代,那思想已經達到最成熟的程度。

魯迅開始寫小說的時候,他已屆中年。潘魁翻譯魯迅的時候,他也一樣到了中年。他們一生的經歷相似,都見證民族新生命的建設在很惡劣的政治環境裡進行。也許是因為如此,潘魁在理解魯迅藝術和思想時,總是有自己尖銳的看法。而就因為那些尖銳而富有社會反思意義的觀點,他和以鄧台梅為代表的意識形態化文學接受觀念發生了分歧。兩者的分歧主要圍繞著兩點:對魯迅諷刺文學的理解和對魯迅的政治鬥爭的看法。

在《魯迅雜文選集》的〈譯者的話〉內容中,關於魯迅的諷

---

[45] 潘魁:〈譯者的話〉,收入魯迅著,潘魁編,潘魁譯:《魯迅小說選集》(河內:文藝出版社,1955 年),頁 5-8。

刺文學的觀念，潘魁表明：

> 最近幾年，在中國和在越南都有人說魯迅的文學僅有諷刺和打擊，對於今天已經不生效了，不得用了。他們以為今天是一個已經十全了、盡善盡美了的時代。我不僅不同意還覺得厭惡那種論調。
>
> 只要社會尚未盡善盡美，有骨氣的作家就有可諷刺或打擊的地方。在可以自由言論的時候就打擊，再不能自由言論的時候就諷刺。兩者雖然在性質上不同但作用同樣只有一個：鞭打社會的醜惡。
>
> 有人說：專制時代讓人們經常諷刺。真是那樣！
>
> 先不說打擊，這裡僅說諷刺。諷刺，它鞭打的是醜惡但它本身不是醜惡的東西。按照魯迅的說法，諷刺就是說出一個沒有人去說的事實……魯迅曾經把諷刺比喻於漫畫。兩者都需要事實的根據。如果沒有事實的根據，那麼那個所謂「漫畫」僅是「抹黑」，那個所謂「諷刺」僅是「說壞話」。
>
> 哦，原來諷刺就是說出事實！但也有人說：有一些不應該說出來的事實。我不相信。那是封建社會或者資本社會的時代，而在一個更為進步的社會制度裡，我想，沒有任何一個不應該說出來的事實。我們都把批評與自我批評作為武器，那當然所有事實都是可以說出來的。
>
> 現在又回到魯迅的諷刺文學上來。
>
> 在1918年創作的《狂人日記》裡，魯迅提出「真的人」。那「真的人」是人類最高等級的進化。所以，魯迅的諷刺

第三章 從「新文學」到「現代文學」：40年代到60年代期間的中國文學譯介 131

> 文章雖然是用來鞭打現時的醜惡，但最終還是為了嚮往那
> 個最高等級的進化⋯⋯

> 總之，現在的進步社會制度尚未十全，尚未盡善盡美。「真
> 的人」也還沒出現。那麼魯迅說出事實的諷刺文學仍是有
> 效，仍是得用的。

> 我仍相信文學是沒有永久性的。就像孔教的五經四書那樣
> 天經地義也僅能用於兩千年。魯迅的文學也不可能有用到
> 地球毀滅，但從現在到真的人出現的那一天，他的文學還
> 是光榮地存在著，因為天下大家都需要它，都歡迎它。[46]

〈魯迅的生活和文學事業〉是潘魁介紹魯迅思想文學最全面的一篇文章。文章共有七部分：一、魯迅的生活及中國時代背景；二、魯迅如何成為文學家？三、魯迅的著述；四、文學的鬥爭；五、政治的鬥爭；六、我們該學習魯迅的地方；七、結論。

在第一部分介紹魯迅的生活和中國時代背景之後，潘魁總結：

> 魯迅的一生大概是那樣。從一出生到逝世，都是碰到國家
> 衰亂的時候，總要在黑暗勢力的統治下度過，但他仍然用
> 這樣或那樣的方式，尤其是用筆觸，來反抗那個勢力。[47]

在第二部分有關魯迅如何成為文學家的歷程，潘魁表示觀點：

> 可以說，從1928年往後，魯迅才成為真正的革命文學家，

---

[46] 潘魁：〈譯者的話〉，收入魯迅著，潘魁編，潘魁譯：《魯迅雜文選集》，頁5-10。
[47] 潘魁：〈魯迅的生活和文學事業〉，收入魯迅著，潘魁編，潘魁譯：《魯迅雜文選集》（文藝出版社，1956年），頁224。

成為一個用筆觸為正義鬥爭，為人民服務的戰士。1928年，在《奔流》雜誌，魯迅開始研究馬克思列寧主義的社會科學，翻譯馬列主義的文藝理論，同時也跟共產黨黨員接觸並且參與由共產黨發起的群眾運動。魯迅從此時在思想上發生很重要的轉變：之前他寫文章是往著「精神醫治」即國民性改造的方向，但現在他覺得這樣做是反了，所以就改往工農大眾解放的方向。之所以說做反了，是因為按道理，要先解放大眾，國民性隨後才順著得到改造，如果國民還在受反動政治勢力的壓迫那麼國民性是無法得到改造。這個情況也幫我們理解為何在上海的十年裡，魯迅不再寫小說而僅寫雜文。那九部雜文就像一大把刺刀，它往著蔣介石反動集團的政治面貌直捅過去，目的是為了助於解放事業。

魯迅之所以成為一個不僅在中國有影響而在世界範圍內也很有名的真正作家，真正戰士是因為他有馬列主義指導，有中國共產黨帶領和鼓勵。沒有任何人可以否認這一點。

不過有一點我們應該注意：即魯迅如此滲透馬列思想，如此精通馬列文藝理論，但是他的文章裡面幾乎沒有用到「唯物辯證法」、「唯物歷史」之類的名詞。有一次有人寫信問他關於那些問題，他很謹慎地回答自己是「門外漢」。讀了魯迅的書，我就想到蠶：蠶吃了桑葉後會吐絲，若吐出來還是桑葉就不是蠶。[48]

在第五部分「政治的鬥爭」，潘魁對魯迅在政治方面上的鬥爭提

---

[48] 潘魁：〈魯迅的生活和文學事業〉，收入魯迅著，潘魁編，潘魁譯：《魯迅雜文選集》，頁 227-228。

出這樣的看法：

> 魯迅不從事政治活動，不是政客，也不是共產黨員，但他對共產黨的政治傾向是贊同的。中國共產黨成立於 1921 年，但到 1925 年共產黨發動的「五卅運動」後一年，魯迅才體現出他的那個政治傾向並且親自出來反抗黑暗的政治勢力。

> 魯迅的政治鬥爭，從段祺瑞軍閥統治下到蔣介石法西斯統治下一直進行的。他是真正的鬥爭，有的時候是通過實際行動，有的時候是通過文學。[49]

從上述資料中來看，潘魁介紹魯迅觀點中最突出的一點，就是刻畫了一個具備徹底戰鬥精神的文學家，他的戰鬥精神來自於他的獨立思考和獨立人格。他對一切醜惡和黑暗的批判和反抗，是從一開始寫作早已具備的一種自我意識，而並不是因為受到哪種外在勢力的引導之後而產生的。所以他的戰鬥精神才能超越了種族的界限，在世界範圍內發揮影響，因此潘魁才提出非常先鋒的評價：「魯迅的文學也不可能有用到地球毀滅，但從現在到真的人出現的那一天，他的文學還是光榮地存在著，因為天下大家都需要它，都歡迎它。」[50] 這句話到現在還是非常準確。

也因為持著魯迅的戰鬥精神來自於他的獨立思想和獨立人格的觀點，潘魁才認為魯迅和共產黨之間是合作的關係，他之所以

---

[49] 潘魁：〈魯迅的生活和文學事業〉，收入魯迅著，潘魁編，潘魁譯：《魯迅雜文選集》，頁 244。

[50] 潘魁：〈譯者的話〉，收入魯迅著，潘魁編，潘魁譯：《魯迅雜文選集》，頁 10。

與共產黨並肩鬥爭,是因為他在共產黨的政治傾向上找到跟自己相同的目標,所以五卅運動發生後,魯迅才開始有思想上的轉變。潘魁的這個看法跟鄧台梅觀點很不同在於,鄧台梅認為魯迅就是共產黨的革命者,他從一開始拿起筆來創作就是為了遵奉中國共產者的命令,他的文學體現著也代表著共產黨的文化政策。所以在鄧台梅的觀點當中,魯迅文學形象包括兩方面的內涵:一、一位與封建主義、資本主義進行徹底鬥爭的作家;二、一位站在人民大眾立場上的作家。這兩者之間是有因果關係的,大眾就是小孩、婦女、農民等弱者,他們就封建制度和資本主義制度的受害者,所以魯迅小說基本上會同時體現兩點,即作家的批判精神和對弱者的同情。

兩者觀念的差別表現得最明顯,在於他們對魯迅作品內容的不同理解,比如魯迅的代表作《阿Q正傳》。鄧台梅認為在這部作品裡阿Q就是農村無產者的代表,魯迅在小說裡通過刻畫一個受盡痛苦和折磨的人物,體現了他對農民的憐憫。阿Q身上的最大特徵是「精神勝利法」,被理解為阿Q為了應付多層壓迫的生活環境而產生的一種本能心理。「精神勝利法」的另一面是自高自大,而阿Q的自高自大委婉地體現當時封建統治階層的精神面貌和性格特點,他們對待人民也是那種自高自大的態度。阿Q因為長期生活在統治制度下所以也受到統治階級性格的影響。總之,阿Q成為人格上盡受封建制度的迫害和毀滅的典型人物,而完全失去了原來的「國民性揭露與改造」的含義。

潘魁的理解反而不同,他很明顯講述:「《阿Q正傳》,據我理解,其主題是有兩層:一方面描寫農村人民因受壓迫剝削而

陷入到了貧困勞苦之中，最後變成辛亥革命的受難者，不過那僅是主題的次要內容。另一方面，這才是主題的主要內容，據魯迅的說法那是『畫出國民的靈魂』。他曾經想用文藝來醫治精神，而要先找出病根才可以治好，所以在這一篇小說裡，阿 Q 身上的多少弱點都是中國人的弱點。」

鄧台梅對潘魁觀點的批判雖然沒有明確點名，但讀者一看也就瞭然。他就在自己為黎春武的專著寫的序言裡面提到：

> 黎春武同志的研究專著中最可貴的地方之一，是修正了這幾年來自稱《人文》派的一些分子的故意誤解。我們還記得：最近一段時間，也有人研究、介紹魯迅但是他故意讓讀者誤解了魯迅和中國共產黨之間的關係，誤解了魯迅的寫實態度和他的諷刺文學⋯⋯於是有人雖然對魯迅什麼都不知道但也「跟在老作家的腳後」而認為魯迅不需要共產黨的說明也可以成才。[51]

在批判潘魁的觀念之後，鄧台梅提出修正：

> 讀者將明白：從一開始創作，作為一位熱情的青年作家的魯迅已經很願意遵奉馬克思者和真正革命者的命令而寫作的。去世前幾個月，在答托洛斯基派的信裡，魯迅也宣布能夠做為「為著現在中國人的生存而流血奮鬥者」的同志是自己的光榮，他們就是中國共產者。讀者將明白：魯迅的雜文就是向敵人射出的致命的彈子，但是魯迅永遠不會把那辛辣的諷刺文章向革命陣地攻擊，他的筆鋒是針對著

---

[51] 黎春武：〈序〉，《魯迅──中國文化革命的主將》，頁 7。

從北洋軍閥到蔣介石的法西斯集團的反動派。[52]

由鄧台梅作序言的專著在1958年出版,當年潘魁也是被禁止寫作。他的自由思想和獨立人格的知識者立場雖然沒能在現實中堅持下去,但卻在魯迅文學接受觀念中獲得生命的延續。

第四節:魯迅文學譯介與其他譯者

除了鄧台梅、潘魁之外,還有與他們同時代的另外三位翻譯者都參與了魯迅文學譯介工作,如簡之1952年出版了命名為《孤獨者》的小說短篇集,其中翻譯了〈狂人日記〉、〈故鄉〉、〈兔和貓〉、〈藥〉和〈孤獨者〉。之後1965年,簡之又出版了《魯迅選集》,在他看來這是對1952年做過的事的一種彌補。胡浪1960年翻譯了魯迅的《祝福》和《明天》。張正從1960年至1963年期間把魯迅的全部重要作品重新翻譯並出版(1960年《故事新編》、1961年《吶喊》與《彷徨》、1963年《魯迅雜文選集》三部)。

從目前的實際情況來看,越南的魯迅翻譯與研究領域當中,鄧台梅、潘魁、張正這三個名字為人知曉,而簡之、胡浪卻不太被認識。儘管如此,為了呈現當時魯迅文學的譯介與接受的真實面貌,筆者還是希望通過每一位譯者的工作成果儘量還原當時豐富多樣的譯介觀念。

簡之(1904-2005年),原名叫阮友文,越南河內人,從小就學了漢字,長大在法越學校上學。簡之高中畢業後上了公共工

---

[52] 黎春武:〈序〉,《魯迅——中國文化革命的主將》,頁7。

程高等學院,然後在郵政單位工作。雖然簡之大學所學的專業和初期上班的單位都跟文學翻譯或文化研究無關,但他身上早已具備學者意識。從 1965 年南進以後,他在順化、西貢的不同文科大學、師範大學當了老師,主講中國哲學、越南漢喃文學。崗位的轉換以及他身上的學者精神相當明顯的表現在他兩次譯介魯迅文學。

在 1952 年簡之翻譯魯迅小說的時候,越南文壇上僅有鄧台梅初期所翻譯的魯迅作品,最有影響的是《阿Q正傳》。魯迅作品當時也還沒被放到較狹隘的思想範圍來理解。此時簡之翻譯魯迅文學創作應該說是一種業餘的愛好,因為他當時還在郵政單位工作。在《孤獨者》短篇小說集的前言,簡之說明他翻譯魯迅小說的理由以及他對這位作家的認識,從中可見他對魯迅文學創作的瞭解還是很有限:

現代文學的趨勢是前往世界性。

有意識地、清楚地認識到自己歷史使命的文藝家都為了促進那個進步的趨勢而大膽鬥爭。

那些文藝家裡有魯迅,他是一個富有才華的、中堅的和熱心的文化戰士。

那是中國人的榮譽。

那也是我翻譯這些短篇小說的主要理由。

關於魯迅的生活、性格、思想與藝術,之前曾有人對之進行過很全面的考究。雖然已經有一些有價值的研究專著像平心的《論魯迅的思想》、巴人的《論魯迅的雜文》但我

們在這裡卻找不到那些材料。所以,只能根據手裡現有的書,如林晨的《魯迅事蹟考》、王冶秋的《民元前的豫才》、小田嶽夫的《魯迅傳》而從中取出一些主要的問題並將之提供給讀者,希望能夠幫助讀者更瞭解小說的意義。

魯迅的著述很多,成功的著述也多。總之,最受關注的是《吶喊》小說集,其次是《彷徨》,其中有著不朽的短篇像〈阿Q正傳〉、〈狂人日記〉、〈故鄉〉、〈祝福〉、〈孤獨者〉等等。

〈阿Q正傳〉幾年前已經被鄧台梅先生翻譯成越南語,從中我們已看到魯迅生動的筆觸、深刻的眼光和成熟的藝術。我翻譯了下面幾篇短篇小說,我的主要意思不是要重複別人做過的事,即再去表揚一位偉大文學家的才華。我也不敢希望在這個時候還可以帶點文學趣味來。我翻譯了下面幾篇小說的理由在上面開頭的部分已經提過,我的目的是給讀者的心靈帶來對正在生活在一個還不怎麼好的社會裡的廣大人類的大痛苦的一種同情,那個廣大人類裡面,從很多方面來看也許會有你和我⋯⋯

那個小小的目的不見得能達到,但如果能夠幸運地做到的話那就是寫這些話的人的一種榮幸。

寫於河內 1952 年 3 月 9 日 [53]

在簡之的表達中,可以看出他跟鄧台梅初期的譯介觀念上的相似

---

[53] 簡之:〈前言〉,收入魯迅著,簡之譯:《孤獨者(短篇小說集)》(河內:世界出版社,1952 年),頁 9-10。

之處,即認為魯迅是一位有世界水準才華的文學家,是中國文學的代表作家,譯者之所以選擇魯迅是因為作家的人道主義思想和作品本身的文學價值。然而也不難看出,此時簡之對魯迅文學的瞭解尚未深入到研究者的程度,對魯迅文學成就的認可僅僅停留在表面的稱讚,而不像後來通過他的介紹,使讀者看到一個全方位的魯迅文學形象。

十多年後,1966 年簡之出版了《魯迅選集》,其中收集了 11 篇小說,包括《吶喊》裡的七篇和《彷徨》裡的四篇。在該選集的《譯者的話》中,簡之相當全面的介紹了魯迅的文學成就、文學思想、創作風格及文學史地位,從中可以看出這個時期簡之完全是以學者心態來接觸魯迅的文學創作。在《譯者的話》這部分內容當中,簡之表示他選擇魯迅作品來翻譯並不是按照個人觀點,而是參考了中國文學家、中國研究者意見以後才決定。據中國學術界的意見,該選集中的作品都是魯迅《吶喊》和《彷徨》中最優秀、最有代表性的短篇小說。1952 年,簡之曾經提出觀點認為魯迅的文學名譽已經超越中國國界。此時,他進一步強調魯迅「他的文學創作不僅有出色的品質,而且數量也豐富。」出版在 1936 年魯迅逝世後的《魯迅全集》,全套共 20 冊,合計 600 萬字,主要包括校訂編寫、翻譯及創作三個方面的成果。在文學創作方面,簡之特別強調魯迅的小說創作成就,他認為魯迅是「用筆尖來改變中國人的精神,改造中國國民性。」[54] 為了這個目標

---

[54] 簡之:〈譯者的話〉,收入魯迅著,簡之編,簡之譯:《魯迅選集》(西貢:香稿出版社,1966 年),頁 6。

魯迅通過文學創作揭開了他民族所有傳統性的醜陋因素，批判了腐敗的傳統文化以及當時的社會制度，並認為這是使得中國惡化的主要原因。關於小說寫作技術，簡之評價魯迅在人物描繪及心理分析上是當時中國其他作家難以跟他相比。魯迅寫出來的句子很簡練但非常深刻，筆力剛勁。魯迅是一位擅長用諷刺手法的作家，他寫得輕鬆有趣但卻令人感覺深沉悲哀，讀者看了小說笑了，感興趣了但也沉思著。

最後，簡之表示他之所以譯介魯迅文學「第一是因為魯迅筆鋒的藝術價值，第二是因為他對社會病態和個人醜陋的控訴，這些對我們越南人來講完全不陌生，從很久以前，我們早已認為把他的作品翻譯成越南文只一個非常有價值的事。」[55]

在上述章節可以瞭解在越南60年代末對魯迅文學的接受已經走向意識形態化了，出發於文學欣賞立場的譯介觀念當時受到嚴重地否認，那為什麼簡之的譯介成果還能繼續出版呢？原因主要是簡之當時生活在屬於美國統治的南方西貢，他曾經被評為第一位在南方譯介魯迅作品的譯者。正因為如此，他出版的魯迅選集沒引起正在生活在越南北方的廣大讀者和研究者的關注和重視。

繼簡之之後，1960年，胡浪是另外一位譯者也把魯迅作品譯介給越南讀者的。胡浪的身分目前筆者在越南學術書籍中幾乎沒有找到任何記載。胡浪當時將魯迅的〈祝福〉和〈明天〉一起翻譯出版，那本小冊子以《祝福》為書名。其中在〈前言〉部分，

---

[55] 簡之：〈譯者的話〉，收入魯迅著，簡之編，簡之譯：《魯迅選集》，頁10。

胡浪寫到:

> 論到魯迅,毛主席有說:「魯迅是中國革命的偉人」。從辛亥革命(1911年)前後階段,魯迅已活躍在文化戰線上,他向中國封建禮教道德的城堡進行激烈地攻擊。他在這一階段創作的作品大部分是短篇小說。故事一般通過貧苦的人物來揭露當時社會病根。他經常寫於在城市和農村裡的貧窮人民階層的痛苦;每個故事描寫出不同層面,不同生活,但從大體上都針對一個目標,即徹底揭露腐敗的封建禮教對中國勞動人民帶來如何的悲傷和死亡。
>
> 我們下面選出兩篇小說〈明天〉和〈祝福〉來為讀者推薦,作品裡的人物都是受到半殖民地半封建的中國舊社會制度殘忍的摧殘和壓迫的農村婦女。
>
> 通過這兩篇小說,我們就清楚看到腐敗的中國半殖民地半封建制度和封建禮教把中國勞動人民壓迫到怎樣黑暗的狀況。
>
> 通過這兩篇小說,在其他小說裡也一樣,魯迅想告訴讀者要把舊封建禮教習俗給廢除,要把產生出痛苦和不公平,壓迫中國人民在黑暗、憋氣、病疫的生活中的腐敗社會給打破。[56]

胡浪的這些表達明顯帶著意識形態化的接受觀念來認識魯迅,其實是屬於鄧台梅為代表的文學接受觀念。

1960-1963年期間,另外一位譯者張正把魯迅的全部重要作品重新翻譯並出版:1960年出版《故事新編》、1961年出版《吶

---

[56] 胡浪:〈前言〉,收入魯迅著,胡浪譯:《祝福》(河內:普通出版社,1960年),頁3-4。

喊》和《彷徨》，1963年出版《魯迅雜文選集》一共三部。張正（1916-2004年），越南河靜人，出身於儒學家庭。1940年前自己學了漢字；1952-1956年，他在南寧中央學舍區[57]學習與工作；1956-1959年，在越南教育部修書組工作；1959年後在越南河內師範大學當老師。可以說，在越南文壇上，張正是一位最有系統性地翻譯魯迅作品的譯者。在當今的越南文壇上，張正翻譯魯迅作品的譯本被看是「經典」譯本。張正的這份工作雖然在越南的魯迅譯介領域中有相當重要的貢獻，但在筆者的觀點看來，他的譯介其實是繼承著鄧台梅之前所開拓的「傳統」，所以將之放在整個文學譯介時期來講，並不是一個很有代表性的接受現象和接受觀念。

張正對鄧台梅的文學接受觀念的繼承首先體現在1957年，他和鄧台梅合作出版《阿Q正傳》單行本，由河內建設出版社出版。書封面標明「由鄧台梅和張正翻譯、注釋和介紹」。書內容共有四個部分：一、作者介紹（歷史背景、身世與事業、魯迅思想、魯迅的作品）；二、《阿Q正傳》作品分析；三、翻譯《阿Q正傳》小說；四、翻譯魯迅的「《阿Q正傳》的成因」文章。

---

[57] 越南中央學舍區，中國稱之為廣西南寧育才學校，是一所建立在中國土地上的特殊越南學校。在當時兩國關係密切的基礎上，中國政府同意越南將一批學校遷至中國土地來辦學，其中有這所學校。中國給越南提供了場地和生活方面的條件，越南負責派一流的專家、教授到中國來講課。學校的機構系統中包括大學本科水準和高中水準的培養。從1951年10月15日成立，至1958年8月的七年時間裡，學校已培養出四千多位幹部、教師、翻譯者和三千多名高中學生。這一批幹部和學生當中，後來有很多人都成為了越南各所著名大學的教授、中央各省廳的官員。

因為書裡面沒有清楚說明鄧台梅和張正兩人分別負責哪些內容的編寫，所以我們只能通過推論來確定張正在這本書編寫中的具體參與。我們都知道《阿Q正傳》和「《阿Q正傳》的成因」早在40年代末被鄧台梅翻譯並發表在《清議雜誌》上，所以張正應該是在「作者介紹」和「《阿Q正傳》作品分析」的兩個內容中參與編寫。

另外，在1961年出版的《吶喊》小說集譯本的前言中，我們也不難看出張正所繼承鄧台梅對魯迅文學的接受觀念的痕跡。他清楚地表達：

> 魯迅在什麼情況和為什麼目的而創作《吶喊》裡的小說，作家筆者在為自己小說集寫的序言裡已經講得非常感動，我們在這裡不必再重複了。但是，為了讓讀者更清楚地瞭解這些小說的內容思想上的一致之處，我想還是要強調兩點：
>
> 第一點，魯迅有明確意識地用文學來為革命服務。這個意識不是到了寫《吶喊》裡第一篇小說的時候才有，而早在一開始拿起筆來寫文章時已經具備了。這個意識在三十多年參加文學活動過程中一直陪伴著他到去世的那一天。
>
> 第二點，魯迅不僅給自己提出「文學為革命」、「文學為人生」的方針，而且還提出「遵命文學」，意思是遵奉命令而創作的文學。換句話說，要實現這個方針，作家必須遵奉先鋒革命者的政治路線，不能按照自己的主觀想法，不能走個人自設的路線而不管大家共同的革命運動。[58]

---

[58] 張正：〈前言〉，收入魯迅著，張正譯：《吶喊（小說集）》（河內：文

在這段話當中張正所表達的觀點跟上述鄧台梅的觀點是一致的,他們都把魯迅理解為體現著毛澤東和中國共產黨的文藝方針的代表作家。

參與魯迅文學譯介的五位譯者當中,筆者認為鄧台梅和潘魁是代表著兩個不同的文學接受觀念。他們不僅對魯迅文學有系統性、全面性的瞭解而他們對魯迅文學譯介也有具備明確的意識。如果說鄧台梅代表著意識形態話語的文學接受觀念,那麼潘魁就堅持著知識者話語的看法。而其他譯者都是這兩位譯者在思想上的繼承者或受影響者。

第五節:「主流文學」的譯介狀況

筆者在前面四節針對魯迅文學接受現象的仔細介紹,也許會給人感覺魯迅是這個譯介時期的一個非常突出的文學接受現象。如果用當下人的眼光去觀察過去歷史的話,筆者從研究資料的梳理當中確實感到目前在越南文學接受環境中魯迅是有如此重要的地位,魯迅文學似乎等同於整個 20 世紀的中國文學。然而,從那時期文學作品的出版書目來看,譯介與接受情況並非如此。在當時,越南譯者翻譯魯迅作品的同時也翻譯了許多其他作家的作品,都是中國 40、50 年代文學的代表作家及其作品,如趙樹理、杜鵬程、劉青、梁斌、吳強、羅廣斌、楊益言、歐陽山、楊沫等。然而,到目前除了魯迅、郭沫若、曹禺在越南所編寫的中國文學

化出版社,1961 年),頁 3–13。

史當中還被提起,除了茅盾、巴金、老舍的作品仍在越南被重印再版之外,越南當下的讀者都很陌生於這一批中國 40、50 年代文學的代表作家及其作品。他們所熟悉的 20 世紀中國文學範圍僅僅包括兩個時間上隔得比較遠的時代,即中國 30 年代之前和 80 年代之後的文學,其中間幾乎是空白的。據筆者的觀點,那段空白的文學範圍,意味著越南讀者已經放棄了過去對這部分文學的接受觀念,而在當時對這部分文學的譯介理由則是因為其體現毛澤東文藝思想的精神。

筆者在這一章的開頭曾經說過,越南對 20 世紀中國文學的第二個譯介時期在接受思想上是發生變化的,即從多元化的文學接受狀態逐漸發展到極其統一的接受思想。這些變化不僅在不同層面上發生,而且在不同層面的內部中所發生變化的時間界限也不同。比如,在鄧台梅的中國文學譯介研究事業中,他的文學接受觀念發生變化的時間界限是 1945 年前後;在魯迅文學譯介的個別文學接受現象中,1958 年鄧台梅對潘魁文學譯介觀念的公開批評和否認,意味著魯迅文學接受觀念正式進入了「意識形態化」的接受階段,而這個特點一直延續到現在。那麼若從文學作品譯介出版書目的層面去觀察第二個譯介時期的全貌,我們將發現其變化的時間界限是 1950 年。在此時之前是鄧台梅譯介魯迅和曹禺的一部分作品,譯者對這些作品的譯介還是出於對文學藝術本身特徵的欣賞,或對文學家在藝術才華和文學創作手法上的關注。然而,在 1950 年後越南文壇對中國文學的譯介根本上發生了不同的變化,從文學欣賞的立場轉向文學為政治意識形態服務的接受觀念。1950 年趙樹理的作品《李家莊的變遷》在越南出版,

之所以選擇 1950 年作為時間界限,是因為在這部作品的譯本的介紹詞裡,越南文藝會的翻譯部門明確表示,翻譯理由是因為這位作家及這部作品是按照毛澤東在延安文藝座談會上所提出的文藝方向而創作的,這可以說是第一部按照毛澤東文藝方針而譯介到越南的文學作品。在同一年,越南和中國建交。1955 年,由鄧台梅帶領的越南作家代表團訪問中國,這一文化事件意味著越南和中國在文化交流上密切關係的開始。往後的十年裡,中國文學作品紛紛地被譯介到越南,標誌著越南對 20 世紀文學的一百年接受中最繁榮的時期。

觀察這一時期的作品出版書目將會發現,當時越南翻譯中國文學作品基本上都集中在三個大題材:農村、戰爭和現代歷史。

中國當代文學史認為,「在中國 50 年代小說創作中,農村生活題材的作品占了相當大的比重。」[59] 那麼在越南對中國文學接受的第二個時期裡,這個題材的作品譯本數量也是最多的。跟其他題材相比,農村題材的文學作品也是被譯介得最早。

在農村題材裡,越南譯者不僅譯介了在 40、50 年代成長的作家而且還同時譯介了魯迅那一代作家的作品。這原來在中國文學史上起碼分屬兩代作家,到了越南文學接受環境裡反而變成了似乎同一時代的作家。當時翻譯最多的除了魯迅的短篇小說以外,就是趙樹理的作品。1950 年,《李家莊的變遷》是趙樹理的第一部小說被翻譯到越南,由越南文藝會出版,文新翻譯。在小

---

[59] 陳思和主編:《中國當代文學史教程》(上海:復旦大學出版社,2005 年),第 2 版,頁 36。

說譯本的〈介紹〉中,文藝會的翻譯部門介紹:

《李家莊的變遷》是中國年輕作家趙樹理的大作品。

要準確地認識到《李家莊的變遷》首先要瞭解其在中國問世的歷史背景。

五四運動後,革命文學運動和政治運動仍一起同步,革命文學也很有效地為政治任務服務。可是文藝工作和政治工作還沒有很好的結合起來。因此文藝還是犯了一些錯誤,文藝工作者在立場、態度、物件等問題上仍作出錯誤的判斷。

要加強革命運動,政治工作和文藝工作必須要緊密的結合起來。因此,在 1942 年,毛澤東同志在解放區的政治、文化首都的延安召開了文藝座談會。

在此會議上,毛澤東發表重要的講話,講話打破錯誤的文藝觀念並給文藝劃出路線。毛澤東的思想改變了當時文藝者原有的觀念。

許多有名的文藝者擱著筆而向群眾學習、融入群眾。許多新的文藝者直接而果斷地走上由毛澤東劃出的新路線。結果中國的文藝以及文藝機構完全改變了。文藝成為教育群眾、教育幹部的有效工作,並受到群眾和幹部的喜愛。從那時到 1949 年,177 部文藝作品以全新面貌而問世。

在那些作品當中,最值得注意的是趙樹理的作品。

1943 年,他出版《小二黑結婚》,接著是《李有才板話》。他最有名的作品是《李家莊的變遷》。

據我們剛從中國回來的一位朋友的話,《李家莊的變遷》

非常受中國文藝界的歡迎以及受工農兵群眾尤其是農民群眾和幹部的喜愛。那是現在中國最有價值的作品。[60]

〈介紹〉在陳列中國批評家和蘇聯批評家有關這部作品的評價意見後強調:

> 中國和蘇聯文藝批評家的上述幾段評價當然還不能全面地說出《李家莊變遷》的全部價值,但至少也幫我們瞭解趙樹理的小說在中國和蘇聯都產生很大的影響,而中國和蘇聯都是我們在文藝方面和其他方面需要向他們學習的兄弟國家。
>
> 我們希望越南文藝工作者將對這部作品進行批評、討論,因為對之有了正確的批評和討論也是我們重新審視自己的文藝態度和觀念的方法。[61]

繼《李家莊的變遷》翻譯出版之後,1953 年陶武翻譯了中篇小說《李有才板話》,由文藝出版社出版。在〈作者介紹〉中,文藝出版社強調:

> 因為在群眾中長大,帶著群眾的智慧,所以趙樹理成為群眾的作家不是一件偶然的事。中國著名的文藝批評家周揚這樣評價趙樹理「他是一個新人,但是一個在創作、思想、生活各方面都有準備的作者,一位在成名之前已經相當成熟了的作家,一位具有新穎獨創的大眾風格的人民藝

---

[60] 越南文化會翻譯組:〈介紹〉,收入趙樹理著,文新譯:《李家莊的變遷》(河內:文化會出版,1950 年),頁 1-2。
[61] 越南文化會翻譯組:〈介紹〉,收入趙樹理著,文新譯:《李家莊的變遷》,頁 10。

術家。」在中國,趙樹理的成功被認為是大家所要前行的方向;人們發揚口號「向趙樹理學習」。[62]

1954 年文藝出版社繼續出版由范文科翻譯的《登記》。

1955 年,文藝出版社出版趙樹理的小說集《小二黑結婚》,由潘魁、洪力、武紅口、天昔翻譯。小說集收入了六篇短篇小說,先後為〈小二黑結婚〉、〈孟祥英翻身〉、〈福貴〉、〈傳家寶〉、〈地板〉和〈求雨〉。小說集的最後一部分附上了一篇介紹趙樹理的文章〈人民作家趙樹理〉。據譯者洪力的標明,這篇文章是翻譯過來的,但譯者卻沒有提供文章的出處以及文章的作者,所以筆者無法對照出有關原文的資訊。不過從文章的內容來看,這應該是一篇根據中國評論文章而綜述過來。這篇文章的結構包括四個部分:趙樹理的來歷、趙樹理的作品、趙樹理的生活和學習趙樹理。

1956 年,文藝出版社出版《三里灣》,由黎春武翻譯。這部長篇小說在三年之後再次出版。1957 年,青年出版社出版《表明態度》,由阮科翻譯。1962 年,青年出版社出版《靈泉洞》,由黎春武翻譯。1950-1957 年的七年期間,越南譯者們幾乎平均每年翻譯出版趙樹理的一部作品,到了 1962 年一共譯介了 12 篇長、短篇小說。筆者認為在越南文學接受環境裡,對一位外國作家能有這樣緊密的關注本身不是一個多見的現象。雖然現在回頭去看,魯迅在這個時期的影響似乎壓抑了其他作家的文學成就,但

---

[62] 文藝出版社:〈作者介紹〉,收入趙樹理著,陶武譯:《李有才板話》(河內,文藝出版社,1953 年),頁 3。

還原到當時情況,起碼從出版書目那個層面來看,趙樹理的影響其實一點也不比他遜色。按照作品出版的時間以及評論文章的考察,甚至能發現,雖然鄧台梅在1946年早已翻譯了毛澤東的《新民主主義論》,但一直到1958年出版《中國現代文學史略1919年-1927年》一書,他才正式地體現出其對毛澤東的魯迅觀的影響。然而,趙樹理作為「實踐了毛澤東同志的文藝方向」的、「是毛澤東文藝思想在創作上實踐的一個勝利」(周揚語)[63]的文學形象其實比之更早在1950年通過《李家莊的變遷》的翻譯出版而在越南文壇上被建立起來。這個情況告訴我們兩點:一、被越南文壇視為毛澤東文藝思想的體現者,魯迅文學譯介並不是一個單獨的現象,至少50年代初還有跟他影響一樣大的趙樹理。只不過經過歷史的淘汰和意識形態化的文學接受觀念的放棄後,只有魯迅文學譯介被保留並延續了下來,而趙樹理的文學譯介現象卻被留在歷史的記憶中。二、50年代初,對《新民主主義論》評價很高的魯迅和實踐《講話》文藝方向的趙樹理在越南文壇上的譯介意味著越南文壇進入體現毛澤東文藝思想的文學作品的譯介時期。

在農村生活題材中,除了50年代初期對魯迅和趙樹理作品的集中翻譯之外,越南翻譯者也翻譯了周立波的《山鄉巨變》(1960年,文化出版社,黎春武譯)和柳青的《創業史》。關於柳青的《創業史》由於其「原計畫寫四部。1959年第一部在刊物

---

[63] 周揚著:〈論趙樹理的創作〉,收入《周揚文集》,第1卷,北京:人民文學出版社,1984年,頁498。

上連載,次年出版單行本。『文革』的發生使寫作計畫中斷。」[64]所以當時越南譯者僅翻譯了《創業史》第一部並分成兩集,第一集出版於1961年,第二集出版於1962年,由文化出版社出版,陶武、武文選一起翻譯。

在農村題材之後,第二個也同樣被翻譯得相當多的是戰爭題材。1954年,潘魁翻譯了劉白羽的《火光在前》,由文藝出版社出版。1958年,黎文基、金英合譯杜鵬程的《保衛延安》,由人民軍隊出版社出版。1959年,海源、如河合譯曲波的《林海雪原》,青年出版社出版。1961、1962年兩年內先後出版了吳強的《紅日》,一般中國長篇小說在翻譯成越南語的時候其篇幅都相當長,所以為了出版的方便,很多作品都被分成幾卷來出版。《紅日》當年分成四卷,由日甯、尹忠翻譯,人民軍隊出版社出版。

如果說在中國文壇上「現代歷史題材創作是50、60年代文學的一個重要創作現象,它的特徵是以近代以來的革命歷史為線索,用藝術形式來再現中國共產黨領導的新民族主義革命的必然性與正確性、普及與宣傳中國共產黨的歷史知識和基本觀念的敘事文學作品」,[65]那麼這類題材的作品在越南文壇上也是被介紹得相當多。1960年,楊沫《青春之歌》的第一個譯本在越南出版,有意思的是這個譯本是根據俄文版而翻譯過來。據介紹俄文版是由莫斯科的近衛青年出版社發行於1959年。1964年,兩位譯者

---

[64] 洪子誠:《中國當代文學史》(北京:北京大學出版社,2011年),第二版,頁91。
[65] 陳思和主編:《中國當代文學史教程》,頁74。

張正和方文根據人民文學出版社 1960 年出版的中文版重新翻譯了《青春之歌》。繼《青春之歌》的出版之後，旗恩和裴幸謹合作翻譯了歐陽山的《三家巷》，當時分成三卷，由勞動出版社發行於 1961 年。在同一年，陳文進、輝聯、阮代合譯了梁斌的《紅旗譜》，由文化出版社出版。1964 年，潘榮、阮文、明珠合譯出版了羅廣斌和楊益言的《紅岩》。當時譯本分成兩卷，第 1 卷是潘榮和阮文翻譯，第 2 卷由明珠和阮文翻譯。

除了屬於當時「時代題材」的上述三大題材之外，我們從書目中也會發現有一部分作品，是因為其作者當時在文壇上的重要社會身分而被翻譯過來的。像曹禺、茅盾、郭沫若、老舍、葉聖陶、田漢、巴金等作家的代表作品幾乎都有譯介，列舉如下：

一、茅盾：《子夜》（1958 年，文化出版社，張正、德超合譯）、小說集《春蠶》（1960 年，文化出版社，陶武、吳文選合譯）、《腐蝕》（1963 年，文化出版社，黎春武譯）。

二、郭沫若：《屈原》（1960 年，文化出版社，陶英柯、洪山合譯）、《虎符》（1960 年，文化出版社）、《郭沫若短篇小說集》（1961 年，文化出版社，黎春武譯）、《卓文君》（1962 年，文化出版社，河茹等譯）、《郭沫若詩歌》（1964 年，文學出版社，潘文閣、南珍合譯）。

三、老舍：《老舍劇作選》（1961 年，文化出版社，千里組譯，其中收入了四部劇作《龍鬚溝》、《茶館》、《女店員》和《全家福》）、《春華秋實》（1961 年，文化出版社，東風譯）、《駱駝祥子》（1963 年，文學出版社，張正、方文合譯）。

四、葉聖陶:《倪煥之》(1962年,文化出版社,張正、方文合譯)。
五、田漢:《田漢劇作選》(1962年,文化出版社,胡陵、阮河合譯,其中收入《關漢卿》、《名優之死》、《阿Q正傳》)。
六、巴金:《家》(1963年,文學出版社,黎山馨、裴幸謹合譯)。

這些作家之間的共同點即他們都是從五四新文學時期走下來的一代作家,在40-60年代期間,他們不僅是文壇上的「文學大師」而且都擔任了國家文藝界中的領導位置。從某種程度來看,這意味著他們是新政權及時代文學主題的支持者和體現者,所以在對他們作品的介紹時,譯者們一般都更多地強調著他們現任的位置,作者名聲本身幾乎成為其作品的某種「品質」保證。如果把這部分作品跟上述三大類題材的作品進行一個小小的比較,我們可能更清楚看到這一特點。比如,在介紹屬於上述三大類題材的作品時,譯者一般會注重於強調當時文壇對作品的定位。譯者們在1961年介紹梁斌的《紅旗譜》時就講:

> 從革命成功到現在的最近十年裡,中國社會主義文學以空前未有的發展速度和發展規模而開花結果。一系列文藝作品就像「雨後春筍」一樣的湧現。在那多姿多彩的花園裡,才子梁斌的《紅旗譜》尤其受公眾的歡迎。作品從第一次與讀者見面的時候(1957年),作品就得到許多著名的批評家、老作家的表揚。同時在很多地方的讀者也舉辦各種「座談會」、「漫談會」來學習作品的思想內容和欣賞其藝術價值。在1960年7月第三次全國文藝代表大會上的報告中,周揚同志說過:「不少優秀的作品對我國人民的革命歷史和現實鬥爭作了廣泛的描繪和藝術概括。《紅旗譜》、《青春之歌》、《靈泉洞》、《林海雪原》、《三

里灣》、《山鄉巨變》等小說,展現了我國從鴉片戰爭一直到社會主義革命各個階段驚天動地的人民革命鬥爭的歷史。」在這個會上,茅盾同志的報告以及其他報告、發表講話都有提到《紅旗譜》並且認為這部作品是現在中國文學的大成就之一。[66]

在《老舍劇作選》的〈介紹詞〉,譯者們如此介紹:

> 1956年,在中國作家協會第二次理事會擴大會議上的報告〈建設社會主義文學的任務〉中,中國作家協會副主席、著名評論家周揚同志要求青年作家要向當代語言藝術大師學習。在哪些大師當中有老舍,他是中國文學的大小說家和大劇作家。

> 解放後(1949年),他轉向戲劇創作。到現在,大約在十年當中老舍已經創作了15部劇作,其中有一部很有名的是《龍鬚溝》。由於這部劇作在多次演出時獲得大收穫,所以老舍被評為「人民藝術家」。他現在擔任中國作家協會副主席,兼任北京市文聯會主席。[67]

在1963年譯介出版巴金《家》的時候,翻譯者甚至僅僅介紹作者的簡歷,其中比較詳細地介紹巴金所擔任的工作:

> 巴金是中國現代文學的大作家。……1949年6月,他參加中國文學藝術聯合會委員會並且是中國作家協會的常務委員。從此時開始,他的創作道路發生新的轉折,即向工

---

[66] 陳文進、輝聯、阮代:〈介紹詞〉,收入梁斌著,陳文進、輝聯、阮代譯:《紅旗譜》(河內:文化出版社,1961年),頁3-4。
[67] 千里組:〈介紹詞〉,收入老舍著,千里組編,千里組譯:《老舍劇作選》(河內:文化出版社,1961年),頁5-6。

農服務和前往党的文學路線。……現在,巴金是中國文學藝術聯合會副主席,中國作家協會副主席,作協上海分會主席。

今年 6 月分他來訪問我國,這使兄弟兩國人民和文學界的團結友誼之情更加深刻。

巴金的文學事業是一位老成作家一生經歷過兩個社會制度並且跟上了新文學和新中國人民的步伐的事業。他的很多作品已經被翻譯成外國語,光榮著中國現代文學,也光榮著響應中國共產黨的號召而為祖國的事業竭力貢獻的歷代作家。[68]

除了「文學大師」作品譯介的特殊情況之外,三大類題材的集中譯介相當確切地反映了當時中國文學的發展特徵。這個特徵被這樣總結出來:「在小說題材中,工農兵的生活、形象,優於知識分子或『非勞動人民』的生活、形象;『重大』性質的鬥爭(政治鬥爭、『中心工作』),優於『家務事、兒女情』的『私人』生活;現實的、當前迫切的政治任務,優於逝去的歷史陳跡;由中共領導的革命運動,優於『歷史』的其他事件和活動;而對於行動、鬥爭的表現,也優於『個人』的情感和內在心理的刻畫。」[69] 從越中兩國當時密切的關係來看,不難理解越南文壇對中國文學那樣確切的反映,但與此同時,越南譯者對這三大類題材的作品之所以有緊密地關注,其實也可以從越南文壇本身而找到解答。

---

[68] 黎山馨、裴幸謹:〈作者簡歷〉,收入巴金著,黎山馨、裴幸謹譯:《家》(河內:文學出版社,1963 年),頁 5–6。
[69] 洪子誠:《中國當代文學史》,頁 75–76。

意思是，這個情況不僅僅是越南文壇對中國文學被動的接受，而也是越南文壇主動的選擇。

「主流文學」作品的譯介時間是 1950-1965 年期間，翻譯出版高峰是 50 年代末 60 年代初。在越南歷史中，這 15 年間整個越南要面對兩個重要任務——即北方的社會主義建設和南方的民主民族革命鬥爭。1954 年，越南推翻法國統治，解放北方，但南方卻被陷入美國的統治下，整個國家在北方建設新社會的同時也要在南方和美國軍隊打仗來爭取全國解放。1954-1960 年國家注重於把北方的社會基礎建設起來，1961-1965 年，等北部在基礎建設上有穩定的發展後，要擔任支援南方革命鬥爭的任務。在北部，1953-1956 年進行土體改革，1958-1960 注重於農業社會主義改造，進行合作化運動等。從越南文學本身來講，在這個特殊時期裡，其跟中國文學一樣要為整個國家的政治任務獻出服務。1962 年在越南第三屆全國文藝代表大會上，當時擔任越南文藝會主席的鄧台梅發表講話強調：「社會主義建設和實現國家統一的鬥爭是我們人民現在的兩個重要政治任務，同時也是我們人民革命生活中兩個最偉大的現實。新革命時期文藝工作的現在任務是要為這兩個重要政治任務獻出服務，要反映這兩個偉大的現實。」[70] 瞭解越南當時社會和文化的這種環境，能夠更容易理解這時期的中國文學譯介選擇，在追蹤中國文學動態及國家文藝政策的同時，他們也選擇那些最貼近自己的情況的作品。比如，在

---

[70] 鄧台梅：〈在黨性的原則上為豐富、完美的民族文藝而奮鬥〉，《在學習與研究之路上》（河內：文學出版社，1969 年），第 2 集，頁 47。

有關社會主義改造書寫的作品,他們一般會選擇書寫農業社會改造的內容多於書寫工商業社會改造的內容,所以當時的出版書目中僅看到周而復《上海的早晨》(1959年、1960年,文化出版社,張正、德超合譯)的一部描寫工商業社會主義改造的長篇,但有關農業社會主義改造的起碼有趙樹理的《三里灣》、周立波的《山鄉巨變》、柳青的《創業史》。或者為了更明顯看到越南文壇對中國文學的主動選擇,我們可以通過下面兩段文章的比較也許會更明白。

我們在上面有介紹過《紅旗譜》譯本的介紹詞,裡面譯者們有引用周揚的一段話:

> 在1960年7月第三次全國文藝代表大會上的報告中,周揚同志說過:「不少優秀的作品對我國人民的革命歷史和現實鬥爭作了廣泛的描繪和藝術概括。《紅旗譜》、《青春之歌》、《洞靈泉》、《林海雪原》、《三里灣》、《山鄉巨變》等小說,展現了我國從鴉片戰爭一直到社會主義革命各個階段驚天動地的人民革命鬥爭的歷史。」[71]

這段話是摘自於周揚的〈我國社會主義文學藝術的道路〉,是1960年7月22日在中國文學藝術工作者第三次代表大會上的報告。這段話原來比上述的引用要長得多,我們不妨看一下:

> 不少優秀的作品對我國人民的革命歷史和現實鬥爭作了廣泛的描繪和藝術概括。《紅旗譜》、《青春之歌》、《三

---

[71] 陳文進、輝聯、阮代:〈介紹詞〉,收入梁斌著,陳文進、輝聯、阮代譯:《紅旗譜》,頁3-4。

家巷》、《靈泉洞》、《苦菜花》、《鐵道遊擊隊》、《紅日》、《林海雪原》、《三里灣》、《山鄉巨變》、《創業史》、《草原烽火》、《黎明的河邊》、《戰鬥的幸福》等小說,《楊高傳》、《趕車傳》、《動盪的年代》等長篇敘事詩,《萬水千山》、《紅色風暴》、《英雄萬歲》、《東進序曲》、《槐樹莊》等戲劇,《上甘嶺》、《林則徐》、《風暴》、《聶耳》、《青春之歌》、《董存瑞》、《戰火中的青春》等電影,展現了我國從鴉片戰爭一直到社會主義革命各個階段驚天動地的人民革命鬥爭的歷史。[72]

這兩段引文的比較告訴我們越南文壇對中國文學的譯介明顯是有自己的選擇,首先集中於小說的翻譯,其次在小說中選擇一些符合自己社會、文化環境的作品。

無論是因為什麼理由,50年代到60年代這一時期是越南對20世紀中國文學接受史最繁榮的譯介時期,在接受觀念上也明顯帶上意識形態化色彩。

小結

通過本章五節的展開,我們對在越南的20世紀中國文學譯介的第二個時期已經有了總體的瞭解。這個時期雖然在作品出版時間上沒有中斷過,但實際上在內部是發生變化的,即從多元化

---

[72] 周揚:〈我國社會主義文學藝術的道路——1960年7月22日在中國文學藝術工作者第三次代表大會上的報告〉,《戲劇報》第Z1期(1960年8月),頁7–29。

的文學接受狀態逐漸發展到極其統一的接受思想。這些變化不僅在不同層面發生上，而且在不同層面的內部中所發生變化的時間界限也不同。在鄧台梅的中國文學譯介研究事業中，他的文學接受觀念發生變化的時間界限是1945年前後。在魯迅文學譯介的個別文學接受現象中，1958年鄧台梅對潘魁的文學譯介觀念公開批評和否認，意味著魯迅文學接受觀念正式進入了「意識形態化」的接受階段，而這個特點一直延續到現在。從文學作品譯介出版書目的層面去觀察第二個譯介時期的全貌，將發現其變化的時間界限是1950年。在此時之前主要是鄧台梅譯介魯迅和曹禺的一部分作品，譯者對這些作品的譯介仍出於對文學藝術本身特徵的欣賞，或對文學家在藝術才華和文學創作手法上的關注。然而在1950年後越南文壇對中國文學的譯介發生了變化，從文學欣賞的立場，轉向文學為政治意識形態服務的接受觀念。

筆者在這一章裡用相當大的篇幅來介紹魯迅文學的譯介現象，因為這個現象既能代表著整個譯介時期的發展趨向，又能反映出這個時期的多元內涵。魯迅文學譯介現象反映出一個從「世界大文豪」轉向「中國文化革命的主將」的定位的接受過程，體現了當時文壇從「新文學」轉向「現代文學」的整體發展趨向。魯迅文學譯介現象中又出現了兩種不同的譯介觀念：一個以鄧台梅為代表的觀念是支持著國家意識形態的體現，強調魯迅文學為國家政治的服務內容，另一種以潘魁為代表的觀念，是堅持著知識分子立場來認識魯迅文學本身的價值。這又體現著譯介時期從多元化的狀態，發展到接受思想極其統一的要求。這一章對魯迅譯介如此仔細介紹，也許會讓人以為這是當時的一個很突出的文

學譯介現象,實際上從作品的出版書目來看,當時文壇翻譯魯迅作品的同時也翻譯了許多其他作家的作品。只不過,由於對魯迅的研究從那時一直延續到現在,所以讓人有錯覺認為魯迅文學似乎等同於整個譯介時期。實際上,從50年代初到60年代中旬還可以看到一批跟魯迅一樣從五四新文學走下來的作家,如郭沫若、曹禺、茅盾、巴金、老舍等。除了那一代「文學大師」以外還有一大批在40年代成長的作家,像趙樹理、杜鵬程、劉青、梁斌、吳強、羅廣斌、楊益言、歐陽山、楊沫等。

在筆者的20世紀中國文學接受史觀念當中,如果說徐枕亞小說譯介階段標誌著中國文學身分轉換的開頭,所謂「外國文學身分」雖然在表面形式上(語言翻譯的需要、現代知識分子的讀者新身分、現代的文學傳播方式等)已經確立,但實際上中國文學形象的內涵裡,仍然保留著不少從古代文學到現代文學範疇的過渡性觀念。那麼,到了第二個譯介時期,中國文學在越南已真正具備「外國文學」意義。在語言方面,隨著一代又一代接受新教育、新文化培養的越南知識分子的成長,也隨著中國語言向「歐化」形式發展,漢語真正成為越南人的外國語。另一方面,到了40年代越南文學本身已進入世界文學格局,在其他國家文學面前(包括中國文學在內)基本上是有了對等的地位,它在世界各種國家文學發展網路中、各種思潮流變中發展的同時,又和這些國家文學共同建構起一個豐富的世界文學體系。在一個文學成為世界體系的一個單元時,對於其他國家文學,它同樣也將之看成世界體系的一部分。從這兩個層面上來講,中國文學的外國文學形象,在40年代越南文學的接受環境裡基本上已被確立。

如果把越南的20世紀中國文學接受史看作一個整體，那麼它應該有自己內部的發展規律，即所謂接受的傳統。整個文學接受史從作品出版書目來看分成三個時期。如果說徐枕亞譯介時期是傳統接受觀念的結尾，那麼40年代到60年代的譯介時期應該說是現代接受觀念的形成。這個時期的接受觀念雖然從一開始建立在多元文化狀態的基礎上，但後來很快陷入受國家政治制約的狀態，所以形成的接受傳統帶著相當濃厚的意識形態色彩。到了90年代後的第三個譯介時期，雖然經過大概15年對過去的否認和放棄，但流傳下來的接受習慣基本上很難擺脫之前所形成出來的官方意識。中國文學形象的形容一般和歷史、農村、戰爭的重大題材、工農兵典型人物連繫在一起。雖然到後來體現國家意識形態的主流文學不再被人提起，但是對這部分文學的接受習慣仍然被保留並延續了下來。

第四章
文學的重新定位：
90年代後越南對中國文學的譯介

　　觀察90年代後越南對20世紀中國文學的譯介情況，不難看出有兩條明顯的譯介線：一條是翻譯中國30年代以前的新文學作家「魯郭茅巴老曹」的作品，實際上主要是重印了在第二個時期（即40-60年代期間）已翻譯過的作品，只有很小的一部分是後來新翻譯的；另外一條翻譯線是以張賢亮作品譯介為開頭的80年代以後的文學。這兩條譯介線的時間距離是50年，也就是說中間50年的中國文學不再出現在90年代以後的越南文壇。在筆者個人的理解看來，這是說明越南文壇已放棄了對這部分文學原有的接受觀念，即出於體現中國國家意識形態的角度來譯介中國文學作品。按道理來說，在一種接受觀念被放棄的前提下，應該有新的接受觀念的形成。筆者將這個新的接受觀念概括成「文學定位」，筆者認為這個概念能夠同時反映出越南文壇對這兩條文學譯介線的接受觀念特徵。筆者將兩者分別稱為新文學譯介線和80年代後的文學譯介線。

　　新文學譯介線，其實是沿著第二個譯介時期的接受傳統走下來的。譯者在放棄意識形態的接受觀念後，對過去譯介的各個中國文學現象重新進行整合、重新定位。他們整合、定位的觀點是

把純粹體現毛澤東文藝思想的部分文學從文學史中一步一步地刪除，並留下新文學大師的作品。與此同時，在作品出版方面，基本上僅重印或新譯屬於新文學大師的作品，這體現新文學譯介線的文學史定位觀點。這個文學史定位方式，其實僅在形式上發生改變，在內部的文學觀念還是保留著一定的意識形態色彩。新文學譯介線在 90 年代後的越南文壇基本上被縮小到學院範圍，而在一個更寬泛的大眾文化接受環境裡，它僅占著一個邊緣化的位置。

另外一條中國 80 年代後的文學譯介線，在大眾文化的接受環境占據相當大的空間。參與到各譯介線的譯者們大多數是新人，這裡所謂「新人」主要是指一批從 90 年代開始才參與文學譯介領域的翻譯者，他們基本上不熟悉第二個譯介時期的文學譯介背景和傳統，其譯介標準主要受到大眾文化的影響，更看重大眾讀者需求的迎合。此外也有小部分譯者繼承上個譯介時期的接受習慣，參與了這部分的文學翻譯。這一類譯者在研究院或大學的教育環境裡工作，所以他們的譯介標準一方面體現文學研究者的立場，另一方面也主動把自己的譯介融入到大眾讀者的接受環境中。為了以下內容陳述的方便，筆者把這兩類譯者稱為新傳統和老傳統的譯者。

無論是哪一類譯者，他們都一樣要面對跟過去完全不同的社會、文化形態的文學接受環境。在他們進入 80 年代後中國文學譯介領域時，越南和中國都經歷了所謂「改革開放」的社會轉型時期。從越南文壇的角度來講，譯者們處於一個商品經濟因素已經滲透到各個社會、文化領域的環境，他們譯介中國文學作品無

論是出於什麼目的,或多或少都會受到消費市場和現代媒體傳播的制約與影響。從中國文壇來看,他們因為在 90 年代譯介中國 80 年代往後的文學,所以此時是要面對一個相當複雜的文學體系。進入 90 年代的文學已經「出現了無主潮、無定向、無共名的現象,幾種文學走向同時並存,表達出多元的價值取向。如宣傳主旋律的文藝作品,通常是以政府部門的經濟資助和國家評獎鼓勵來確認其價值;消費型的文學作品是以獲得大眾文化市場的促銷成功為其目標的;純文學的創作則是以圈子內的行家認可和某類讀者群的歡迎為標誌。」[1] 除此之外,還有一個更加特殊的情況,即在 90 年代初越南和中國才剛恢復中斷十多年的關係,雙方在文化、文學關係幾乎是從空白的基礎上,又建立起新的認識。在那樣一個相當複雜的社會文化環境,讀者對中國文革後文學又幾乎不瞭解的情況下,譯者們想要從事中國文學作品譯介並且希望獲得越南讀者對其的接受,必須給越南讀者一個關於中國作家作品的文學定位的交代。這似乎是一種對作品品質的保證,尤其是在大眾文化市場裡更體現出文學定位的重要性。不同類型的譯介者會做出不同選擇:老傳統的譯者由於繼承了第二個譯介時期的接受傳統,所以會帶著官方接受意識進入譯介工作;而對過去的文學譯介情況沒有系統性地把握和瞭解的新人譯者,他們對一部新文學作品的譯介選擇更多來自於個人經驗或個人定位標準,在這個標準裡面當然也融入了個人閱讀經驗,但更多的是受到大

---

[1] 陳思和主編:《中國當代文學史教程》(上海:復旦大學出版社,2005 年),第 2 版,頁 13。

眾文化市場和現代媒體傳播的制約與影響。

這兩種文學定位方式，其實是代表著兩種接受層面或接受範圍，也體現著兩種不同的價值取向。新文學作品接受是活躍在學院範圍裡面，成為大學課堂上的閱讀對象及學術界的研究對象，以獲得學術圈的研究者和讀者的認可為標準，在整個大眾文化市場的接受環境裡，這部分文學是相當邊緣的。80年代後文學，儘管也有來自學術圈的譯者參與譯介，但其價值取向仍然是要以獲得大眾讀者的歡迎為目標。

莫言小說譯介是一個有代表性的文學定位案例。莫言不是第一個最早被譯介到越南文壇的作家，但如今他可以說是一位一直以來不斷吸引讀者的關注的作家，跟其他中國當代作家相比，他被譯介的作品數量也是最多的。參與莫言小說譯介的譯者並不少，有來自於學術界的和非文學專家的譯者，也有老譯者和年輕譯者；關於他作品的評論有學術界的聲音，也有來自於媒體的傳播等等。總之筆者認為從這個文學現象中，既看到越南讀者的接受傳統所傳下來的接受觀念，也看到在大眾文化市場所產生出來的新觀念，值得深入探討。

第一節：文學定位——新譯介觀念的形成

一、對意識形態化觀念的放棄

如果越南和中國在官方外交未曾發生一些不愉快的事，也許越南對中國文學譯介的榮景還是會延續到現在。1966年，中國進入十年動亂的文化大革命，越南也進入抗美戰爭最激烈的階段，

各國都將精力集中於自己國家最重要的政治任務;再到1979年兩國之間發生邊界的戰爭,這些事件導致越南和中國在外交關係上從逐漸疏遠到惡化。1991年,越南和中國正式恢復了正常關係。在外交關係的層面上,這個中斷的時間僅有大概十年左右,但從文化交流層面上來看,這個中斷的時間長達二十多年。在這二十多年裡,文學交流被減少到僅有反覆再版已經翻譯過的魯迅作品的程度。根據我們所收集到的資料範圍,魯迅作品的重印是在1966年、1968年、1970年、1971年、1980年、1982年、1987年七個時間標誌。對於這個現象也許可以解釋為,文革時期因為魯迅文學作品不受到批判,越南文壇才把他的作品保留了下來。但筆者認為,這個現象反而是體現著越南文壇對意識形態化的譯介觀念的放棄,文壇把魯迅文學留下來是越南接受者的主動選擇。如果不是這個原因,越南接受者不可能在1979年事件剛發生後仍然提到魯迅的文學。1981年,張正在《文學雜誌》第2期發表〈中國文化大革命中的魯迅〉,文中認為「魯迅是一位真正的共產作家。他的一生是希望可以給像阿Q、祥林嫂等那樣的貧困者帶來一種能稱得上是人的生活一樣的生活。」張正認為魯迅的品格完全不同於利用其名聲的一群人,他強調說:「如果魯迅還活到現在,毛澤東及其集團分子在60、70年代肯定成為魯迅的打擊對象,就像過去在20、30年代魯迅批判軍閥勢力和國民黨一樣。誰讀了魯迅文學都會明白這一點。」[2]

---

[2] 張正:〈中國文化大革命中的魯迅〉,《文學雜誌》第2期(1981年3-4月),頁110。

筆者在下面部分試圖從文學史教程編寫的考察,闡述越南文壇對過去的譯介與接受觀念的主動放棄。在筆者所把握到的資料範圍裡,到目前越南學術界有七部有關中國20世紀文學的文學史教程:

一、鄧台梅編,《中國現代文學史略1919-1927年》,第1卷,河內:事實出版社,1958年。鄧台梅原計畫編寫兩部,第2卷是《中國現代文學史略1927-1947年》,但最終這個計畫未完成;

二、張正、裴文波、梁維次編,《中國文學史教程》,第2卷,河內:教育出版社,1962。這部《中國文學史教程》共兩卷,第1卷的內容講述先秦文學到宋代文學。第2卷則包含三部分:元代文學、明清文學和現代文學等。

三、阮獻黎編,《現代中國文學(1898-1960)》二卷,西貢:阮獻黎出版社,1968年、1969年。後來在1993年文學出版社將這兩卷合印再版。

四、張正、梁維次、裴文波編,《中國文學史》,第2卷,河內:教育出版社,1971年。這是上述1962年版本的修訂本。

五、阮克飛、梁維次編,《中國文學》,第2卷,河內:教育出版社,1988年。

六、梁維次,《當下中國文學》,河內:教育出版社,1989年。

七、阮克飛、劉德忠、陳黎寶編,《中國文學史》,第2卷,河內:師範大學出版社,2002年。2014年,這本教材被再版,書名改為《中國文學史:從元代到現代》,但內容基本上沒有改變,可以說這只是教材的一次重印而已。

在上述七部文學史中,除了阮獻黎編的文學史(編號三)之外,其他六部文學史都是河內師範大學文學系的教授們編寫的,所以這些文學史在內容結構上的變化,其實提供很好的依據,來確認越南接受者是怎樣放棄意識形態化的文學觀念。

首先要說明的是,上述某些文學史,筆者只選擇第 2 卷來考察,因為基本上第 1 卷的內容都涉及到古代文學,到了第 2 卷才提到有關 20 世紀文學的內容。不妨先從這幾部文學史在結構上的調整來觀察。

第一部文學史是在 1958 年出版,當時文學史內容局限於 1919-1927 年。這部文學史共 210 頁,分成八章:第一章「對五四運動至今的文學的大體評價」;第二章「從五四時期到北伐戰爭的政治情況」;第三章「五四運動前後的新文化運動」;第四章「理論問題:為新文學理論而鬥爭——從文學革命到革命文學」;第五章「新文學創作——詩歌」;第六章「新文學創作——小說」;第七章「新文學創作——雜文」;第八章「新文學創作——戲劇」。

第二部文學史出版於 1962 年,其有關 20 世紀中國文學的部分被稱為「現代文學」,並置於教程第 2 卷的最後章節,前面章節是元代文學和明清文學。這部分內容長達 300 多頁,從 123-456 頁,分成三大部分:新民主文學(一)1919-1942 年,包括五章(文學史、魯迅、郭沫若、茅盾、曹禺);新民主文學(二)1942-1949 年,包括三章(文學史、趙樹理、詩歌與戲劇);社會主義文學(1949-1960 年),包括四章(文學史、詩歌、戲劇、小說)。

第三部文學史出版於1971年，這時候關於20世紀文學的內容被減少到六十多頁（86-152頁），並分成兩大部分「現代文學」（1919-1949年）和「社會主義文學」（1949-1960年）。「現代文學」共有三章：從1919-1949年的概括、魯迅和《阿Q正傳》、郭沫若和劇作《屈原》。「社會主義文學」分成兩章：創作情況的概括、社會主義文學建設時期的幾場思想鬥爭。

第四部文學史《中國文學》出版於1988年，關於20世紀文學的內容有兩章：第九章「近現代文學概括」、第十章「魯迅」。在「近現代文學概括」的內容裡，作者僅介紹從五四運動到1949年期間的中國文學。這兩章由梁維次負責編寫。

第五部《當下中國文學》出版於1989年，由梁維次單獨編寫。嚴格來說，這並不是一部真正的文學史教程，但據編者的說明，這部書出版目的是為了給學習和研究中國文學的學生提供參考資料。這一書分成兩部分：第一部分介紹1949-1985年的中國文學，第二部分翻譯一些詩歌和短篇小說，其中介紹中國文學的篇幅比較少，全書共290頁，介紹中國文學的內容占46頁，大約是全書內容的六分之一。

最近期的文學史教程出版於2002年（2014年該教程被重印並改變書名，仍然保留原來的內容），關於20世紀文學的內容有兩章：第九章「近代文學」、第十章「現代文學」，其中介紹魯迅、郭沫若、曹禺三位新文學作家。

從上述文學史結構的介紹，我們注意到發生內容增減的修改的四個時間點：

一、1962 年編寫的文學史在內容上可以說是最豐富的,這個時間點屬於越南對中國文學譯介的最高峰期,所以文學史介紹內容的豐富性完全可以理解。

二、1971 年的文學史是 1962 年文學史的修訂版。在這部書中有關 20 世紀文學的內容被大量刪減,從原來在 1962 年版中的三百多頁,減到僅剩下六十多頁。1919-1949 年的文學從「新民主主義」的名稱改成「新文學」,作家介紹僅把魯迅、郭沫若及每人一部作品留下來。1949-1960 年的「社會主義文學」名稱不變但內容上也減少了很多。在這部教程的前言裡,編寫者強調修改的理由:「根據多年來的教學經驗,其中最重要的經驗是要按照『三最』的方向(最基本、最現代化、最越南化)來精減和改進,所以我們對舊版的教程進行了章節的刪除以及集中修改一些重要的內容。」[3]

三、1988 年,在文學史中又出現了新的調整,關於 20 世紀文學的內容有兩章:前一章將先前的文學史中完全沒有的近代文學部分選進來,這一章的標題是「近現代文學概括」;後一章專程寫魯迅及其小說、雜文。跟 1971 年版相比,之前寫關於「新文學」的內容現在擴大範圍到近代階段,並改成「近現代文學」,有關郭沫若的內容被刪除,留下魯迅,「社會主義文學」的部分也刪掉。

---

[3] 張正、陳春題、阮克飛:〈前言〉,《中國文學史》(河內:教育出版社,1971 年),第 1 卷,頁 3。這部文學史分成兩卷,由不同的人負責編寫,所以第 1 卷和第 2 卷之間在編寫者名字上會稍略不同。

前述曾提及，1988 年版編寫 20 世紀文學的部分內容負責人是梁維次，他在一年之後出版了上述《當下中國文學》。通過資料考察與推測，筆者認為這部書中有關 1949-1985 年中國文學的內容本來是文學史 1988 年版的附錄部分。1988 年版文學史編寫者在書的前言講過：「關於現代文學，這部教程主要提供全面的背景（第九章），[4] 在此基礎上，深入探討最有代表性，也是我們研究得最穩定的作家魯迅（第十章）。目前由於我們沒有足夠的資料可以全面地分析和評價從 1949 至今的各種文學事件，所以教程將把有關『中華人民共和國文學』的部分附在書的附錄部分。儘管如此，教程還是儘量把中國革命文學已獲得的成就展現出來，同時也要全面地指出其在發展道路上尤其是最近時期所碰到的障礙。」[5] 這段話出現在出版於 1987 年第 1 卷的前言，在這部教程的最後面並無附錄部分，可能在隔一年出版第 2 卷時，編寫者梁維次已經改變想法，並把附錄部分拆開來結合於作品翻譯而出版成《當下中國文學》一書。

四、2002 年版的文學史又出現一次修改。跟 1988 年版相比，原來的「近現代文學」又分成兩個單獨的部分，即近代文學和現代文學。在現代部分除了魯迅介紹內容的保留就加上關於郭沫若、曹禺的介紹。

為了更清楚地看出上述的變化，請參考表 4-1。

---

[4] 即「近現代文學概括」部分。
[5] 阮克飛、張正：〈前言〉，《中國文學》（河內：教育出版社，1987 年），第 1 卷，頁 5。

表 4-1 有關 20 世紀文學編寫的文學史教程比較

教程 出版年分	20 世紀文學			編寫 總頁數
	1919 年前	1919–1949 年	1949 年後	
1958		現代文學 1919–1927 年		210
1962		新民主文學（一） 1919–1942 年 魯迅、郭沫若、茅盾、曹禺	社會主義文學 1949–1960 年	
		新民主文學（二） 1942–1949 年 趙樹理		334
1971		現代文學 魯迅、郭沫若	社會主義文學 1949–1960 年	67
1988	近現代文學（34 頁）			98
	魯迅（64 頁）			
1989			當代文學／ 中華人民共和國文學 1949–1985 年	46
2002 (2014)	近代文學	現代文學 魯迅、郭沫若、曹禺		123

通過表 4-1，可以看到從 1962 年版到 1971 年版的變化，明顯體現著中國以表現毛澤東文藝思想為主的文學，不再像之前那樣深受越南文壇的關注。他們乾脆把「新民主文學」的名稱換成「現代文學」，並且僅把魯迅和郭沫若留下來。本來在 1962 年版有關社會主義文學的內容裡，文學史編寫者還相當仔細地介紹詩歌、戲劇、小說等三個創作領域中的代表作家作品，到了 1971 年版僅僅集中於幾場思想鬥爭的概括，完全沒有提到任何一部具體的作品或作家。在 1988 年版，這部分文學就從文學史結構中被拆開來。雖然這部分文學以簡單的內容單獨出現在另一本《當

下中國文學》，但從此它再也不被加入到文學史結構中了，2002年版的內容正證明了這一點。在文學社會主義文學從文學史中被拆除的同時，1919年之前的近代階段也開始被文學史關注。這體現學術界將「文學為政治服務」的接受觀念放棄的同時，他們採取了一種更獨立於政治的學術性觀念。

從表 4-1 上同時也看到一個現象，無論怎麼修改或刪除，魯迅文學總是在文學史中佔據著重要位置。因此，才總讓人感覺他似乎是等同於整個中國 20 世紀文學。雖然文學史除了魯迅之外，還會提到其他作家，但他卻總都是排在首位。並且在其他作家的文學創作幾乎不被再版時，魯迅的短篇小說卻能不斷被重印。筆者希望能在整部專著的論述中讓讀者體會到這一點。

越南文壇對過去意識形態化的觀念的放棄，不僅體現在文學史教程的不斷刪改和重新整合，在一些專著書籍的內容裡也獲得明顯的表現。1983 年，越南文化部下屬文化院出版了名為《毛主義與中國文化文藝》一書，參與編寫該書的有方榴、阮克飛、梁維次等越南重要研究者，他們都是中國文學研究領域中的著名專家，並且也是多年來編寫中國文學史的主要作者。該書除了「前言」部分，一共包括十章，分別是「毛主義哲學、政治的根本思想」、「毛澤東文藝觀點還是『謀霸圖王』文藝觀點：研究方法論的若干問題」、「毛澤東文藝觀點的中華封建美學根源」、「文藝從五四到文化大革命的演變過程」、「毛主義和文藝為工農兵服務的方向」、「毛主義和『百花齊放，百家爭鳴』文藝方針」、「毛主義和文化遺產繼承的問題」、「毛主義和中國文藝知識分

子」、「毛主義和文藝『兩結合』的創作方法」、「代結論」。該書的「前言」部分清楚表達編寫者集體的觀點：「批判毛主義，不僅在文化文藝領域而且在其他領域，對社會科學研究工作者包括文化藝術研究者在內來講，都是一件很有必要甚至很迫切的事情」，「對於我們來講，這個批判更加迫切，是因為毛主義中最高表現的大民族主義和擴張主義已經給我們人民直接帶來了許多可怕的災禍」；[6]「通過這本書，我們盡努力系統性的批判毛主義對毛時期中國文化文藝基本問題所體現的反動本質。」[7]該書作者不時強調：「毛澤東所提出的文藝為工農兵服務的方向其實不是為了工農兵服務，而是為毛個人意圖服務的方向。毛操縱下的中國文藝已經衰落並且在無毛統治的時期仍然艱難的生存。」[8]從書的全部內容來看，對過去曾經以毛澤東文藝方向為標準的文學譯介觀念，越南研究者們此時是持著全盤否定的態度，明顯體現了越南文壇對意識形態化觀念的放棄。

綜上所述，到 90 年代初，在文學作品出版方面，第二個中國文學譯介時期的譯介成果僅留下魯迅文學的作品。在文學史編寫方面，中國「社會主義文學」部分已經從文學史內容結構中被拆出來。其他書籍的研究內容中，越南學者明顯體現對毛澤東文藝方向的全盤否認觀點。當時越南文壇上所出現的這些現象就幫

---

[6] 光淡、方榴、長流、阮克飛、陳黎創、梁維次：《毛主義和中國文化文藝》（河內：文化院出版，1983 年），頁 5。
[7] 光淡、方榴、長流、阮克飛、陳黎創、梁維次：《毛主義和中國文化文藝》，頁 11。
[8] 光淡、方榴、長流、阮克飛、陳黎創、梁維次：《毛主義和中國文化文藝》，頁 201。

我們容易理解為何之前因體現毛澤東文藝思想而被譯介進來的文學作品到此時都不再出現在越南文壇上了。也就是說，那些作家的作品都不再被越南當代人閱讀和研究了。在筆者的理解下，這正是說明越南對過去意識形態化的文學譯介與接受觀念的放棄。

二、文學定位觀念的形成

接著上一部分的思路，依常理而言，一個舊的文學譯介觀念被放棄，意味著一個新的譯介觀念的形成。隨著中國文學該接受對象發生分化，新的接受觀念也產生多元的內涵。如果說在第二個譯介時期的文學接受的觀念是統一的，也幾乎是唯一的，那麼到了第三個譯介時期，在越南的20世紀文學接受史中，又發生一次觀念上的改變。

作為接受對象的中國文學到此時是明顯有分化的，這個分化不是來自於中國文學本身的變化，而是越南的接受觀念經過時間的過濾後的結果。在二個譯介時期的中國文學基本上是包括從五四時期到60年代的文學，從時間上來看是一個完整的、中間沒有中斷過的文學整體。然而，到了第三個譯介時期，這個整體性形式不存在了，出現在越南文壇的中國文學分成兩個隔得相當遠的文學階段，即新文學部分和80年代後文學部分。

沿著第二個譯介時期走下來的文學進入文學史，並且被保留在學術界範圍裡。對這部分文學的接受觀念雖然已經從當初受政治的制約的氛圍脫離出來，即不再以體現毛澤東文藝思想作為評價標準，然而它還是沿襲著從政治歷史的立場去認識文學意義的

接受習慣,並未回歸到文學藝術特徵本身的欣賞。比如對魯迅的文學史定位,基本上仍然是由無產階級領導的新民主主義文學的代表作家。這是學院派對新文學部分的接受觀念。

對於新出現的文學現象,即 80 年代後的中國文學,不同傳統的譯者持著不同價值取向來譯介這部分文學。老傳統譯者其實就是從學院派的學術圈子走出來的譯者,他們的接受觀念繼承了第二個譯介時期的傳統,即把能夠代表中國國家話語的文學現象作為譯介對象。所以在選擇作品來譯介時,他們基本上通過對學術界評價動態的觀察、文學史書寫的把握、國家評獎等管道來獲得相關資訊。這所謂「代表國家話語」的內涵要放在越南語境中來理解,比如在中國語境裡學術界的知識分子立場,從某種程度上來講,是獨立於國家意識形態的話語,但進了越南語境之後還是成為國家話語的一種表達。這個情況也許是因為文化環境轉換而導致的結果,或也可以理解為是上個譯介時期所留下來的理解習慣,因為確實在 50、60 年代時期中國的學術話語和國家意識形態話語是合二為一的,這給越南人的形容兩者是一致的。40-60 年代越南對中國文學的譯介特徵相當明顯地反映了越南讀者的這種接受觀念。

新傳統的譯者對過去的譯介傳統比較陌生,在文學批評或研究方面也是外行者,所以他們對文學作品譯介的選擇,更多是受到現代傳播媒體和大眾文化市場的影響。在選擇作品來譯介時,他們往往會關注一些在文壇上風靡一時的作品、改編成電影電視劇的文學作品、獲得國家文學獎項的作品、獲得國際文學獎項或在世界範圍內產生廣泛影響的作品等等。

無論這兩類譯者通過什麼管道來選擇譯介文學作品,其實都體現出他們對作家作品本身的不同定位標準。老傳統譯者一般把定位對象放在作家身上,而新傳統譯者更偏重對文學作品的定位。與此同時,他們的如何選擇也考慮到對廣大讀者的接受觀念的迎合,尤其是在以大眾文化為中心的接受環境裡,這個考慮更有其重要意義。因為外國文學譯介不同於本國的文學創作情況,本國文學創作即使不迎合廣大讀者的胃口,它還是有生存空間,只不過這個空間會稍小或邊緣化;然而如果一部外國文學的新作品譯介進來之後不被廣大讀者接受,它就自然會從這個文化環境裡被淘汰出去。在90年代後的越南文化環境中,由於剛經過和中國關係中斷的一段時間,越南讀者對中國當下的文化文學是相當陌生的,所以他們在接觸一部新的文學作品首先要瞭解其定位。因此,參與80年代後中國文學的翻譯者無論是從作品選擇標準還是讀者的接受觀念都一樣有很強的「定位」意識。

　　筆者在這裡用「文學定位」概念來概括越南90年代後對中國文學的接受觀念。這個接受觀念有多層面內涵,針對不同文學對象而產生不同意義。首先,對從上個譯介時期留下來的文學,越南接受者在文學史中對之進行重新定位,這個定位的結果是把「社會主義文學」從文學史中刪除去,僅留下新文學部分,這代表著越南文壇放棄了過去文學為政治服務的意識形態化的接受觀念,而用更有學術性的接受觀念來對待新文學。

　　對於新出現的文學現象,即80年代後的中國文學,「文學定位」既代表著翻譯者對文學作品的選擇標準,又體現著大眾讀

者的接受需求。老傳統譯者對文學作家作品的價值定位是根據其是否能代表中國官方層面的聲音；新傳統譯者的文學定位標準是作家作品在大眾文化中的知名度，即文學作家或者作品是否在中國社會範圍中產生影響或受廣大讀者的關注；對於越南大眾讀者，「文學定位」體現著他們對中國文學的接受要求，即文學作家作品要在中國文化環境中具有代表性。

這樣來看，文學定位的新接受觀念並不是一個內涵單一的觀念，而是具備多元化多層面的特徵。這種觀念從某種程度上來講其實也反映出 90 年代後在越南「無名」的文學接受狀態。

第二節：越南譯者對中國作家作品的文學定位標準

在這一部分，筆者將集中探討越南文壇對中國新出現的文學現象如何進行文學定位。關於從上個譯介時期延續下來的文學，已經在前面章節有了初步的介紹，在這裡不再深入展開。

一、學院派譯者對文學的官方動態的關注

這一類屬於老傳統的譯者基本上都是在研究院、大學的學術環境工作，並且具備教授身分。有人是直接從上個譯介時期走下來的譯者，也有的人雖然之前不直接參與 40-60 年代中國文學譯介領域，但他們也繼承著這個時期譯介觀念的傳統。所以他們基本的選擇是關注著中國官方層面的動態，具體為通過對學術界評價動態的觀察、文學史書寫的把握、國家評獎等管道來對把握作家在文學史上的定位。在這裡筆者認為必須提到三位代表譯者：

潘文閣、范秀珠、黎輝蕭。

在目前筆者所把握到的資料範圍裡，90年代後對中國文學的譯介是從1989年張賢亮《男人的一半是女人》在越南出版開始，翻譯者是潘文閣先生，他當時跟鄭忠曉合譯。1994年，這兩位譯者繼續合譯介紹張賢亮的《男人風格》。也有人會認為筆者把第三個譯介時期的開始定在90年代後跟當時文學譯介的實際情況並不相符合。筆者對這個問題有這樣的想法：雖然《男人的一半是女人》於1989年在越南出版，但有意思的是在書的封面上卻有一條注釋：「內部流行」，從中可以感受到當時的中國文學在越南文壇上還是受到一定限制。1991年，越南和中國恢復正常的關係。在隔了三年的1994年，第二部中國文學作品，也是張賢亮的作品，才繼續被譯介過去。為了能夠把這些時間標誌都包含了進去，筆者選擇一個相對含糊的時間界限，即90年代後。這僅是筆者個人的看法，對這個時期的時間劃分可以再進一步討論。

潘文閣先生出生於1936年，原任越南漢喃研究院院長，有過在中國學習的經歷：1954-1956年，他在南寧中央學舍區（即廣西南寧育才學校）的高級師範學校上大學。除了平時主要用越南語聽課之外，越南學生也有由中國教師參與授課的漢語課，所以基本上從這所學校畢業後，越南學生基本上都具備了現代漢語的一定水準；1976-1978年，先後在北京語言文化大學、南京大學進修古代漢語。

在第二個譯介時期當中，潘文閣參加翻譯了《郭沫若詩歌》（1964年，文學出版社，潘文閣、南珍合譯）；《紅旗歌謠》（郭沫若、周揚編，1965年，文學出版社，潘文閣、裴春偉合譯）。

90年代後,潘文閣除了張賢亮的兩部作品以外,他也翻譯了《魯迅詩歌》(2002年,勞動出版社)。他和南珍合譯的《郭沫若詩歌》也在2002年重印出版。

從90年代後的中國文學出版書目中來看,潘文閣所翻譯的作品並不多,但他所翻譯的張賢亮的兩部作品《男人的一半是女人》、《男人的風格》在90年代後的譯介時期有著開端的意義。在當下的大眾文化環境裡,也許會有人認為,張賢亮《男人的一半是女人》被譯介到越南的原因跟作品中關於性敘述的內容有關,筆者對這個看法不作評論。筆者只是想還原到當時的譯介情況,並從資料的考察出發,展現筆者認為是譯者當時譯介的本意。《男人的一半是女人》在「出版社的話」內容中有這樣的介紹:

> 讀者手裡拿到的小說是中國著名當代作家張賢亮的《男人的一半是女人》。
>
> 他屬於一批成熟狀態中的中年作家,是當下文學創作中的中堅力量而其中許多人是50年代到十年可怕的文化大革命的左傾路線受害者。
>
> 張賢亮老家在江蘇,1936年出生於南京。1954年中學畢業後到寧夏銀川的一所幹部文學學校當教員。他在讀中學時開始詩歌寫作,到1957年他已經創作了大約60多首發表在各種期刊的詩。那年,他的長詩《大風歌》受到批判,他筆者被劃為「右派」並送去勞改。1979年,他得到平反恢復自由。經過20多年後,他重新執筆創作。
>
> 他的《靈與肉》和《肖爾布拉克》先後獲得1980年和1983年全國優秀短篇小說獎。《綠化樹》獲得全國第三屆優秀

中篇小說獎。

他現在是寧夏省文學藝術聯合會副主席，兼任寧夏作家協會主席，同時是中國作家協會主席團委員。

作品講述在文化大革命下令人窒息和恐怖的鎮壓批鬥氛圍中，一位中國知識青年章詠麟從這個勞改營到那個勞改營度過生活的命運。人被壓迫，被剝奪所有人權包括做個雄性生物的權利也被奪走，人被毀得在他可以到農場當工人並被允許娶老婆的時候，在夫妻關係上已經沒有能力去做一個真正的男人了。

但是作品不僅停留在控訴文化大革命的層面，它還提出許多具有廣大人文意義的問題，也說明我們重新認識社會主義，重新認識馬克思主義。

通過《男人的一半是女人》，我們初步看到在最近十年裡，提倡「改革」和「開放」口號的中國文學已經逐漸擺脫了幾十年前曾經控制了整個文壇的教條主義的束縛，並且也給讀者帶來新鮮的審美感受。確實有一些「禁區」已經被突破。

在過去的十年裡，廣大讀者沒有機會關注鄰居國家如今已經發生重大變化的社會情況包括文學情況在內。

在允許內部流行的情況下，我們雖然盡力但譯本僅能給讀者提供稀少的信息量，若有欠缺請讀者多多指點。[9]

---

[9] 潘文閣：〈出版社的話〉，收入張賢亮著，潘文閣、鄭忠曉譯：《男人的一半是女人》（河內：勞動出版社，1989年），頁7-10。

我們從這段文章中，相當明顯地看到譯者對中國文學的關注還是沿襲上個譯介時期的習慣，即通過官方管道來把握文學動態。介紹的內容展現了至少三種譯介標準：一、作者在文壇上有領導地位；二、作品獲得國家文學獎項；三、作品跟過去教條主義的文學傳統有了突破。在這裡應該注意到一個細節，即在當時越南文壇的形容中，過去和現在的文學被譯者用「教條主義」和「禁區的突破」的二元對立關係來形容。所以在筆者看來，「性敘述」的因素在越南文壇不僅僅是代表大眾文化接受的特性，而且還是對第二個譯介時期文學的放棄，以及對 90 年代後中國新出現的文學現象的一種標誌。如果從這個意義上觀察越南的 90 年代後中國文學出版書目，也許不難理解當下的越南文壇，為何會忘記曾經很繁華的一段文學譯介，以及為何譯介近來許多有關「性敘述」的文學作品。

1994 年，潘文閣跟鄭忠曉繼續合譯出版張賢亮的《男人的風格》，由河內出版社出版。關於這次張賢亮作品的譯介，譯者和出版社不再進行像之前那樣有具體的交代，但從作品選擇的角度來看，筆者認為《男人的風格》的譯介更清楚地說明潘文閣的官方接受觀念和譯介標準。《男人的風格》從題材上來說屬於張賢亮「一部分寫 80 年代農村、工廠的經濟改革」[10] 而不是屬於「主要部分以自己近 20 年的『苦難生活』經歷為題材」[11] 的一部作品。小說在當時中國文壇被認為是一部「寫的雖是發生在西北一個只

---

[10] 洪子誠：《中國當代文學史》（北京：北京大學出版社，2011 年），頁 265。
[11] 洪子誠：《中國當代文學史》，頁 265。

有40萬人口的偏遠中小城市裡的改革故事,卻為讀者展示了一幅80年代初期中國社會改革的畫卷。在那裡,有志氣的改革家立志改革,盼望改革的廣大群眾支持改革,形成了一股勢不可當的改革熱潮」[12]的作品。也有人對小說有這樣的感想:「雖說這是一篇現實性很強的小說,也可以說是政治性很強的小說,觸及了當前領導機構的改革、工作作風的改善等等重大的問題,但它仍然是小說,寫了一位新上任的年輕市委書記的形象。」[13]

綜上所述,張賢亮及其作品從一開始進入越南文壇時是被定為中國「主流文學」的反映。

除了在作品譯介領域中體現著國家話語的接受觀念,潘文閣在批評領域中也經常通過對中國學術界動態的觀察,以及對中文資料的翻譯和梳理來介紹中國文學的發展情況。前面的論述曾經強調,雖然在中國語境下,中國學術界的知識分子話語在一定程度上獨立於國家的話語,然而在轉移到異文化環境後卻成為國家話語的一種表達。潘文閣的文學評論主要發表在90年代期間,像〈中國文藝批評理論的簡介〉(《文學雜誌》1990年第2期);〈從理論層面上觀察中國新時期文學的面貌〉(《文學雜誌》1991年第2期);〈在經濟市場的背景下中華人民共和國文學(1993年)繼續探索發展道路〉(《文學雜誌》1995年第1期);〈最近十年裡中國文學的若干思潮〉(《文學研究雜誌》2001年第7期)等等。

---

[12] 何鎮邦:〈談談《男人的風格》的成就與不足——致張賢亮同志〉,《當代作家評論》第2期(1984年4月),頁32。
[13] 光群:〈《男人的風格》淺議〉,《朔方》第5期(1984年5月),頁73。

在90年代後的第三個譯介時期裡,范秀珠也是一位重要的女譯家,甚至可以說她是第三個譯介時期的代表譯者。她出生於1935年;1954年高中最後一年被越南教育部派到南寧中央學舍區學習;1954-1958年畢業後留在學舍區工作。1959-1999年在文學研究院工作,在鄧台梅教授擔任文學研究院院長時,她擔任院長秘書。范秀珠是越南古代文學研究和越中古代文學關係研究領域中的專家,退休後專心從事中國文學翻譯的工作。

作為一個文學研究專家,范秀珠的翻譯領域不僅限於80年代後中國文學的關注,她翻譯了從古代到當下的中國文學作品。在20世紀中國文學範圍內,除了80年代後文學,她還翻譯了巴金的幾篇散文(《外國文學》雜誌2004年第2期);宗璞的《紅豆》(《外國文學》雜誌2006年第2期);沈從文的《邊城》(2006年,峴港出版社)。

在80年代後文學領域中,范秀珠翻譯的作品數量相當多:1997年,賈平凹的三篇短篇,登載在《外國文學》雜誌第5期;1998年,馮驥才的《三寸金蓮》,婦女出版社;1999年,馮驥才的《神鞭》,婦女出版社;2000年,《王朔小說集》,年輕出版社;2004年,劉震雲的小說短篇集《生活是如此》(小說集原名《一地雞毛》),作家協會出版社;2005年,王蒙小說集《蝴蝶》,人民公安出版社;2005年,王蒙的《我的人生哲學》,人民公安出版社;2006年,《馮驥才小說集》,婦女出版社;2007年,李銳的《厚土》,作家協會出版社。

范秀珠對中國80年代後文學的譯介與接受觀念體現著一個文學研究者的視角,她將對中國文壇動態的觀察結果作為譯介作

家作品的選擇依據，她所譯介的重點都體現在對作家的文學定位而不是出於作品本身，所以她對中國文學的譯介往往是在《外國文學雜誌》上登載之後，才在市場出版成書籍。《外國文學雜誌》是越南作家協會的機關刊物，創刊於 1996 年，每月出刊一期。這份刊物專門登載外國文學作品以及有關外國文學的研究批評。在這份雜誌上，范秀珠先後譯介了馮驥才（1996 年第 5 期）、賈平凹（1997 年第 5 期）、蘇童（1998 年第 4 期）、王蒙（1999 年第 4 期）、劉震雲（2000 年第 2 期）及王朔（2000 年第 4 期）。除了翻譯作品，雖然不是中國現當代文學領域中的研究專家，但范秀珠也在學術期刊上發表有關中國 80 年代後文學發展情況的文章，這些文章直接體現了她接受中國 80 年代後文學的立場以及她譯介這部分文學的觀點，例如：〈最近十年中國文藝批評情況簡略〉（《文學雜誌》1991 年第 1 期）、〈90 年代中國小說〉（《文學雜誌》1999 年第 10 期）、〈中國先鋒小說的誕生、蓬勃和沉靜〉（2003 年第 12 期）等。

　　黎輝蕭教授是越南的中國現當代文學研究領域中的專家。他出生於 1935 年；1961-2000 年在越南社會科學與人文大學文學系工作。從 60 年代已經開始關注中國文學的動態，這同時體現在三個方面：研究、批評和翻譯。研究方面，他主要研究中國近現代階段文學，尤其是魯迅研究；在批評和譯介方面，基本上都把目光投入在 80 年代後的各種文學現象。從他批評文章的發表也可以看出這位研究者是從上個譯介時期走下來的人，像〈紅旗譜〉、〈青春之歌〉等重要主流文學作品之類都成為他的研究對象。文章例如：1962 年，〈紅旗譜〉，《文學研究雜誌》第 1 期；

1964年，〈讀羅廣斌、楊益言的〈紅岩〉〉，《文學研究雜誌》1964年第10期；1965年，〈青春之歌〉，《文學研究雜誌》第8期；從90年代開始他轉入新出現的文學現象的觀察：1995年，〈走魯迅的路：最近幾年在中國誕生的「民族反省」文學流派〉，《文學雜誌》第4期；1999年，〈改革開放時期的中國小說〉，《文學雜誌》第10期；2000年，〈王蒙：中國當代小說革新的先鋒者〉，《文學雜誌》第7期；2005年，〈中國理論批評界對現實主義和社會主義現實主義的討論〉，《文學雜誌》第1期等。

在作品譯介方面，他更多的是在《外國文學雜誌》上譯介中國80年代後文學作品，像張潔的幾篇選篇小說，2006年第2期；劉震雲的《一地雞毛》，2008年第1期；余華的《十八歲出門遠行》，2010年第6期；馬原的《虛構》，2010年第6期；殘雪的《山上的小屋》，2010年第6期。

作品出版方面，黎輝蕭並不是很活躍的參與這個文化環境。然而在2000年，他譯介了莫言的《紅高粱》卻有很重要的意義。其實，一年前一位譯者泰阮白聯已經翻譯了這部小說，不過通過跟原著對照的過程中，筆者發現這似乎是一個故事梗概而沒有保留原著的面貌。因此一年後，黎輝蕭《紅高粱》譯本的問世不僅能修正大眾文化對莫言作品的認識，也為莫言小說提供了一個進入學術界視野的切入口。雖然黎輝蕭的譯本《紅高粱》並沒有引起讀者的注意，但從文學譯介研究的角度上，筆者覺得這個事件是很有意義的。

綜上所述，可以看到這一批譯者對中國80年代後文學的接受觀念，基本上建立於之前的接受傳統，即譯介一些能夠代表國

家話語的文學現象。通過他們介紹作家作品的闡述內容,與他們介紹作家作品的文化空間、文化平臺,都可以看到這批譯者身上的「文學史定位」意識。從整個大眾文化環境來觀察,由這一批譯者譯介的作家作品,基本上進入了相當邊緣的學術界的欣賞範圍。雖然隨著譯者在大眾文化環境中的不斷參與,一些作家作品也被廣大讀者認識,但如果從再版次數來看,就知道讀者的接受效應並不是很高。在學術界裡,其實80年代後文學的作家作品還是相當有限的停留在翻譯和閱讀欣賞層面,而沒有進入研究領域並成為主要的研究對象。目前越南學術界對中國文學的研究成果基本上都集中在中國古典文學和20世紀文學以魯迅為代表的新文學部分。

二、新傳統譯者的大眾文化的定位

跟上述老傳統譯者的定位方式不同,新傳統譯者基本上受到傳播媒體和大眾文化市場的影響。他們的譯介觀點並不是出於作家在文壇上有如何地位和意義的考慮,而是直接從作品本身在整個社會文化環境中的知名度,以及它是否受到當地廣大讀者的歡迎來選擇作品。學院派譯者把「體現中國國家話語」標準看得很重,他們要介紹的必須是在中國文壇上具有一定地位的作家,而這個地位一般由學術界、國家獎項等國家話語來決定。新傳統譯者對作家作品的定位則都不同程度的體現出其受到大眾文化的影響,具體是他們對作家作品的定位觀念首先受到現代傳播媒體的影響,其次隨著圖書市場的發展他們又同時也考慮到怎樣迎得本國讀者的接受。

新傳統譯者群體中有不同年齡層的譯者,其出生時間分布於30-80年代。他們進入中國文學譯介領域的方式也很不同,有的譯者之前作了一些跟中文有關的工作,退休之後因為個人愛好轉向從事中國文學的翻譯,有的譯者因為答應出版社或文化公司之類的請求而翻譯作品等等。在越南2004年加入保護文學和藝術作品的《伯恩公約》[14]之前,譯者們對作品的選擇可能更多地出發於個人的譯介觀念和文學愛好,他們針對的雖然是大眾讀者,但迎合讀者閱讀胃口尚未成為他們優先的考慮條件。也許因為在當時越南讀者對中國80年代後文學缺少瞭解的情況下,譯者本身和出書的出版社尚未面對「銷售競爭」問題。然而,在越南加入《伯恩公約》成為聯盟成員國之後,譯者的中國文學譯介工作尤其受到圖書文化市場的影響。很多文化公司成為中國作家和越南翻譯者之間的仲介並負責處理版權。每一次選擇翻譯新的作品時,無論如何都不得不考慮到市場的銷售預測,所以一般會選擇一些在中國或世界範圍內銷售量比較高的作品,在越南市場內部,也要考慮到譯者在文壇上的知名度(這裡包括譯者本身的名氣和因譯者的譯介而在越南文壇上成名的中國作家)等等。

觀察2004年之前的文壇,除了學院派譯者范秀珠之外,還有兩位相當有名氣的譯者:武功歡和陳廷憲。武功歡專門翻譯賈平凹和余華的作品,陳廷憲專門翻譯莫言作品。通過他們的譯介,這幾位中國作家在越南文壇上以及在讀者的接受中,都相當為人

---

[14] 正式名稱為《伯恩保護文學和藝術著作物公約》(The Berne Convention for the Protection of Literary and Artistic Works),另譯為《伯爾尼公約》,為國際間最早之著作權公約。2004年10月26日越南成為該公約的締約國。

所知。這兩位譯者都是30、40年代出生。陳廷憲曾經在越南駐華大使館工作，隨著他在2001年所譯介的《豐乳肥臀》被越南讀者熱烈地接受之後，不僅莫言的創作成為越南文壇所關注的「現象」，譯者本身也受到文壇的認可。2003年，他翻譯莫言的《檀香刑》獲得越南作家協會的「翻譯文學獎」，這更加穩固陳廷憲在越南文壇的地位。從此以後，只要由陳廷憲來翻譯的中國文學作品，基本上都被讀者認為是中國文學的代表作。

根據許多採訪陳廷憲的文章中，可以瞭解到他對《豐乳肥臀》的最初接觸是1995年。他說，之所以選擇這部作品來率先譯介是因為1995年其獲得中國文學大獎，1996年書拿到手之後馬上進行翻譯。不過當時跑了好幾家出版都被拒絕出版，一直到2001年這部作品才和越南讀者見面。雖然陳廷憲沒有說清楚他所謂「中國文學大獎」到底是什麼獎項，但經過資料查詢，可以知道是「大家‧紅河文學獎」。莫言的《豐乳肥臀》獲得第一屆「大家‧紅河文學獎」。有關當時這個文學獎和《豐乳肥臀》的得獎情況，中國研究者邵燕君認為：

> 1995年底首屆「大家‧紅河文學獎」揭曉，頒獎典禮在人民大會堂舉行，獲獎作品是莫言的《豐乳肥臀》。《大家》編者稱，此次頒獎使「《大家》激勵中國作家向世界文學巔峰發起衝擊的願望進入實質性操作階段。」莫言一向是被認為有可能以中國特色的魔幻現實主義登上諾貝爾獎領獎臺的「有潛力」的作家之一，但是，《豐乳肥臀》這部作品卻未獲得很高的評價。評論界普遍認為這部作品無論在文化思考上還是在敘述方式上都沒有突破，《豐乳肥臀》的書名還被不少人認為是有商業炒作的嫌疑。在世

紀末前後，眾多的「官方」、「民間」的「文學盤點」中，這部作品也一直未能榜上有名，說明「大家·紅河文學獎」首度垂青的作品並非公認的「大家之作」。不過，此時《大家》創刊未久，參選作品必須是自己發表的作品，一時沒有更合適的佳作也在情理之中。[15]

在當時的國語境中這個文學現象本身也或多或少帶有「市場化」傾向，並且未獲得學術界很高的評價，然而它卻被這位越南譯者認為是最值得率先翻譯的作品，這足以體現出譯者大眾文化的接受立場和文學定位。

武功歡從事文學翻譯之前，據說在一個鋼鐵公司當翻譯人員。1964–1967年，他跟著越南太原鋼鐵公司的工作團隊到中國遼寧鞍山鋼鐵公司，在這裡做了三年的翻譯工作。之後回國參加軍隊，在軍隊工作直到90年代後退休。他的中國文學翻譯最早是和范秀珠教授一起在《外國文學雜誌》1997年第5期上譯介了賈平凹作品，其中范秀珠當時寫介紹賈平凹的文學經歷的批評文章，並翻譯了賈平凹的短篇小說，武功歡負責翻譯散文。1998年譯介了賈平凹的《浮躁》，他的譯本由越南作家翁文松來校定和推薦；1999年，繼續翻譯出版賈平凹的《廢都》；2002年，翻譯出版余華的《活著》。其實除了在書目裡面能看到的一些長篇小說，武功歡從1998年到現在還翻譯了很多收入不同作者的短篇小說集。從上述列表中，可以發現武功歡最初同時參與了不同

---

[15] 邵燕君：《傾斜的文學場——當代文學生產機制的市場化轉型》（南京：江蘇人民出版社2003年），頁221。

文化空間中的賈平凹譯介，不妨比較一下這兩種文化空間的話語如何介紹這位中國作家，從中可能更清楚地看出學院派的接受和大眾化接受的不同。

賈平凹的創作最早在《外國文學雜誌》1997 年第 5 期上被翻譯介紹。范秀珠當時寫了〈賈平凹──中國當代有特色的作家〉一文，其開頭介紹：

> 90 年代中國文壇上崛起了兩位影響力最大的作家是王朔和賈平凹。賈平凹很早就成名。早在 1978 年當他才 25 歲的時候，短篇小說《滿月兒》已經獲得全國第一屆優秀短篇小說獎。從那時起，在整個從 80 年代到 90 年代期間，他的小說總是比同時代的創作水準要高一層，因此他的名氣一直隨之而不斷提升，沒有減低。在中國，能夠像他那樣在很長時間維持著自己的影響度的作家是非常稀見的。
>
> 賈平凹的創作歷程明顯分成了兩個階段：從處女作到 80 年代末和 90 年代至今。
>
> 在第一個階段，尤其是初期，賈平凹小說充滿了鄉土和民間風俗的色彩，圍繞著農村的社會改革的主題……在這一階段裡，最有代表性的長篇小說有《商洲》和《浮躁》以及很多中篇、短篇小說，其中不少作品獲得全國優秀小說獎。賈平凹儘管如此有名氣但他的小說還是停留在國家文化、文學生活的邊緣並尚未加入文學新時期的某個具體的創作潮流。一直到 90 年代……
>
> 在創作歷程的第二個階段裡，從 90 年代開始賈平凹才真正進入文化、文學生活的中心。在很多人看來，他真正的

進入是很突然。經過多年的醞釀，1993 年，賈平凹創作了長篇小說《廢都》。這部小說標誌著賈平凹在創作中的大轉折，不僅在題材上發生變化，即從熟悉的農村題材轉向城市題材，而且在創作心理、創作情感上也有改變。從一位對改革問題熱情得為農村改革都提出了具體方案的作家變成一位因在時代大轉變的環境裡知識者變成廢人的問題而感到痛苦、受折磨的作家……[16]

從這段引文中，不難看出學院派譯者對中國作家的文學史定位，她給讀者傳達的是作家在整個文史發展中處於哪個階段？有什麼樣的創作風格？他的代表作是什麼內容等。然而同樣是介紹賈平凹的創作事業，在新傳統譯者的視野中卻體現出另外一種觀察角度。在筆者所把握到的資料範圍內，《浮躁》可以說是賈平凹的第一部出現在越南大眾接受環境裡的長篇小說。《浮躁》的〈介紹詞〉裡面，推薦者很明顯把目光率先投入到賈平凹所獲得的各種文學獎項。他這樣說：

賈平凹生於 1953 年 2 月 21 日，出身於陝西丹鳳的一個農民家庭，父親是教員（即具備一個很平凡的家庭背景）；1974 年，在《西安日報》上發表第一篇散文；1976 年，大學畢業後在陝西出版社工作，後來轉向專程從事文學創作。現在是西安市作家協會副主席。

對一位作家來講，這樣的創作時間是非常短的，然而賈平凹已經擁有了一個連文學大師也要羨慕的文學事業：「著

---

[16] 范秀珠：〈賈平凹——中國當代有特色的作家〉，《外國文學雜誌》第 5 期（1997 年 10 月），頁 6。

作等身」。到目前（1998年）賈平凹所出版的作品有四十多種，共有一千萬多字。這些作品被收入14卷《賈平凹文集》，其中包括短篇小說、中篇小說、長篇小說、散文、詩歌等不同文學體裁。寫得多就令人稱讚，寫得好就令人佩服，寫得新奇才令人敬畏。這三個賈平凹都具備。所以賈平凹連續獲得文學大獎絕對不是一件偶然的事。他的獎項多得連在世界文學範圍內也是一個很稀罕的現象。他的散文集《愛的蹤跡》、短篇小說《滿月兒》、中篇小說《臘月‧正月》都獲得中國國家優秀文學獎。1988年《浮躁》獲得美國飛馬文學獎。最近，法國又給他頒發文學大獎，該文學獎是第一次授予亞洲的作家。希望賈平凹的名字將出現在諾貝爾獎的入圍名單中。[17]

一年後，武功歡接著翻譯出版賈平凹的《廢都》，在〈譯者的話〉當中，他尤其強調作品的銷售量，通過他的表達，我們明顯看出這位譯者對作品的大眾文化的定位標準。這完全不同於上述范秀珠的文章中對《廢都》及其在賈平凹文學創作歷程中的意義的介紹：

> 在這位45、46歲的作家龐大的14卷文集當中，長篇《廢都》是最引起國內關注的作品。1993年，《廢都》發表在《十月》雜誌，後由北京出版社出版，小說的發行數量，包括盜版在內，總共一百多萬冊。在《廢都》剛出版時，有人將《廢都》比喻於《紅樓夢》和《金瓶梅》並認為這

---

[17] 翁文松：〈介紹詞〉，收入賈平凹著，武功歡譯：《浮躁》（河內：文學出版社，1998年），頁5-6。

是現代版的《紅樓夢》、《金瓶梅》。在知識分子的刻畫與描寫題材上，《廢都》是《圍城》之後的最好作品。[18]

2004年後，80年代後的中國文學譯介領域中除了早在1990年代末21世紀初相當活躍的譯者以外，也出現很多不同年齡、不同閱讀經驗、不同職業的新翻譯者，很難將他們進行歸類。在下面筆者通過書籍的考察（封面廣告詞、有關作家作品介紹等）來總結出幾種選擇作品的途徑。這些總結是筆者個人的觀點，是針對筆者目前所能把握到的資料範圍內而提出來的。隨著以後資料的新發現，或研究對象、研究範圍的調整，這些總結可能也會發生相應的變化，這一點完全可以再進一步討論。

通過資料的觀察可以初步概括出新傳統譯者從90年代後到現在選擇作品的四種途徑，這些途徑不僅體現著他們對作品的定位標準和定位立場，而且也體現著大眾讀者的接受趨向。

（一）文學作品改編電影電視劇的選擇途徑

在90年代譯介時期中，這個選擇的途徑可說是最早被使用的。尤其是在90年代初，在越南和中國恢復關係不久後，中國政府親自把幾部電視劇送給越南政府，其中有1993年在越南中央電視臺播放的《渴望》電視連續劇。這部電視劇對當時的廣大越南觀眾產生非常之大的影響，收視率非常高。到現在，在許多80年代之前出生的越南人對電視劇裡的故事以及主題歌曲旋律的

---

[18] 武功歡：〈譯者的話〉，收入賈平凹著，武功歡譯：《廢都》，第1卷（峴港：峴港出版社，1999年），頁5。

記憶還是非常深刻。也是從此時開始,在越南大眾對當代中國文化(包括文學在內)的接受中,中國電視劇和電影起著非常重要的作用。因而,連學院派譯者在譯介一些作家及其作品的時候,也不得不提到電視劇電影改編因素。比如,在《外國文學雜誌》1998年第4期介紹蘇童的短篇小說《櫻桃》,范秀珠有提到:「他最有名的作品是《妻妾成群》,曾經被張藝謀導演改編成電影《大紅燈籠高高掛》」;[19] 或者在介紹王朔的短篇《劉慧芳》時也有強調:「越南讀者對王朔也並不陌生,因為他們曾經非常喜歡他的兩部之前在越南中央電視臺播放過的電視劇《渴望》和《濃摯愛情》(原名是《過把癮就死》)。」[20] 在90年代中國文學的出版書目中,1995年出版的《妻妾成群》、2002年的《活著》就是通過這個途徑進入了譯者翻譯視野。有意思的是《妻妾成群》在越南文壇到現在還沒被恢復原名,第一次出版,名字是《鬼魂》(年輕出版社,1995年);第二次出版,又直接用了與電影同名的《大紅燈籠高高掛》(2002年,胡志明文藝出版社)。或者像《活著》,這部小說的越南語名跟電影的越南語名一樣。在越南的語言環境中,「活著」可以有多種意思轉換方式,比如可以簡單翻譯為「活」。但譯者卻選了電影名字的翻譯方式,即「必須活著」,讀者只要看到小說的這個名字就立刻聯想到之前著名導演張藝謀的電影。

---

[19] 蘇童著,范秀珠譯:〈櫻桃〉,《外國文學雜誌》第4期(1998年8月),頁156。
[20] 王朔著,范秀珠譯:〈劉慧芳〉,《外國文學雜誌》第4期(2000年8月),頁5。

（二）文學作品在世界範圍內產生影響的選擇途徑

這些作品一般都是被翻譯成多國語言後或在世界範圍有了名聲，獲得不同獎項之後才進入越南譯者的翻譯視野，所以一般在介紹這部作品時，作品封面都會提到這一點。賈平凹《浮躁》（1998年，文學出版社）、《廢都》（1999年，峴港出版社）、莫言《豐乳肥臀》（2001年，胡志明市文藝出版社）、高行健《靈山》（由於這部作品得2000年諾貝爾文學獎，所以2003年有兩個譯本同時出版，一個跟據中文版、一個跟據法文版翻譯）、李銳的《無風之樹》（2004年，文學出版社），韓少功的《爸爸爸》（2007年，作家協會出版社）和《馬橋詞典》（2008年，作家協會出版社）；余華《在細雨中吶喊》（2008年，公安人民出版社）、《兄弟》（2006年，人民公安出版社）、姜戎《狼圖騰》（2007年，人民公安出版社）等。

（三）文學作家作品獲得中國文學獎的選擇途徑

所謂「中國文學獎」還是主要集中在「茅盾文學獎」獲獎者的譯介。如陳忠實《白鹿原》（2000年，峴港出版社）、王安憶《長恨歌》（2002年，作家協會出版社）、賈平凹《秦腔》（2007年，通信文化出版社）、莫言《蛙》（2010年，文學出版社）。甚至只要跟這個文學獎有關的也進行翻譯，比如李銳《銀城故事》、莫言《檀香行》、《四十一炮》等入圍作品或像鐵凝、張潔等獲獎作家的作品都備受關注。

（四）對已受到越南讀者認識的作家進行追蹤其創作的途徑

觀察越南 90 年代後對中國文學的譯介情況，不難看出有幾位作家被集中翻譯：賈平凹、莫言、余華、李銳。從他們的第一部作品出現在越南文壇上到現在至少也有 9–15 年的時間，這些作家的代表作品甚至是最新的作品都比較快的被翻譯成越南語。比如像余華的《兄弟》2005 年在中國出版，2006 年就翻譯成越南語；莫言的《蛙》2009 年在中國出版，一年之後就出現在越南文壇。

當然上述的途徑概括是相對的，在某些作品的譯介中，也許會看到同時出現幾種途徑的結合。

上面針對 80 年代後中國文學在 90 年後越南文壇上的譯介情況，通過兩類譯者的文學定位標準，闡述他們不同的接受立場以及他們在不同文化空間、文化平臺所針對的不同讀者群體。在學術界的文化接受空間中，學院派譯者的文學譯介是針對以越南知識者為中心的讀者群。從接受觀念來講，這一批譯者繼承了第二個譯介時期的傳統，即把能夠代表中國國家話語的文學現象作為譯介對象。他們給讀者交代的文學定位是：作家在文學史上、在文壇上是處於什麼樣的階段、有什麼樣的藝術貢獻等等。新傳統的譯者對過去的譯介傳統比較陌生，在文學批評或研究方面也是外行者，所以他們對文學作品譯介的選擇更多受到現代傳播媒體和圖書市場的影響。他們進行譯介的空間是以大眾讀者為中心的文化接受空間，他們給讀者交代的文學定位是通過作品的銷售量、影響度、知名度等因素，來說明作家作品的代表性意義。

第三節：莫言小說在越南──一個代表性的文學定位案例

在 90 年代後的越南文壇上，中國 80 年代後文學是一個新建立的中國文學形象，參與這個建立的工作包含越南譯者和越南讀者。譯者從自己的接受立場選擇作家或作品來譯介；讀者則從自己的文學接受觀念選擇認不認可譯者所推薦的各種文學作品。其中，莫言小說不僅同時進入了兩類譯者的翻譯視野，還取得大眾讀者的歡迎。從這個意義上來講，莫言小說的譯介與接受足以代表 90 年代後越南文壇上的中國文學形象。從這個接受現象中，我們看到老傳統譯者對新傳統譯者所譯介的文學現象的認可，也看到大眾讀者對之的支持，這實際上說明了大眾文化的定位就是 90 年代後越南文壇接受中國文學的主流觀念。莫言小說為何如此受到廣大讀者的關注，筆者試圖從過去的傳統接受習慣中，找出可以解釋這個文學現象的原因。

一、對大眾文化定位的認可：莫言小說在越南的譯介

莫言小說在越南的譯介跟張賢亮或者賈平凹的譯介很不相同。以筆者的看法，張賢亮小說的翻譯在 90 年代後越南對中國文學的譯介中具備開端的意義。譯者的接受觀念沿襲上個譯介時期的習慣，即通過官方管道來把握文學動態。賈平凹的作品在和越南大眾讀者見面之前，早在學術界平臺的《外國文學雜誌》上已先被翻譯介紹。然而，莫言的小說從一開始被譯介，到它在越南文壇上紅火起來，都一直活躍在大眾文化的接受環境中。換句

話說,莫言小說的譯介是出發於大眾文化的定位標準。儘管如此,莫言小說的譯介不僅有學院派譯者的參與,而且還受到越南文學界的認可。雖然他的作品從未在越南學術期刊上被譯介過,但作品的譯本卻獲得了國家「翻譯文學獎」。與此同時,他的一部分作品不斷被各種出版社再版,說明了大眾讀者對之的歡迎。

　　莫言的作品首次被介紹到越南是在1999年的《紅高粱》。它被收入到一個短篇小說集,《紅高粱》被用來當作作品集的名字,由泰阮白聯編選和翻譯,年輕出版社出版。《紅高粱》原著是一部中篇小說,頁數起碼也有七、八十頁之長,但在這部短篇小說集中的《紅高粱》越譯版只有十頁之長。經過細讀和對照,可以發現這僅僅是一個作品梗概而不是作品全文。再觀察這部所謂「短篇小說集」的目錄裡,竟然發現這位譯者也收入了張賢亮的兩部短篇《靈與肉》、《肖爾布拉克》和一部長篇《男人的一半是女人》(作品名被改為《一個女人和一個半男人的故事》)。這三部作品的翻譯情況也是一樣,根據目錄的頁數標明,越譯版的《靈與肉》長7頁,《肖爾布拉克》15頁,《男人的一半是女人》20頁。一般而言,中文書的一頁在翻譯成越南語之後,起碼也有越南書的兩頁之長,從此可見這些作品在語言轉換的過程中全文的形式都沒有被保留下來,譯者僅僅作了編譯而不是翻譯的工作。

　　前面曾經提過,2000年,黎輝蕭教授把中篇小說《高紅梁》重新翻譯,由婦女出版社出版。這兩次莫言作品的譯介幾乎都沒有吸引文壇的注意。

一直到 2001 年，《豐乳肥臀》的越譯版發行之後，才一下子把莫言推上越南文壇的中國文學領域中的首位。《豐乳肥臀》由陳廷憲翻譯，胡志明文藝出版社出版。當年年底（11 月 13 日）河內作家協會還專門為這部作品組織一個研討會，可惜其討論內容沒有被記錄和保存下來。對於一部外國文學作品而言，當時在越南語境中能受到這樣的關注是極為少見的。據另外一位越南研究者當時對莫言及其《豐乳肥臀》的接受情況的介紹，從中可以有大約的形容：

> 近些年，在河內、胡志明市等地書店，越文版的中國文學作品和新版中越詞典占據了大量空間。在一些書店，中國文學書籍甚至長期在暢銷書排行榜佔據重要位置。而在這些文學作品中，莫言是一個引人注目的代表性作家，其小說在中國作家中是較早被翻譯成越南語的，並很受越南讀者的歡迎，在越南國內引起過很大的反響，被稱作越南的「莫言效應」。他的長篇小說《豐乳肥臀》被陳庭憲翻譯成越南語後，越南胡志明文藝出版社於 2001 年將其出版，曾迅速在河內、胡志明市、峴港等越南大城市引發了「莫言熱」。根據越南文化部出版局的資料顯示，越文版的《豐乳肥臀》是 2001 年最走紅的書，僅僅是位於河內市阮太學路 175 號的前鋒書店一天就能賣三百多本，營業額達 0.25 億越南盾，創造了越南近幾年來圖書印數的最高紀錄。[21]

---

[21] 陶文琉：〈以《豐乳肥臀》為例論莫言小說對越南文學的影響〉，《高密莫言研究會──莫言研究》，網址：http://www.gmmy.cn/article/show_article.php?id=400，檢索日期：2019 年 9 月 28 日。

這部小說在文壇出現的一年之後，2002年作家協會出版社很快為之重新出版，2007年胡志明市文藝出版社發行第三次，可見越南讀者對《豐乳肥臀》的接受相當熱烈。

2002年，陳廷憲繼續翻譯莫言的《檀香刑》，由婦女出版社出版。一年以後《檀香刑》獲得了2003年越南作家協會的「翻譯文學獎」。「作家協會文學獎」是越南具有最高榮譽的文學獎項，由越南作家協會主辦，每年評選一次，一般分為四個專案：「小說獎」、「詩歌獎」、「批評理論獎」和「翻譯文學獎」。莫言小說譯作的獲獎，意味著大眾文化定位受到官方文學界的認可。到目前這部小說的再版次數跟其他小說相比也是最多的（一共四次），顯示作品深受越南大眾讀者的歡迎。

為了更好地把握莫言作品在越南的譯介情況，可以通過表4-2來觀察。從表4-2中，我們看到莫言小說從1999年開始被譯介到越南，至今已經有十多年，期間其作品的譯介並未中斷過，每年都有作品的再版或者新作的翻譯。參與莫言小說在越南的譯介出版，都是越南各個最有名氣的出版社：作家協會出版社和文學出版社是越南國家級文學專業的出版機構；作家協會出版社和文學出版社的前身是文藝出版社。1957年，文藝出版社結束其歷史使命。在此前提上，同時成立了文化部直屬的文學出版社，以及由越南作家協會負責管理的作家協會出版社。在越南的文學出版領域中，這是兩個最有權威性的出版社。除此之外在文學出版方面，胡志明市文藝出版社和婦女出版社也是相當有名氣的出版社。胡志明市文藝出版社，是胡志明市文學藝術聯合會的文學專業出版

機構。

　　在莫言作品的翻譯名單中，可以看到從早期轟動中國文壇的《透明的紅蘿蔔》，到最新創作的長篇小說並獲得茅盾文學獎的《蛙》；從引起很大爭議的《豐乳肥臀》到不太受關注的《十三步》；從散文、雜文到長、中、短篇小說等各類文體都有翻譯的作品。短篇小說有《歡樂》；中篇小說有《築路》、《紅高粱》、《紅蝗》、《生蹼的祖先們》、《白棉花》、《戰友重逢》、《牛》等；長篇有《天堂蒜薹之歌》、《酒國》、《紅林樹》、《檀香刑》、《四十一炮》等。總之，莫言的作品被翻譯介紹得相當全面和有系統。

　　據目前的統計，參與莫言作品的翻譯工作共有九位越南翻譯者。這個人數足以說明莫言作品對譯者們的吸引力還是很大，這裡面除了作品的文學價值本身，也不能排除作品所能帶來的市場利潤和文學界的名氣。相比之下，參與其他中國作家作品介紹的譯者數量要少得多，比如翻譯賈平凹、劉震雲、李銳、王朔的作品都有四位譯者；翻譯王蒙、高行健、余華的作品一般有兩到三位譯者來參與。

　　在翻譯莫言作品的譯者群體中，前面曾經提過陳廷憲。他不僅是莫言小說譯介的重要譯者，在目前中國當代文學翻譯領域中也是一位具權威性的譯者，只要是他譯介的新作品基本上都引起讀者的關注。2001-2004年，陳廷憲連續翻譯莫言的大部分代表性長篇小說。接著《豐乳肥臀》譯作的成功，陳廷憲繼續翻譯《檀香刑》、《紅樹林》、《天堂蒜薹之歌》、《酒國》、《四十一炮》

表 4-2　莫言作品在越南的譯介情況

出版年分	作品	翻譯者	出版社
1999	《紅高粱》	泰阮白聯	年輕出版社
2000	《紅高粱》第二次出版，第二個譯作	黎輝蕭	婦女出版社
2001	《豐乳肥臀》	陳廷憲	胡志明市文藝出版社
2002	《豐乳肥臀》第二次出版 《檀香刑》	陳廷憲 陳廷憲	作家協會出版社 婦女出版社
2003	《檀香刑》第二次出版 《紅林樹》 《天堂蒜薹之歌》	陳廷憲 陳廷憲 陳廷憲	婦女出版社 文學出版社 文學出版社
2004	《檀香刑》第三次出版 《四十一炮》 《酒國》 《莫言小說集》	陳廷憲 陳廷憲 陳廷憲 黎褒	婦女出版社 文學出版社 作家協會出版社 文學出版社
2005	《莫言──生活與創作》（由譯者編選的散文集） 《四十一炮》第二次出版，第二個譯作 《莫言雜文》（譯者編選）	阮氏話 阮氏話 武算	勞動出版社 勞動出版社 文學出版社
2006	《檀香刑》第四次出版 《生蹼的祖先們》	陳廷憲 清惠、裴越洋合譯	婦女出版社 文學出版社
2007	《豐乳肥臀》第三次出版 《透明紅蘿蔔》 《生死疲勞》 《四十一炮》第三次出版，第二個譯作 《十三步》	陳廷憲 陳廷憲 陳忠喜 陳忠喜 陳忠喜	胡志明市文藝出版社 婦女出版社 婦女出版社 胡志明市文藝出版社 胡志明市文藝出版社
2008	《戰友重逢》 《白棉花》 《歡樂》 《紅蝗》 《牛》 《築路》 《莫言散文選》	陳忠喜 陳忠喜 陳忠喜 陳忠喜 陳忠喜 陳忠喜 陳忠喜	文學出版社 文學出版社 文學出版社 文學出版社 文學出版社 文學出版社 文學出版社
2010	《蛙》	陳忠喜	文學出版社
2014	《變》	陳登皇	文學出版社
2017	《蛙》第二次出版	陳忠喜	文學出版社

等。陳廷憲譯作的成功引起了莫言小說翻譯熱潮,吸引了不少譯者參與莫言小說翻譯工作。2004-2007年階段,有些作品甚至被譯者們反覆翻譯,就《四十一炮》這部小說而言,目前在越南共有三個不同名稱的版本:陳廷憲譯本書名是《四十一個閒聊的故事》,出版於2004年;阮氏話譯本出版於2005年,越南語書名為《說謊小孩的故事》;2007年,陳忠喜再次翻譯《四十一炮》,他的越譯版保留著小說的原名。雖然上述曾經強調,越南在2004年10月開始加入《伯恩公約》,但要等到2006年,越南才正式獲得莫言作品的翻譯授權,所以之前才會發生重複翻譯同一部作品的情況。從2007年起,莫言作品翻譯工作幾乎是由陳忠喜從陳廷憲那裡繼承下去。觀察作品的翻譯出版數量,即可見陳忠喜就是此期間的主要翻譯者。《生死疲勞》是經作家莫言授權後翻譯出版的第一部長篇小說,就是陳忠喜和莫言小說緣分的開始。他之後連續翻譯了莫言的一系列短篇、中篇小說,最近期翻譯的是莫言長篇小說《蛙》。其實最初陳忠喜並沒有考慮翻譯莫言的作品,他在一次接受報紙採訪時表示,當圖書公司獲得翻譯授權來邀請他翻譯時,他非常猶豫,因為之前陳廷憲的譯作太成功了,然而後來在翻譯的過程中,他被莫言小說深深吸引住了。

從接受觀念來看,無論是陳廷憲還是陳忠喜都一樣在大眾文化環境中接觸到莫言小說,一個因為作品的轟動而選擇譯介,一個因為圖書公司的邀請而翻譯,都體現出他們的大眾文化定位標準。他們所翻譯出來的譯本一方面獲得越南文學界的認可並獲得國家文學翻譯獎;另一方面引起越南大眾讀者的關注並具有相當多的再版次數,這足以說明,大眾文化的定位在目前越南對中國

文學的譯介領域中，是一個主導的文學接受觀念。

二、莫言小說在越南文化語境中的解讀

　　2012年10月，莫言榮獲諾貝爾文學獎，這個具有世界意義的文化事件又一次引起越南文壇對莫言及其小說的關注。人們對諾貝爾文學獎通常抱著一種神聖的想像，對普通讀者來講，榮獲諾貝爾文學獎的作家無論在創作藝術、文學思想、人生哲理上都應該是深不可測的。在越南的語境裡，諾貝爾文學獎作家的作品不是針對普通讀者的文學讀物，它一般僅受學術界和某種特定的讀者群的關注。莫言的得獎卻解構了越南讀者對整個諾貝爾文學獎的想像，甚至顛倒了過來。越南讀者對莫言及其小說是非常熟悉的，熟悉得似乎誰都有資格去討論莫言獲得諾貝爾文學獎的事情。這一次文壇上興起的「莫言熱」的波浪不同於過去幾次，因為今後越南學術界無論如何都得把莫言文學納入研究視野裡。

　　如果將《文學研究雜誌》和《外國文學雜誌》視為越南學術界在外國文學研究方面的兩個最有學術分量、最有權威性的話語平臺，那麼莫言及其小說的研究幾乎沒有在這裡登臺過。《外國文學雜誌》譯介了馮驥才、賈平凹、王朔、劉震雲、余華、鐵凝、張潔等作家，居然不譯介莫言的作品。《文學研究雜誌》更關注中國文學的新文學或者80年代後文學的整體發展。這是說明，大眾文化才是莫言小說所存在的文學接受空間，有關莫言小說的評論一般也在網路報紙上出現得更多。

　　從莫言小說在越南文壇上出現的那天起，至今已經有20年

的時間,期間越南文壇上不僅一次興起「關注莫言熱」。2001年,《豐乳肥臀》譯作在越南問世並轟動文壇;2003年,《檀香刑》譯作榮獲越南的「文學翻譯獎」引起文學界的重視;2009年,《戰友重逢》深受越南文壇的批判;2012年,莫言榮獲具備世界意義的諾貝爾文學獎。筆者想通過這幾次對莫言的關注,初步闡述筆者對越南文化語境中的莫言現象的個人觀點。筆者的觀察時間範圍為莫言獲得諾貝爾文學獎之前。莫言文學還是一個正在發展並不斷發生變化的文學現象,在與這個現象尚未具備一定的時間距離的前提下,對之下任何結論都還過早。下面的討論與其說是為了提出一個有關越南接受莫言文學的總結,不如說是針對一些曾經在越南文壇發生過有關莫言文學接受的文化事件,並以個人的角度解釋其背後的文化意義。這體現筆者評價莫言文學接受現象的一種觀點。

以筆者的看法,莫言文學在越南的文化語境中的解讀基本上涉及以下幾個方面:莫言在越南文壇上留下的最明顯的特徵是性文學的印象;莫言文學從中國語境中的民間立場抒寫,通過文化環境轉換後卻被視為中國廟堂話語的表達;莫言小說始終關注的農村題材,因符合越南讀者傳統的接受習慣,而成為其作品在越南深受關注的一個重要原因。

(一) 性文學的印象

莫言小說從《豐乳肥臀》轟動越南文壇的那一次開始就註定和「性敘述」這因素連在一起,在越南讀者的普遍觀念中,莫言這一名字幾乎是性敘述的象徵。筆者可以不誇張地說,在越南的

20世紀中國文學作家當中，除了魯迅也只有莫言才能產生那樣大範圍的影響。他們的作品使越南語添增一些新的詞彙。如魯迅作品中的「阿Q」成為越南語的新增形容詞，有兩層意思：說別人的話具有「不講理，只顧著自己的意見而不聽別人勸說」的意義（例句：你也太阿Q了）；說自己的話就有那種阿Q的「精神勝利法」，「滿足於自己的想法」的意義（例句：反正想得太多也沒用，我還是阿Q一點的好）。莫言小說中的「豐乳肥臀」也成為最近幾年越南年輕人常用的詞彙。詞的本意不變，甚至還被越南語中的漢越音表達將其意思包裝得更涵蓄一些，如果不懂漢越音的讀法就根本不懂這個詞的意思。這些不僅是要說明莫言影響的廣泛，而且還要反映越南廣大讀者在對莫言小說的認識中產生的「性文學」的印象。

解釋莫言的《豐乳肥臀》在越南文壇上引起轟動的原因，陶文琥在自己的文章中不僅一次強調轟動的原因跟作品中的「性愛敘述」相關：

> 如果談論《豐乳肥臀》，我們就不能不談及作品中存在的大量性愛描寫，不能不思考莫言小說中性愛描寫的文化含義；如果要談論《豐乳肥臀》在越南產生的巨大影響，我們同樣無法回避作品中驚世駭俗的性愛觀念，不能不分析作品中人物的性愛心理以及作家的深層用意。
>
> 《豐乳肥臀》被譯介到越南以後，能夠短時間內在讀者與作家中引起如此巨大的反響，其中一個重要原因當然也與作品中極其大膽的性愛描寫密切相關。

我個人認為，莫言小說在越南受歡迎，《豐乳肥臀》的暢銷能夠成為一種「文化現象」，是與莫言小說經由性愛敘述所傳達出的狂傲剛勇的生命元氣和強力崇拜分不開的，是與他所一貫著力強化表現和弘揚的深沉而強烈的生命意識分不開的。也許正是基於以上原因，進入 21 世紀後，有一批性愛意識濃厚的中國小說被譯介到越南，首先是賈平凹的《廢都》，然後就是莫言的家族小說，其中《豐乳肥臀》更是在越南引發了「莫言熱」。[22]

關於莫言小說在越南文壇上為何產生「性文學」的印象，或者其性文學特點引起文壇的轟動的原因，可以從不同層面去闡釋。其一，從越南對中國文學的接受觀念來講，越南對 80 年代後中國文學的譯介以張賢亮的《男人的一半是女人》作為其開端，「性文學」一開始是放在與過去中國文學的二元對立關係來理解。過去的文學指的是在 90 年代越南語境中被認為是「教條文學」的社會主義文學。在 90 年代越南文壇對過去文學的否認時，它自然轉向對「性文學」的熱情接受和關注，並且將之視為中國新時期出現的各種文學現象的一種特徵。因此，不難理解當下的越南文壇上有關「性敘述」的中國文學作品占有不少數量。其二，還原到 90 年代的越南文化語境當中，「性文學」無論是在本國文學創作還是文學接受中都是一個「禁區」。所以，據莫言小說譯者陳廷憲所說，他早在 1996 年就已完成《豐乳肥臀》的翻譯，

---

[22] 陶文琉：〈以〈豐乳肥臀〉為例論莫言小說對越南文學的影響〉，《高密莫言研究會——莫言研究》，網址：http://www.gmmy.cn/article/show_article.php?id=400，檢索日期：2019 年 9 月 28 日。

但當時沒有任何一個出版社願意出版這本書,一直到五年之後譯作才和讀者見面。可見,作品中大量的「性敘述」也是一個接受上的障礙。譯者本身在處理作品名稱的翻譯時,也花了整整三個月來思考,因為保留原著那麼聳動的名稱不大可能獲得出版的允許,他終於在小說結尾部分中的那一句話「天上有寶,日月星辰;人間有寶,豐乳肥臀」找到翻譯作品名的啟發,將作品名字改為《人間有寶》。在那樣的文化環境中,莫言《豐乳肥臀》的問世令人震撼,它徹底改變了越南讀者之前對中國文學的形容,也同時給當地作家提供文學創作上的啟發和新體驗的機會。或更準確地說,在一些帶有性敘述的外國文學作品獲得出版的允許,從某種程度上完全可以理解為,文學環境同樣也允許了本國文學在創作過程可以突破原有的「禁區」,給作家們提供了更寬闊的文學創作空間。

其三,「性文學」也是越南讀者在閱讀莫言小說之後留下來相當明顯的印象。就《豐乳肥臀》的閱讀而言,這是一部連中國研究者也覺得是「分量也十分龐大。這本小說近 50 萬字」,[23] 在翻譯成越南語之後,作品譯作的長度達到 860 頁。在越南文學創作中,一般的長篇小說是四百多頁左右的,能達到七、八百頁的長度是非常少見。對於專業讀者來講,這樣長度的作品有時候也不免帶來過於散漫的感覺。當時越南批評家范春源對《豐乳肥臀》評論:

---

[23] 王德威:〈千言萬語,何若莫言〉,《當代小說二十家》(北京:生活・讀書・新知三聯書店,2007 年),頁 223。

莫言的這部小說,從小說創作藝術來講,並不出色。從某種程度上來講,它還是屬於中國傳統的敘述方式。小說後面部分給讀者的感覺是作家寫得有點散漫。尤其是講到改革開放時期的高密鄉,作家是有點用筆過多。[24]

對於普通讀者來講,長度 860 頁的外國文學作品更是個困難。尤其《豐乳肥臀》是一部講述中國百年歷史的小說,其歷史含量非常大,從德國入侵、民國新政、抗日戰爭、土地改革、大饑餓、文化大革命、改革開放一直到 90 年代的市場經濟等一系列重要歷史事件。除了歷史的巨型構架之外,小說還呈現著一個宏大的人物長廊,刻畫了上官家族眾多的人物的命運和遭遇。對小說所涵蓋的眾多的歷史事件和複雜的人物網路,越南評論家也有過這樣表達:

> 《豐乳肥臀》以作家的故鄉高密作為背景,講述一個從 1939 年(日本法西斯侵入中國)到 1991 年期間發生的故事,通過上官和司馬兩個家庭的歷代成員的命運來概括從抗日戰爭、內戰、土地改革、文化大革命到改革開放的整個悲壯的中國現代歷史階段。想把 860 頁的《豐乳肥臀》的主要內容概括出來確實是有難度的。就司馬庫從抗日英雄到被革命判死刑的傳奇的一生而言,也足以寫成一篇小說。上官家庭九個姐妹弟的起伏坎坷的命運、痛苦的塵埃,每人的命運也是一篇小說。[25]

---

[24] 范春源:〈生著、死著和活著——看莫言的《豐乳肥臀》〉,《光線雜誌》第 1 期(2002 年 2 月),頁 62。
[25] 阮克批:〈《豐乳肥臀》和《檀香刑》兩部小說中的莫言藝術世界〉,《香江雜誌》第 166 期(2002 年 12 月),頁 77-81。

問題在於，在閱讀和欣賞的過程當中，那樣一部無論從內容分量還是其所涵蓋的歷史事件、人物體系都相當龐大的作品，將給普通讀者帶來不少障礙和困難。尤其是作品的外國讀者，他們因陌生於中國歷史背景而很難理解作品的深層意義。在此基礎上，作品中的大量性愛描寫本來已經讓讀者對之有所注意，現在又碰上閱讀中的困難，作品的性敘述的內容層面自然顯而易見地被突出，加深了莫言小說的「性文學」印象。

從譯者的角度來講，可以發現他們有時候是無形地把莫言作品的「性敘述」因素加強。上面曾經說過《生死疲勞》是獲得作家莫言授權後翻譯出版的第一部長篇小說，翻譯者是陳忠喜，是繼陳廷憲之後的第二位莫言小說翻譯的重要譯者。在陳忠喜翻譯《生死疲勞》之前，莫言的許多小說已經出版。也就是說，在成為莫言小說的譯者之前，陳忠喜就是莫言小說的讀者。筆者認為他對莫言小說的「性文學」特點也產生了一定的印象，所以在《生死疲勞》的翻譯當中不知不覺地將這個印象投入進去。

首先在小說的章節標題上，譯者進行過意思上的改動。《生死疲勞》共有五部，其中三部的標題被改譯過。第一部的「驢折騰」改譯成「驢放蕩」（Kiếp lừa phóng đãng），第三部的「豬撒歡」改譯成「豬（縱欲）享樂」（"Kiếp lợn hoan lạc），第四部的「狗精神」改譯成「狗忠誠」（Kiếp chó trung thành）。上述的改譯中，只有「狗忠誠」的翻譯法沒有改變太多原著標題的意義和情感色彩。而「放蕩」和「（縱欲）享樂」這兩種翻譯法是明顯染上「性敘述」的色彩。筆者為了確認自己所選的中文詞語是否貼近譯者所用的越南詞語的意義，所以在這裡特多作一些說明。在越南語

當中，"phóng đãng"（放蕩）在本意上是指一種很隨便，不守規矩的生活方式，但如果用這個詞來形容一個男人的生活的話，就暗示他是一個在情感生活上很隨便、很花心的人。"Hoan lạc"（「縱欲」享樂）的情感色彩更加明顯，這個詞更多情況下用來形容男女之間的性關係。陳忠喜這樣的改譯方式，流露出他對莫言作品中「性敘述」（無意或有意）的注目。同時也更加強調讀者在閱讀前就已經很關注的「性敘述」成分。

此外，在翻看和對照的過程當中，筆者偶然發現了有關性描寫的部分文字翻譯中，譯者甚至會加入一些跟原著意思完全不相同的詞語。比如，在第三部的第 23 章中，有一段描寫女人們幫忙把 1,057 隻沂蒙山豬送到豬舍去的場景，作品這樣寫：

> 儘管這些沂蒙豬身散惡臭，但這些女人臉上卻沒流露出絲毫厭惡之一……女人的手伸過去了，不避汙穢地接觸到了它們的身體，她們為它們搔癢。<u>豬禁不住搔癢；人架不住吹捧</u>。[26]

加上底線的文字在譯作被這樣翻譯：

> Dưới bàn tay đàn bà, được gãi ngứa thì động vật cảm thấy thỏa mãn và rên rỉ, còn đàn ông được đàn bà vuốt ve thì của quý dựng đứng phải không?[27]

再轉換成中文是：

---

[26] 莫言：《生死疲勞》（北京：作家出版社，2006 年），頁 211。
[27] 莫言著，陳忠喜譯：《生死疲勞》（河內：婦女出版社，2007 年），頁 350。譯作所翻譯的原著版本是作家出版社 2006 年的版本。

在女人的手下，被搔癢的動物就覺得滿足並發出呻吟的聲音，被女人撫摸的男人雞巴也就挺起，對嗎？

或者在另外一個地方，原著第三部的第 25 章中有一段描寫養豬現場會的情景，在生產指揮部的領導因為喇叭沒電就趕快結束自己的演講之後，西門屯小學的女教師金美麗要上臺報幕，小說有一段描寫：

> 我看到舞臺兩側那些官員們，都把目光投向金美麗。有的注視金美麗的頭，有的注視金美麗的腰，銀河公社第一書記程正南的目光一直盯在金美麗的屁股上。[28]

越南譯本這樣翻譯：

> Những quan chức trên khán đài đều nhìn cô ta một cách thèm muốn. Có người chú mục vào mái tóc, có người nhìn mặt, có người nhìn ngực và có cả người nhìn vào cặp mông nở nang của cô ta. Người nhìn rất chăm chú vào cặp mông là Trình Chính Nam, bí thư thứ nhất của công xã Ngân Hà.[29]

再轉換成中文是：

> 舞臺上的官員們都把帶著欲望的目光投向她。有的人注視她的頭髮，有的人注視她的臉，有的人注視她的胸部，也有的人注視她豐滿的屁股。目光一直盯在她的屁股上就是銀河公社第一書記程正南。

---

[28] 莫言：《生死疲勞》，頁 240。
[29] 莫言著，陳忠喜譯：《生死疲勞》，頁 396。

上述的例子只是偶然對照出來的結果，我們不難看出在翻譯的過程當中，譯者明顯給原著的文章加上「性描寫」的色彩。我們目前尚未考察出這樣的改動在作品中的出現頻率具體是多少，所以很難下出任何結論。然而，這種語言上「潤色」會直接影響到讀者的閱讀和欣賞。我們不得不將其看作形成莫言小說的「性文學」印象的原因之一。

（二）從民間到廟堂

這一部分內容中，我針對莫言《戰友重逢》在越南深受批判的事件進行討論。

《戰友重逢》是莫言創作初期的一部中篇小說，寫於1992年。在小說中，返鄉少校趙金（即書中的「我」），在河邊與13年前的自衛反擊戰中犧牲的同鄉戰友錢英豪不期而遇。棲身於河堤老柳樹上的錢英豪邀請「我」上樹聊天，並向「我」講述了麻栗坡烈士陵園墓穴奇異的鬼魂軍營世界。後來在河中釣鱉的退伍戰友郭金庫也被「釣」上樹來。故事仿佛是兩個生者與一個亡靈的對話，而事實卻是：「我」就是那個過河時淹死的少校。郭金庫也已在釣鱉時被洪水吞沒。三個鬼魂在老柳樹上回顧往日的軍中生涯，講述著退伍者的沉浮遭遇，以及陣亡者的淒苦後世的故事。

雖然《戰友重逢》並沒有被中國文學史列入莫言的代表作，在戰爭題材方面，它的成就也在《紅高粱》之後，但其仍然體現了莫言的民間立場和對戰爭文學的民間理念。

「民間」在陳思和教授的文學史理論當中，指的是文學創作

中的民間文化形態。陳教授為這個詞作了以下定義：

> 一，它是在國家權力控制相對薄弱的領域產生的，保存了相對自由活潑的形式，能夠比較真實地表達出民間社會生活的面貌和下層人民的情緒世界；雖然在權力面前民間總是以弱勢的形態出現，並且在一定限度內被迫接納權力，並與之相互滲透，但它畢竟屬於被統治階級的「範疇」，而且有著自己獨立的歷史和傳統。二，自由自在是它最基本的審美風格。民間的傳統意味著人類原始的生命力緊緊擁抱生活本身的過程，由此迸發出對生活的愛和憎，對人生欲望的追求，這是任何道德說教都無法規範，任何政治條律都無法約束，甚至連文明、進步、美這樣一些抽象概念也無法涵蓋的自由自在。三，它既然擁有民間宗教、哲學、文學藝術的傳統背景，用政治術語說，民主性的精華與封建性的糟粕交雜在一起，構成了獨特的藏汙納垢的形態。[30]

以陳思和教授的看法，莫言的小說創作過程體現著「對民間文化形態從不純熟到純熟、不自覺到自覺的開掘、探索和提升」。[31]在莫言的創作當中體現出這樣的民間立場：

> 在文學創作中所謂的「國家權力控制相對薄弱的領域」常常是相對而言的，國家／私人、城市／農村、社會／個人、男性／女性、成人／兒童、強勢民族／弱勢民族，甚至在人／畜等對立範疇中，民間總是自覺體現在後者，它

---

[30] 陳思和主編：〈前言〉，《中國當代文學史教程》，頁 12–13。
[31] 陳思和：〈莫言近年小說的民間敘述〉，《中國當代文學關鍵詞十講》（上海：復旦大學出版社，2008 年），頁 172。

常常是在前者堂而皇之的遮蔽和壓抑之下求得生存,這也是為什麼在莫言的藝術世界裡表現得最多的敘述就是有關普通農民、城市貧民、被遺棄的女性和懵裡懵懂的孩子,甚至是被毀滅的動物的故事。這些弱小生命構成了莫言藝術世界的特殊的敘述單位,其所面對的苦難往往是通過其敘事主體的理解被敘述出來。莫言的民間敘事的可貴性就在於他從來不曾站在上述的二元對立範疇中的前者立場上嘲笑、鄙視和企圖遮蔽後者,這就是我認為的莫言創作中的民間立場。[32]

雖然上述的評價是針對莫言的「近年來的小說創作」情況而言,也就是指 1998-2002 年期間的創作,但早在 80 年代的時候,莫言創作中已經出現民間因素:「如果以莫言創作中的民間因素來立論,莫言在 80 年代的創作就是一個標誌。」[33] 創作於 1986 年的中篇小說《紅高粱》就被文學史評價為「是站在民間立場上講述的一個抗日故事」。[34] 如此可見,在中國的文學史語境中,莫言是一位站在民間立場而創作的作家。在莫言個人對戰爭文學問題表達其想法的時候,也表現出一種生存於廟堂意識形態之下的民間觀看視角:

我們以往的抗戰題材文學,太重視了對戰爭過程和戰爭事件的描寫,太忽略了對人的靈魂的剖析。在這些作品中,

---

[32] 陳思和:〈莫言近年小說的民間敘述〉,《中國當代文學關鍵詞十講》,頁 177-178。
[33] 陳思和:〈莫言近年小說的民間敘述〉,《中國當代文學關鍵詞十講》,頁 170。
[34] 陳思和主編:《中國當代文學史教程》,頁 317。

有英勇的故事,有鮮明的旗幟,有偉大明晰的經典化了的戰爭理論,但缺少英雄的怯懦,缺少光明後面的黑暗,缺少明晰中的模糊。我們歷來不缺少能夠深思的作家,不缺少具有獨到見解的作家,但缺少具有深思品格和具有獨到見解的作品。[35]

所以我想說,比較高層次的戰爭文學,應該是比較非功利的。比較非功利的戰爭文學就不僅僅是歌頌,而且必然地要暴露。[36]

戰爭文學,應該充滿對生命的歌頌,應該喚起人們日漸淡漠的同情和憐憫之心。比較非功利的戰爭文學,還應該考慮戰爭中人的地位,應該考慮戰爭到了把人變成了什麼東西。……戰爭文學應該寫出人類的靈魂如何地偏離了軌道並力圖矯正,它應該成為一種訓誡,一種警喻。完美的人類,會對他們的自相殘殺過的祖先感到深深的遺憾,到那時候,英雄和非英雄都成了悲劇中的角色,英雄和非英雄,都會得到優秀子孫的理解和同情。[37]

莫言寫出這篇〈戰爭文學的斷想〉是在 1984 年,將近十年後的 1992 年,他的《戰友重逢》就是體現出作者出發於個體身分的角度看戰爭的觀點。一般廟堂意識形態話語的戰爭文學要求寫出歌頌英雄主義和歌頌犧牲精神,尤其是歌頌成功了的英雄和歌頌對某場戰爭有直接意義的犧牲精神的作品。和那一種戰爭文學

---

[35] 莫言:〈戰爭文學的斷想〉,《小說的氣味》(北京:當代世界出版社,2004 年),頁 156。
[36] 莫言:〈戰爭文學的斷想〉,《小說的氣味》,頁 157。
[37] 莫言:〈戰爭文學的斷想〉,《小說的氣味》,頁 157–158。

觀點相比，莫言的文學戰爭觀點和他的《戰友重逢》就是民間立場的體現。小說中以錢英豪為代表的亡靈們，他們生前「軍事技術好身體素質好，頭腦清醒具備英雄素質卻無聲無息的死了」，[38] 殘酷的戰爭卻沒有給他們表現的機會，甚至「連敵人的影子還沒看著」[39] 便讓他們毫無價值地死去。亡命戰場的軍人們死後跟生前一樣也組成一個地府軍營。他們有一天就在那裡「側耳聽到邊境人聲如潮，我知道那是兩國的邊民恢復了中斷多年的貿易，正像一首歌裡唱的，『你屍骨未寒，世事已大變』。」[40] 一個戰爭的勝利，對於國家的利益而言是偉大的成就，但對亡靈們來講，他們的犧牲似乎是毫無意義的。參加戰爭連個敵人的影子都沒看見就死去，而死後「世事的大變」更讓他們的犧牲因為對戰爭沒有直接意義，而漸漸地被遺忘。就像王德威教授對這部作品評價的那樣「《戰友重逢》透露英雄主義原本以死亡為前提，大我的成就果真是基於小我的犧牲。只是再回頭一是百年身，『我』身後才有的後見之明，值得嗎？」[41]

也因為中國語境中莫言文學創作體現出這樣的民間立場，所以民族出版社在 2004 年再版莫言的《戰友重逢》的時候，在作品封面上才會出現那麼一段廣告詞：「戰爭小說的另類文本，英雄主義的別樣讚歌。陰陽兩界的對話，人與鬼的糾纏。」2008 年，陳忠喜把這個版本翻譯成越南語，譯作改名為《戰友鬼》，也同

---

[38] 莫言：《戰友重逢》（北京：民族出版社，2004 年），頁 16。
[39] 莫言：《戰友重逢》，頁 17。
[40] 莫言：《戰友重逢》，頁 24。
[41] 王德威：〈千言萬語，何若莫言〉，《當代小說二十家》，頁 225。

時把這段廣告詞翻譯了過去,並因而引起越南文壇的激烈批判。焦點集中於:一部從中方的角度把中越戰爭看作「自衛反擊戰」來敘述的小說怎麼可以在越南的語境中將之稱為「英雄主義的別樣讚歌」。也因為這次批判,在莫言獲得諾貝爾文學獎之後,有的越南研究者提出觀點認為,作為一個代表人類思想的文學家,其思想應該要超越民族國家的界限,要超越民族之間的嫌隙,所以作為一個獲得諾貝爾文學獎的莫言不應該寫出像《戰友重逢》那樣一部小說,因此他欠了越南讀者一個道歉。關於這個事件筆者不想作任何評論,不過從這個事件中可以看到因兩個文化語境的差別,而導致對某些問題理解上的不同。

首先,陳忠喜的莫言小說翻譯明顯體現著其受到圖書銷售市場的影響,反映文學譯介的大眾文化的定位標準。原著封面上的廣告詞都全部翻譯過去,而不考慮到其是否符合當地的文化環境。

其次,關於戰爭文學的問題,這個題材本身就是屬於二元對立的範疇,其永遠要建立於一個前提,即是這場戰爭是正義還是非正義、勝利還是失敗。在一個國家的內部,一部文學作品哪怕是體現著與意識形態不相同的民間話語,它對人文精神的表達的最理想狀態也僅僅是體現了反戰的精神,而無法改變意識形態對戰爭所認定的性質(正義/非正義、勝利/失敗)。在跨出國家界限的文化環境中,這個問題更加明顯,戰爭文學永遠體現著國家政治意識形態觀點。莫言小說在中國的文學語境中,也許是從文學思想上突破了中國以往的戰爭文學,作者被認為是「超越階級、黨派、民族,站在全人類的高度,拷問戰爭對普通人人生命

運的影響,關注個體命運在戰爭中的悲慘遭遇.反思和批判戰爭的非人道之處,折射出明確的反戰主旨。」[42] 然而,在轉入越南的文學接受環境中之後,這些所謂有突破性的特徵全部失去其意義,因為這部小說對1979年的中越戰爭的定位是「自衛反擊戰」,是中國官方意志的體現,對於越南讀者而言這當然不可能是「站在全人類的高度」的反映。

再來,《戰友重逢》深受越南文壇的批判的事件也反映出另外一個事實,莫言小說在越南的譯介順序跟原著的創作順序並不相同,這容易引起越南讀者誤解《戰友重逢》是莫言近期的創作。所以才會有人認為獲得諾貝爾獎的莫言不應該寫出這樣的小說。若是越南讀者瞭解到《戰友重逢》是一部寫於 90 年代的創作初期的作品及其當時創作環境,他們也許會有更客觀的態度去評價這個作品的價值意義。莫言在寫出這部作品的時候,他的文學創作才剛剛引起中國文壇的注意,他的長篇力作都尚未問世。當時的莫言可能沒有想到在之後的創作道路上,他的作品可以跨出國家的界限,並在世界範圍內能夠產生如此廣泛的影響,他甚至更想不到 20 年後會獲得世界文學最高榮譽的諾貝爾獎。回憶當時《戰友重逢》的創作環境,莫言講述:

> 80 年代我正在解放軍藝術學院學習,那時文學創作領域確實存在很多的禁區,我的很多同學寫了歷史上的事件,比如皖南事變、抗美援朝時志願軍的俘虜、國共戰爭中一

---

[42] 房福賢、馬征、孫峰、田德云、王春霞:《齊魯文化形象與百年山東敘事》(濟南:山東畫報出版社,2009 年),頁 195。

些有人性的故事等等，都被批評，不允許發表，即便是發表了也可能會受到批判。當時這種現象確實存在。我曾經寫過一部小說，描寫對越反擊戰，叫《戰友重逢》，也是在七、八家刊物之間轉來轉去，最後有一家刊物說可以發表，但是要砍掉三分之一，砍掉的都是我認為最有光華的部分。後來這部小說在 90 年代的時候發表了，說明到了 90 年代後，文學創作的外部環境更寬鬆了，禁區少了。[43]

從這段引文中看到，其實在當時的創作實踐環境中，《戰友重逢》的寫法還是具有一定的突破性，而且在剛踏上文壇不久的莫言所針對的讀者群體僅僅限制於中國，並非其他國家。若能瞭解到這些情況，莫言小說在越南的文化環境中的接受也不會產生太大的差距。不妨通過表 4-3 觀察莫言小說在中國的創作時間和在越南的譯介時間的相差。筆者認為，目前在大眾文化的接受環境中，由於缺少從中國學術層面的介紹，這些相差很容易引起讀者在欣賞和理解作品的過程當中的一些誤解。

（三）農村抒寫者

莫言曾經說，對於他來說，「寫農村是一種命定」。[44] 的確，關注農村、表現農村、一直把視線定格在農村，莫言是中國作家當中為數不多的一位。正因為這一點，他的文學除了「性敘述」的吸引之外，才能夠在越南文壇上長久的維持讀者的關注。這就

---

[43] 丁宗皓主編：《重估中國當代文學價值——2009/12-2010/6 文學人文精神的再度追問》（瀋陽：春風文藝出版社，2010 年），頁 247。
[44] 莫言、劉頲：〈我寫農村是一種命定〉，《鐘山》2004 年，第 6 期，頁 189-197。

表 4-3　莫言小說在中國創作和在越南譯介的時間差

作品	創作年分	在越南出版的年分
《紅高粱》	1986	1999、2000
《豐乳肥臀》	1995	2001
《檀香刑》	2001	2002
《紅林樹》	1999	2003
《天堂蒜薹之歌》	1988	2003
《四十一炮》	2003	2004、2005、2007
《酒國》	1993	2004
《生蹼的祖先們》	1988	2006
《透明紅蘿蔔》	1985	2007
《生死疲勞》	2006	2007
《十三步》	1988	2007
《戰友重逢》	1992	2008、2009
《白棉花》	1991	2008
《歡樂》	1987	2008
《紅蝗》	1987	2008
《牛》	1998	2008
《築路》	1986	2008
《蛙》	2009	2010、2017
《變》	2009	2014

是傳統的接受習慣所發揮的影響。莫言小說對故土、農民、普通百姓的熱愛，對農村題材的始終表達，完全符合越南讀者之前對中國文學形象的原有形容。

筆者在前面曾經表達過，如果把越南的20世紀中國文學接受史看作一個整體，那麼它應該有自己內部的發展規律，即所謂接受的傳統。每一個後面的接受階段往往繼承著前面階段的接受習慣，那麼，90年代的譯介時期即是繼承著40-60年代時期所傳下來的文學接受觀念。在第三章結束後對中國文學形象進行總結

並得出來的結論是：對中國文學形象的形容一般和農村、歷史、戰爭的重大題材、工農兵階層的人物聯繫在一起。換句話說，90年代讀者對中國文學形象的形容當中，中國文學作品是經常寫到農村、歷史、戰爭的大場面的內容，文學人物也經常是大眾階層的，尤其是農民形象的平凡人物，恰好這些都是莫言小說主要反映出來的內容。這樣看來，在莫言小說的藝術世界中，越南讀者不僅從「性敘述」層面上看到其對過去文學形象的突破和創新，還會找到跟過去文學相似且熟悉的文學空間和文學形象。

　　我們在第三章的分析中瞭解到，第二個階段的譯介範圍中，寫於農村題材的小說在越南文壇的介紹是最豐富的，作品譯本數量是最多的，跟其他題材相比，農村題材的文學作品也最早被譯介進來。農村題材文學通過魯迅、趙樹理的影響，成為最突出的文學題材。魯迅當時被認為是人民大眾的作家，無論是小孩、婦女、知識者還是農民，都以弱者的身分出現在他的小說裡。魯迅在當時也被認為是第一位在中國小說裡將農民形象作為主人公的作家，並站在農民的情感和精神的立場描寫農民及其生活。此外，趙樹理更是一位地地道道地為農民說話的作家。這個傳統延續下來，似乎是在莫言小說的接受中得到了呼應。無論是《豐乳肥臀》講述一個農村婦女魯氏的悲苦命運，還是《天堂蒜薹之歌》寫一個官逼民反、農民抗暴的故事，或者《戰友重逢》農民軍人的淒苦遭遇的故事，再到寫中國農村半個世紀的翻天覆地，折騰不已以及農民對土地的熱愛的《生死疲勞》等等，都讓越南讀者從作品所講述的故事中的人物、文化的空間找到親切感和熟悉感。莫言在創作中建構屬於自己的文學領地，高密東北鄉，並且通過自

己故鄉的描寫，從對人性的關懷表達他對歷史的反思。從《豐乳肥臀》、《檀香刑》、《生死疲勞》到《蛙》，莫言的重要作品的故事都放在一種宏大的歷史背景當中，時間的跨度相當長，《豐乳肥臀》講述 100 年歷史的故事，《生死疲勞》見證著西門屯從 1950 年到 2000 年的歷史，《蛙》的時間敘事長達 60 年。這種宏大的歷史風貌的展現又似乎很符合於大眾讀者對中國文化的通常的想像。如果把莫言小說比喻為一顆種子，越南文壇就像一片很適合它的土壤，因此在譯介了過來之後，莫言小說就能很快的而深深的紮根了下來。

如果從農村題材的角度去觀察 90 年代後越南對 80 年代後中國文學的譯介中，也不難看出這類題材作品還是占著相當大的比例，最受越南文壇關注的作家像賈平凹、余華、李銳的作品的翻譯大多數也都是跟農村社會生活抒寫有關的。

其實通過上述有關莫言小說在越南語境中的解讀，我們都仿佛看到第二個譯介時期所傳下來的接受觀念的痕跡以及文學形象的影子。從對性文學的理解建立在與「教條文學」的社會主義文學對立的基礎上，到農村題材的熟悉感成為莫言小說被越南讀者容易接受的原因，都是體現這一點。

小結

第四章的主要內容圍繞著「文學定位」的焦點而展開。

進入 90 年代的文學譯介時期之前，越南和中國在外交關係上發生衝突，使交流中斷了十多年。從 1966 年，中國進入十年

動亂的文化大革命,越南也進入抗美戰爭最激烈的階段,各國都將精力集中於自己國家最重要的政治任務;到 1979 年兩國之間發生邊界的戰爭,這些事件導致越南和中國在官方外交關係上發生從逐漸疏遠到惡化的狀態。到 1991 年,越南和中國才正式恢復了正常的關係。兩國的外交關係的中斷雖然僅十年左右的時間,但從對譯介和出版的情況來觀察,文化文學關係的中斷時間卻可能長達 20 多年。其期間的文學交流被減少到僅有反覆再版已經翻譯過的魯迅作品的程度。

經過這段隔離的時間,進入 90 年代時越南對中國文學情況要進行重新認識和瞭解。這種重新地認識同時發生在兩個層面:其一,對第二個譯介時期的各種文學現象進行重新的評價其意義。譯者們在選擇放棄意識形態的接受觀念的基礎上,對這些文學現象進行重新整合、重新定位。他們整合、定位的觀點是把純粹體現毛澤東文藝思想的那部分文學從文學史中一步一步地刪除,並留下了新文學大師的作品。與此相同,在作品翻譯出版方面,基本上僅重印或新譯屬於新文學大師的作品。這個層面是體現著一種在文學史範圍內的定位,代表著越南文壇轉向採用學術性的接受觀念來看待新文學部分。第二個層面,是在面對新出現的文學現象(即 80 年代後的中國文學)時,不同譯介傳統的譯者們會採取不同評價標準來對作家作品進行文學定位。代表老傳統譯介觀念是一批從學院派的學術圈走出來的譯者,他們的譯介觀念繼承了第二個譯介時期的接受傳統,即把能夠代表中國國家話語的文學現象作為譯介對象。新傳統的譯者對過去的譯介傳統比較陌生,在文學批評或研究方面也是外行,所以他們對文學作

品譯介的選擇更多的是受到現代傳播媒體和大眾文化市場的影響。他們的文學定位標準是作家作品在大眾文化中的知名度,即文學作家或者作品是否在中國社會範圍中產生影響或受廣大讀者的關注。除了從譯者的角度來進行定位,中國新出現的文學現象的譯介還要考慮到越南大眾讀者的接受,他們對之也具備「文學定位」的接受要求,即文學作家作品要在中國文化環境中具有代表性。總之,文學定位的新接受觀念並不是一個內涵單一的觀念,而是具備多元化多層面的特徵。這種接受觀念從某種程度上來講其實也反映出越南 90 年代後文學接受中的「無名」狀態。

第四章用更多篇幅來討論中國 80 年代後文學譯介情況。經過多年兩國在文學關係的中斷,在 90 年代後越南文壇上,這部分新出現的文學可以說又是一個在越南文壇上新建立起來的中國文學形象。參與重新建立工作的有越南譯者和越南讀者,譯者從自己的接受立場選擇作家或作品來譯介;讀者從自己的文學接受觀念選擇認不認可譯者所推薦的各種文學現象。其中,莫言小說的譯介與接受,代表著 90 年代後越南文壇上的中國文學形象。莫言小說不僅同時進入了兩類不同接受傳統的譯者的翻譯視野,而且還取得大眾讀者的歡迎。莫言的小說,從一開始被譯介到它在越南文壇上紅火起來的期間,都一直活躍在大眾文化的接受環境中。換句話說,莫言小說的譯介是出發於大眾文化的定位標準。儘管如此,莫言小說的譯介不僅有學院派譯者的參與,而且還受到越南文學界的認可。雖然他的作品從未在越南學術期刊上被譯介過,但作品的譯作卻獲得了國家《翻譯文學獎》。與此同時,他的一部分作品不斷被各種出版社再版,說明了大眾讀者對之有

著相當高程度的關注。這個接受現象，實際上說明大眾文化的定位觀念，正是 90 年代後越南文壇對中國文學的接受的主流觀念。

　　莫言文學還是一個正在發展並不斷發生變化的文學現象，在與這個現象尚未具備一定的時間距離的前提下，對之下任何結論都過早。而且，在越南有關莫言及其創作的評論，基本上都以採訪或圖書點評形式而發表在網路報紙上，很難將之作為可靠的研究資料來使用。因此在筆者的論述中，主要圍繞著幾次越南文壇上揪起的「關注莫言熱」，試圖解讀莫言小說在越南語境中的接受意義。從 2001 年《豐乳肥臀》轟動越南文壇，到 2009 年莫言的《戰友重逢》深受批判的具體分析，以及出發於接受習慣的角度去探討莫言小說在越南文壇所留下的性文學印象，莫言文學從中國語境中的民間立場書寫，在文化環境轉換之後卻被視為中國廟堂話語的表達，莫言小說中對農村題材的始終關注和表現，因符合越南讀者對中國文學的接受習慣，而成為他作品引起越南歡迎的一個不能忽略的原因。

結語

　　隨著越南學生留華深造的日漸增加，對在越南的中國現當代文學的翻譯、影響研究似乎成為碩士、博士論文題目的首要選擇。有的人選擇案例研究，有的人從資料的大範圍收集來觀察整個時代的研究情況。這樣的選擇一方面能發揮研究者本身對越南情況的瞭解，另一方面研究出來的成果也能為目前中越文學互相瞭解有限的狀況作出一定的彌補。

　　筆者選擇有關越南對 20 世紀中國文學的接受觀念的研究方向，主要針對越南對中國文學的譯介層面，來探討並認為這個譯介本身代表著作為高級讀者的翻譯者的接受觀念。在一部文學作品被選來翻譯時，這個選擇本身一方面體現著翻譯者對文學作品以及作品背後的文學背景的瞭解和理解，與此同時又印證著本地文化文學環境的特徵。所以譯介就是兩種文化文學溝通的橋樑，站在兩種文化文學的交界點上的翻譯者，既是外國文學的傳播者，又是翻譯後的文學的導讀者。筆者在這部專著中，以譯者的翻譯介紹選擇為重點來探討越南接受者的接受觀念。筆者認為，選擇譯介某種文學的作家作品並不是一種偶然性、隨意性的決定，而是一種主觀性、主動性的選擇，其本身是表達一種話語。越南對 20 世紀中國文學的譯介代表越南讀者的接受觀念，體現越南讀者本土化的接受話語。

跟其他考察越南對中國現當代文學的翻譯、傳播、影響等情況的研究題目不同，筆者的研究範圍是以進入中國文學史視野，並被介紹到越南的文學現象作為考察對象。也就是說，它不是針對所有被譯介到越南的中國文學現象的研究。這種研究範圍的界定，是為了表達一種鮮明的立場，即如果一部20世紀中國文學史被視為「一部可歌可泣的知識分子的夢想史、奮鬥史和血淚史」，[45] 那麼反映出那部文學史在越南文化語境中如何流變，也應該是越南知識分子的中國文學接受史。所以，本專著不僅僅追求一種全面性、系統性的資料梳理和介紹，是展現出越南對中國文學的譯介中知識分子的接受話語和知識分子的接受立場。就是因為這個敘述的立場和態度，會顯示出筆者的「越南的20世紀中國文學的接受史」的面貌，將和其他研究成果的不同之處。

本專著所謂「20世紀中國文學」的概念內涵有三個不同層面的意思表達。其一，接受了陳思和教授通過「先鋒」與「常態」的兩個層面而建立起來的20世紀現代文學的「多元共生」文學史觀念。這個文學史觀念的核心點，就在於它突破了以往用五四新文學傳統的話語和標準去衡量文學史現象的傳統觀念，同時也提出兩種並存的文學發展形態的結構，來取代以往新舊文學的簡單界定，把20世紀中國文學的意義從以「五四」新文學為中心的文學圈，擴大到一個同時能夠容納不同文學傳統的豐富體系。本專著的「20世紀中國文學」以大陸文學現象作為主要研究對象，以及將大陸文學史著作作為主要的參照資料，其他如臺灣文

---

[45] 陳思和主編：〈前言〉，《中國當代文學史教程》，頁3。

學或者不進入文學史書寫的文學現象暫時不進行討論。其二,「20世紀中國文學」若放在越南語境中,具備越南的 20 世紀中國文學的接受史的意義。這部文學史除了以不斷體現各個中國文學時代的變化作為自己的發展之外,還自身形成了自己某種內在的規律,即所謂接受的傳統。從某種程度上來講,它是一個獨立存在於中國文學史發展的「開放型整體」。其三,越南文壇背景下的「20 世紀中國文學」還具備另外一個內涵,即從 20 世紀初開始,其以一種全新的外國文學身分而出現。1919 年,法國重新制定越南的教育制度,將原有的科舉制度廢除,把國語字定為越南的正式文字。國語字從此在生活中和在文學創作中取代了漢字的地位。隨著漢字在越南逐漸成為一種外來的文字,中國文學在 1919年以後也因此而取得外國文學的全新身分。

本專著對 20 世紀中國文學在越南的接受觀念研究,通過三個譯介時期的譯介情況展現,並且選出最有代表性的譯介案例,來分析每個譯介階段的主要發展特徵及其接受觀念。

第一個譯介階段以徐枕亞作為代表。在筆者對 20 世紀中國文學在越南的整個觀念當中,徐枕亞小說的譯介被看作中國文學身分轉換的開頭。這個身分被定為「外國文學身分」。雖然說從語言翻譯這個角度來講這個說法是成立的,在翻譯者、讀者、傳播形式等跟文學作品有直接關係的因素都發生跟傳統文學不同的改變,然而從文學觀念上來看還是體現著一種過渡時期的投影,審美觀念及欣賞習慣都仍體現著一種慣性的延續。在徐枕亞小說的接受現象上,我們很明顯看到這些特點。在越南知識分子眼

裡，不能說徐枕亞小說已經具備了「外國文學」的真正意義，作者本身也不像之後將近20年的魯迅被放在「世界格局」裡來認識其地位，知識分子對徐枕亞小說的接受還是印證著不少從對中國文學的接受傳統延續下來的文學觀念及審美欣賞習慣。儘管如此，徐枕亞小說接受在另一方面也體現著知識分子在接受觀念上的改變。他們在徐枕亞小說中看到自己所熟悉的中國文學形象的同時，也發現了其中的現代性意義並在文壇上為讀者呈現出一個「新」的中國文學形象。因此，筆者認為這位作家及其作品在越南讀者視野裡的國文學形象改變過程中，有非常重要的作用，它是傳統接受習慣的結尾又是現代接受觀念的開頭。換句話說，徐枕亞小說的譯介，在越南對中國文學的接受歷史中，擔任了從古代過渡到現代的橋樑意義。從這個角度來講，它足以稱為20世紀中國文學在越南的起點。

第二個譯介階段的時間跨度，若是需要用具體的數字來表達，應該是1942-1966年。1942年是魯迅作品開始被系統性的譯介發表的一年，1966年大約是結束了越南對中國文學新動態的關注的一年，在此以後15年期間沒有任何一部中國文學新作被譯介過去。這個時期雖然在作品出版時間上沒有中斷過，但實際上在內部是發生變化的，從多元化的文學接受狀態逐漸發展到極其統一的接受思想。從文學作品譯介出版書目的層面去觀察第二個譯介時期的全貌，可以發現其變化的時間界限是1950年。在此時之前主要是鄧台梅譯介魯迅和曹禺的一部分作品，譯者對這些作品的譯介還是出於對文學藝術本身特徵的欣賞，或對文學家在藝術才華和文學創作手法上的關注。然而在1950年後越南文壇

對中國文學的譯介基本上發生了不同的變化，從文學欣賞的立場轉向文學為政治意識形態服務的接受觀念。

魯迅文學的譯介被選為這個譯介時期的文學接受觀念的代表現象。這個現象既能體現著整個譯介時期的發展趨向，又能反映出這個時期的多元內涵。魯迅文學譯介現象反映出一個從「世界大文豪」轉向「中國文化革命的主將」的定位，體現了當時文壇從「新文學」轉向「現代文學」的整體發展趨向。魯迅文學譯介現象中又出現了兩種不同的譯介觀念：一個以鄧台梅為代表的觀念，是支持著國家意識形態的體現，強調魯迅文學為國家政治的服務內容；另一種以潘魁為代表的觀念，是堅持著知識分子立場來認識魯迅文學本身的價值。這又體現著譯介時期從多元化的狀態發展到接受思想極其統一的要求。現在看來，我們會以為魯迅文學譯介是當時的一個很突出的現象，但僅僅是因為對魯迅的研究是從那時一直延續到現在，所以才讓人有那種錯覺認為魯迅文學似乎等同於整個譯介時期一樣。實際上當時越南文壇翻譯魯迅作品的同時也翻譯了許多其他作家的作品。從 50 年代初到 60 年代中旬還可以看到一批跟魯迅同樣從五四新文學走下來的郭沫若、曹禺、茅盾、巴金、老舍等。除了那一代「文學大師」以外還有一大批在 40 年代成長的作家像趙樹理、杜鵬程、劉青、梁斌、吳強、羅廣斌、楊益言、歐陽山、楊沫等。

進入 90 年代的文學譯介時期之前，越南和中國在外交關係上發生衝突，使雙方交流中斷十多年。經過這段時間的隔離後，越南文壇對中國文學情況要重新認識和瞭解。這種重新地認識同

時發生在兩個層面。其一，對第二個譯介時期的文學現象進行重新的評價。譯者們在選擇放棄意識形態的接受觀念的基礎上，對這些中國文學現象進行重新整合、重新定位。他們整合、定位的觀點是把純粹體現毛澤東文藝思想的那部分文學，從文學史中一步一步地刪除並留下了新文學大師的作品。與此相同，在作品翻譯出版方面，基本上僅重印或新譯屬於新文學大師的作品。這個層面體現著一種在文學史範圍內的定位，代表著越南文壇轉向使用傾向於學術性的接受觀念來對待新文學部分。第二個層面是，對新出現的 80 年代後的中國文學，譯者們從不同的評價標準來對文學作家作品進行定位。代表老傳統譯介觀念是一批從學院派的學術圈走出來的譯者，他們的接受觀念繼承了第二個譯介時期的傳統，即把能夠代表中國國家話語的文學現象作為譯介對象。新傳統的譯者對過去的譯介傳統比較陌生，在文學批評或研究方面也是外行，所以他們對文學作品譯介的選擇更多的是受到現代傳播媒體和大眾文化市場的影響。除了從譯者的角度來進行定位，中國新出現的文學現象的譯介還要考慮到越南大眾讀者的接受，他們對之也具備「文學定位」的接受要求，即文學作家作品要在中國文化環境中具有代表性。

莫言小說的譯介與接受是代表著 90 年代後越南文壇上的中國文學形象。莫言小說不僅同時進入了兩類不同接受傳統的譯者的翻譯視野，而且還取得大眾讀者的歡迎。莫言的小說從一開始被譯介，到它在越南文壇上紅火起來的期間，都一直活躍在大眾文化的接受環境中。換句話說，莫言小說的譯介是出發於大眾文化的定位標準。儘管如此，莫言小說的譯介不僅有學院派譯者的

參與，而且還受到越南文學界的認可。雖然他的作品從未在越南學術期刊上被譯介過，但作品的譯作卻獲得了國家「翻譯文學獎」。與此同時，他的一部分作品不斷被各種出版社再版，說明了大眾讀者對之有著相當高程度的關注。這個接受現象，實際上說明大眾文化的定位觀念，正是 90 年代後越南文壇對中國文學的接受的主流觀念。在越南的語境當中，通過幾次越南文壇上的「莫言關注熱」的關注，可以看到莫言文學在越南語境中所具備的解讀意義，即莫言小說在越南文壇上留下的是性文學印象，莫言文學從中國語境中的民間立場書寫在文化環境轉換之後卻被視為中國廟堂話語的表達，越南讀者對莫言小說所關注的農村抒寫的熟悉感也是使他作品受越南歡迎的一個不能忽略的原因。

　　通過該專著的論述內容，可以看到在不同譯介時期都是圍繞著不同的文學接受觀念。這個觀念同時受到兩個方面的影響和制約，即兩國在官方外交的關係，以及越南內部從歷史上傳流下來的對中國形象的理解習慣。在兩國外交關係緊密聯繫的時候，越南對中國文學的接受基本上跟中國原來的文學發展面貌是貼近的。然而在官方關係有距離時，文學接受觀念往往從不同種程度上體現出傳統接受習慣的影響。徐枕亞小說的譯介中的古代文學接受觀念的痕跡；莫言小說譯介中對性文學的理解及其作品在題材上的熟悉成為其受關注的原因，都是明顯的例子。

參考書目

中文書目

一、研究專著、文學史、工具書

Claudine Salmon 著,顏保譯:《中國傳統小說在亞洲》,北京:國際文化出版社,1989 年。

丁宗皓:《重估中國當代文學價值—— 2009/12-2010/6 文學人文精神的再度追問》,瀋陽:春風文藝出版社,2010 年。

王德威:《當代小說二十家》,北京:生活・讀書・新知三聯書店,2007 年。

王德威、陳思和、許子東:《一九四九年以後——當代文學六十年》,上海:上海文藝出版社,2011 年。

王繼權,夏生元:《中國近代小說目錄》,南昌:百花洲文藝出版社,1998 年。

房福賢、馬征、孫峰、田德云、王春霞:《齊魯文化形象與百年山東敘事》,濟南:山東畫報出版社,2009 年。

邵燕君:《傾斜的文學場——當代文學生產機制的市場化轉型》,南京:江蘇人民出版社,2003 年。

洪子誠:《中國當代文學史》,第 2 版,北京:北京大學出版社,2011 年。

范伯群、湯哲聲、孔慶東:《20 世紀中國通俗文學史》,北京:

高等教育出版社，2010年。

馬良春、李福田：《中國文學大辭典》，天津：天津人民出版社，1991年。

夏志清著，劉紹銘等譯：《中國現代小說史》，上海：復旦大學出版社，2005年。

唐弢：《中國現代文學史》，北京：人民文學出版社，1979年。

陳平原：《中國小說敘事模式的轉變》，北京：北京大學出版社，2010年。

陳思和：《中國當代文學史教程》第2版，上海：復旦大學出版社，2005年。

陳思和：《秋裡拾葉錄》，濟南：山東友誼出版社，2005年。

陳思和：《中國當代文學關鍵詞十講》，上海：復旦大學出版社，2008年。

陳思和：《中國現當代文學名篇十五講》，北京：北京大學出版社，2009年。

陳思和：《新文學整體觀續編》，濟南：山東教育出版社，2010年。

陳思和：《新時期文學簡史》，廣西：廣西師範大學出版社，2010年。

陳思和、王德威主編：《建構中國現代文學多元共生體系的新思考》，上海：復旦大學出版社，2011年。

郭延禮：《中國前現代文學的轉型》，濟南：山東大學出版社，2005年。

樽本照雄編，賀偉譯：《新編增補清末民初小說目錄》，濟南：魯齊書社，2002年。

錢理群、黃子平、陳平原：《二十世紀中國文學三人談‧漫說文

化》,北京:北京大學出版社,2005年。

錢理群、溫儒敏、吳福輝:《中國現代文學三十年》,北京:北京大學出版社,2010年。

嚴家炎:《20世紀中國文學史》,北京:高等教育出版社,2011年。

二、原著文本、文集

于潤琦主編:《清末民初小說書系:言情卷》,北京:中國文聯出版公司,1997年。

毛澤東著,人民文學出版社編:《毛澤東選集》,北京:人民文學出版社,1952年。

周揚著,人民文學出版社編:《周揚文集》,北京:人民文學出版社,1984年。

徐枕亞著,中國現代小說經典文庫編委會編:《徐枕亞卷》,收入《中國現代小說經典文庫》,北京:大眾文藝出版社,2005年。

徐枕亞、吳雙熱著,欒梅健編:《徐枕亞、吳雙熱卷》,收入徐俊西主編:《海上文學百家文庫》,第28卷,上海:上海文藝出版社,2010年。

莫言:《豐乳肥臀》,北京:作家出版社,1996年。

莫言:《小說的氣味》,北京:當代世界出版社,2004年。

莫言:《戰友重逢》,北京:民族出版社,2004年。

莫言:《紅高粱家族》,上海:上海文藝出版社,2005年。

莫言:《生死疲勞》,北京:作家出版社,2006年。

莫言:《四十一炮》,上海:上海文藝出版社,2008年。

莫言:《檀香刑》,上海:上海文藝出版社,2008年。

曹禺著，田本相、劉一軍主編：《曹禺全集》，石家莊：花山文藝出版社，1996 年。

廖隱邨主編：《鴛鴦蝴蝶派作品珍藏大系》，第 1 卷，北京：中國廣播電臺出版社，1998 年。

魯迅著，人民文學出版社編：《魯迅全集》，北京：人民文學出版社，1981 年。

三、論文

光群：〈《男人的風格》淺議〉，《朔方》第 5 期，1984 年 5 月，頁 73-76。

何鎮邦：〈談談《男人的風格》的成就與不足——致張賢亮同志〉，《當代作家評論》第 2 期，1984 年 4 月，頁 32-37。

李宗剛：〈《玉梨魂》：愛情悲劇和人生哲理的詩化表現〉，《文藝爭鳴》第 21 期，2010 年 11 月，頁 67-73。

周揚：〈我國社會主義文學藝術的道路—— 1960 年 7 月 22 日在中國文學藝術工作者第三次代表大會上的報告〉，《戲劇報》第 Z1 期，1960 年 8 月，頁 7-29。

范秀珠、田小華：〈作家郭沫若與越南〉，收入郭沫若故居、中國郭沫若研究會編：《郭沫若百年誕辰紀念文集》，北京：社會科學文獻出版社，1994 年。

袁進：〈過渡時代的投影——論《玉梨魂》〉，《社會科學戰線》第 4 期，1988 年 8 月，頁 279-286。

陶文琰：〈以《豐乳肥臀》為例論莫言小說對越南文學的影響〉，高密莫言研究會——莫言研究，2008 年 7 月 20，http://www.gmmy.cn/article/show_article.php?id=400（檢索日期：2019 年

9月28日)。

莫言、劉頲:〈我寫農村是一種命定〉,《鐘山》第6期,2004年,頁189-197。

張杰:〈越南的魯迅著作翻譯與研究〉,《魯迅研究動態》第6期,1987年6月,頁49-51。

章培恒:〈傳統與現代:且說《玉梨魂》〉,《中國現代文學研究叢刊》第2期,2001年4月,頁19-20。

魯毅:〈論鴛鴦蝴蝶派小說入文詩詞的敘述功能——以民初小說《玉梨魂》與《雪鴻淚史》為個案〉,《西華大學學報(哲學社會科學版)》第5期,2010年11月,頁58-62。

四、碩博士學位論文

丁氏芳好:《魯迅在越南》,上海:華東師範大學中國語言文學系碩士論文,2007年。

阮和平:《魯迅研究在越南》,北京:北京師範大學中國現當代文學研究所碩士論文,2004年。

胡如奎:《曹禺在越南——以《雷雨》為中心的考察》,上海:華東師範大學中國語言文學系碩士論文,2005年。

陶文劉:《桃李莫言,下自成蹊——以《豐乳肥臀》為例論莫言小說對越南文學的影響》,廣州:中山大學中國語言文學系碩士論文,2008年。

裴氏幸娟:《魯迅小說《吶喊》與《彷徨》的越譯與傳播》,北京:北京師範大學中國現當代文學研究所碩士論文,2006年。

潘盛:《「淚」世界的形成——徐枕亞小說創作研究》,上海:復旦大學中國語言文學系博士論文,2009年。

越文書目

五、研究專著、文學史

吏元恩：《潘魁寫和譯魯迅》，河內：作家協會出版社，2005 年。

吏元恩：《潘魁 1937 年發表的報刊文章》，河內：知識出版社，2017 年。

光淡、方榴、長流、阮克飛、陳黎創，梁維次：《毛主義和中國文化文藝》，河內：文化院出版，1983 年。

阮克飛、張正：《中國文學》，第 1 卷，河內：教育出版社，1987 年。

阮克飛、梁維次：《中國文學》，第 2 卷，河內：教育出版社，1988 年。

阮克飛、劉德忠、陳黎寶：《中國文學史》，第 2 冊，河內：師範大學出版社，2002 年。

阮克飛、劉德忠、陳黎寶：《中國文學史——從元代到現代》，河內：師範大學出版社，2014 年。

阮獻黎：《現代中國文學（1898-1960）》，河內：文學出版社，1993 年。

馬江潾主編：《1900 年至 1945 年越南文學現代化過程》，河內：通訊文化出版社，2000 年。

張正、裴文波、梁維次：《中國文學史教程》，第 2 卷，河內：教育出版社，1962 年。

張正、陳春題、阮克飛：《中國文學史》，第 1 卷，河內：教育出版社，1971 年。

張正、梁維次、裴文波：《中國文學史》，第 2 卷，河內：教育出版社，1971 年。

陳玉王：《20世紀前三十年越南文學教程》，河內：河內國家大學出版社，2010年。

梁維次：《當下中國文學》，河內：教育出版社，1989年。

團黎江主編：《比較視野下的東亞近代文學》，胡志明：胡志明市綜合出版社，2011年。

鄧台梅：《中國現代文學史略1919年–1927年》，河內：事實出版社，1958年。

鄧台梅：《在學習與研究之路上（二集）》，河內：文學出版社，1969年。

鄧台梅著，文學出版社編：《鄧台梅全集（二集）》，河內：文學出版社，1997年。

鄧台梅、阮功歡、黃忠通、武秀南：《與五位中國作家相見》，河內：文藝出版社，1956年。

黎春武：《魯迅——中國文化革命的主將》，河內：文化出版社，1959年。

鵬江：《南圻的國語字文學1865–1930》，胡志明市：年輕出版社，1992年。

六、譯本文本、文集

巴金著，黎山馨、裴幸謹譯：《家》，河內：文學出版社，1963年。

王朔著，范秀珠譯：〈劉慧芳〉，《外國文學雜誌》第4期，2000年8月，頁5–78。

毛澤東著，活動譯：《文學藝術的問題》，河內：事實出版社，1949年。

老舍著，千里組編，千里組譯：《老舍劇作選》，河內：文化出

版社，1961年。

長征著，蘇輝若主編：《長征選集 1937-1954》，第1集，河內：國家政治出版社，2007年。

長征著，蘇輝若主編：《長征選集 1955-1975》，第2集，河內：國家政治出版社，2009年。

邵荃麟、陸定一著，武慧瓊、潘春皇、武幸、秀炎譯：《中國文藝界的反右派鬥爭》，河內：事實出版社，1958年。

周揚著，武慧瓊、武戌越譯：《文藝戰線上的一場大辯論》，河內：事實出版社，1958年。

徐枕亞著，團協譯：〈雪鴻淚史（I）〉，《南風雜誌》第77期，1923年11月，頁421-428。

徐枕亞著，團協譯：〈雪鴻淚史（補傳）〉，《南風雜誌》第86期，1924年8月，頁170-173。

徐枕亞著，阮杜牧譯：《余之夫》，河內：新民書館，1927年。

徐枕亞著，奇袁譯：《雙妻記》，河內：新民書館，1928年。

徐枕亞著，讓宋、楊明譯：《花之下》，河內：文學出版社，2016年。

張賢亮著，潘文閣、鄭忠曉譯：《男人的一半是女人》，河內：勞動出版社，1989年。

曹禺著，鄧台梅譯：《雷雨》，河內：文化出版社，1958年。

梁斌著，陳文進、輝聯、阮代譯：《紅旗譜》，河內：文化出版社，1961年。

莫言著，陳忠喜譯：《生死疲勞》，河內：婦女出版社，2007年。

郭沫若、蔡儀著，南松譯：《批判胡風的資產唯心文藝思想》，河內：文藝出版社，1955年。

賈平凹著，武功歡譯：《浮躁》，河內：文學出版社，1998年。

賈平凹著，武功歡譯：《廢都（二卷）》，峴港：峴港出版社，1999 年。

趙樹理著，文新譯：《李家莊的變遷》，河內：文化會出版，1950 年。

趙樹理著，陶武譯：《李有才板話》，河內：文藝出版社，1953 年。

潘孟名：《詩文集摘錄》，南定：阮忠克出版，1942 年。

潘孟名著，陶士雅編：《筆劃詩集》，河內：智德書社出版，1953 年。

魯迅著，鄧台梅譯：〈人與時〉，《清議雜誌》第 23 期，1942 年 10 月，頁 16-17、30。

魯迅著，鄧台梅譯：〈過客〉，《清議雜誌》第 26 期，1942 年 12 月，頁 10-11、21-22、31。

魯迅著，鄧台梅譯：〈影的告別〉，《清議雜誌》第 33 期，1943 年 3 月，頁 14-15。

魯迅著，簡之譯：《孤獨者（短篇小說集）》，河內：世界出版社，1952 年。

魯迅著，潘魁編，潘魁譯：《魯迅小說選集》，河內：文藝出版社，1955 年。

魯迅著，潘魁編，潘魁譯：《魯迅雜文選集》，河內：文藝出版社，1956 年。

魯迅著，胡浪譯：《祝福》，河內：普通出版社，1960 年。

魯迅著，張正譯：《吶喊（小說集）》，河內：文化出版社，1961 年。

魯迅著，簡之編，簡之譯：《魯迅選集》，西貢：香稿出版社，1966 年。

蘇童著，范秀珠譯：〈櫻桃〉，《外國文學雜誌》第 4 期，1998

年 8 月,頁 156-164。

七、越文論文

竹河:〈略論國語字文學的進化〉,《南風雜誌》第 175 期,1932 年 8 月,頁 116-134。

阮文校:〈1945 年 8 月革命前中國現代文學在越南的介紹研究情況初探〉,《中國研究雜誌》第 5 期,2000 年 10 月,頁 60-64。

阮克批:〈《豐乳肥臀》和《檀香刑》兩部小說中的莫言藝術世界〉,《香江雜誌》第 166 期,2002 年 12 月,頁 77-81。

阮南:〈女子自盡,是小說的錯?——關於越南 20 世紀初女子與文學、社會之間的關係的一個視角〉,發表於在胡志明市舉辦「19 世紀末 20 世紀初東亞文學現代化過程」國際學術研討會,2010 年 3 月 18-19 日。

阮進浪:〈中國人的新文學〉,《南風雜誌》第 210 期,1934 年 12 月,頁 318-323。

范秀珠:〈賈平凹——中國當代有特色的作家〉,《外國文學雜誌》第 5 期,1997 年 10 月,頁 6-9。

范春源:〈生著、死著和活著——看莫言的《豐乳肥臀》〉,《光線雜誌》第 1 期,2002 年 2 月,頁 61-62。

范瓊:〈前言〉,《南風雜誌》第 1 期,1917 年 7 月,頁 5。

張正:〈中國文化大革命中的魯迅〉,《文學雜誌》第 2 期,1980 年 3-4 月,頁 109-115。

鄧台梅:〈魯迅(1881-1936)身世〉,《清議雜誌》第 45 期,1943 年 9 月,頁 11-13、15。

鄧台梅：〈魯迅（1881-1936）II〉，《清議雜誌》第 46 期，1943 年 10 月，頁 12-14。

鄧台梅：〈魯迅（1881-1936）III〉，《清議雜誌》第 47 期，1943 年 10 月，頁 11-13、26。

鄧台梅：〈中國文化在我國將來學術中的地位〉，《清議雜誌》第 100 期，1945 年 2 月，頁 76-81。

黎余：〈國家文學的根源以及新文學〉，《南風雜誌》第 190 期，1933 年 11 月，頁 399-408。

附錄：在越南出版的 20 世紀中國文學作品書目

（一）20 世紀初以徐枕亞為作者名字的小說書目

出版年分	作品	作者	印書館／刊物	譯者	筆者補充
1919	多情恨(?)[a]	徐枕亞(?)		潘孟名	據文獻記載，《多情恨》是徐枕亞最早被介紹到越南的小說，其內容講述一位新式女子的愛情故事，因為男方不願意娶她而自盡。目前在越南未找到此譯作；通過對照也暫未查到原著。
1923–1924	雪鴻淚史	徐枕亞	《南風雜誌》第77至84期	M.K（團協）	
1924	自由鑒	徐枕亞	《南風雜誌》第87期	東朱	
1925	花之魂(?)	徐枕亞(?)	青年書館	陳俊凱	
1927	余之妻	徐枕亞	新民書館	阮杜牧	
1927	刻骨相思記	徐枕亞	新民書館	阮杜牧 嚴春覽	與莊病骸《雙俠破奸記》合集出版，但作者僅標徐枕亞。
1927–1928	刻骨相思記	徐枕亞	《南風雜誌》第119至130期	阮敦服（號松雲）	
1927	情海風波(?)	徐枕亞(?)	日南書館	阮子超	
1928	芙蓉娘	吳綺緣	日南書館	阮子超	
1928	玉梨魂	徐枕亞	龍光印館	讓宋	
1928	讓女婿	徐枕亞	日南書館	竹溪（吳文篆）	

出版年分	作品	作者	印書館／刊物	譯者	筆者補充
1928	雪鴻淚史	徐枕亞	龍光印館	團資術	第二次出版。
1928	情海風波 (?)	徐枕亞 (?)	日南書館	阮子超	第二次出版。
1928	雙妻記 (?)	徐枕亞 (?)	新民書館	奇袁	
1930	玉梨魂	徐枕亞	新民書館	吳文篆（號竹溪）	

註：ª(?) 代表作品沒有找到原著的書名，暫時通過越譯本的漢越音而推出。

（二）1942-1979年間在越南出版的中國文學作品書目

出版年分	作品	作者	出版物／刊物	譯者	筆者補充
1942	人與時	魯迅	《清議》第23期 10月	鄧台梅	
1942	過客	魯迅	《清議》第26期 12月	鄧台梅	
1943	孔乙己	魯迅	《清議》第28期 1月	鄧台梅	
1943	阿Q正傳（第一章）	魯迅	《清議》特刊第29-31期 1月	鄧台梅	
1943	影的告別	魯迅	《清議》第33期 3月	鄧台梅	
1943	阿Q正傳（第二、三章）	魯迅	《清議》第34、35期 4月	鄧台梅	
1943	阿Q正傳（第四至九章）	魯迅	《清議》第37-41期 5-7月	鄧台梅	
1943	狗・貓・鼠	魯迅	《清議》第50期 12月	鄧台梅	
1944	雷雨	曹禺	《清議》第77-89、91-97期 8-12月	鄧台梅	《清議》第98、99期（1945年1月）連載《雷雨・序》。
1945	春與中年人	傅東華	《清議》第105期 3月	鄧台梅	

附錄　251

出版年分	作品	作者	出版物／刊物	譯者	筆者補充
1945	日出	曹禺	《清議》第 108-114、116-118 期 5-7 月	鄧台梅	《日出》譯作發表了一半《清議》就被停刊了（1945 年 8 第 120 期是最後一期）。
1946	雷雨	曹禺	大眾書店	鄧台梅	1946 年第一次出版，1958 年文化出版社第二次出版，2006 年舞臺出版社重印（第三次出版）。
1950	李家莊的變遷	趙樹理	越南文化會	文新	
1952	孤獨者	魯迅	世界出版社	簡之	
1953	李有才板話	趙樹理	文藝出版社	陶武	
1953	王貴與李香香	李季	中央文藝出版社	黃忠通	
1954	登記	趙樹理	文藝出版社	范文科	
1954	火光在前（一、二）	劉白羽	文藝出版社	潘魁	
1955	魯迅小說選集	魯迅	文藝出版社	潘魁	
1955	小二黑結婚（小說集）	趙樹理	文藝出版社	洪力、潘魁等	
1956	魯迅作品選集	魯迅	文藝出版社	潘魁	
1956	三里灣	趙樹理	文藝出版社	春武	1956 年文藝出版社第一次出版，1959 年文化出版社第二次出版。
1957	魯迅小說選集（一、二）	魯迅	作家協會出版社	潘魁	
1957	阿Q正傳	魯迅	建設出版社	鄧台梅、張正	
1957	表明態度	趙樹理	青年出版社	阮科	
1958	日出	曹禺	文化出版社	鄧台梅	2006 舞臺出版社重印。

出版年分	作品	作者	出版物／刊物	譯者	筆者補充
1958	雷雨	曹禺	文化出版社	鄧台梅	1946年第一次出版，1958年文化出版社第二次出版，2006年舞臺出版社重印（第三次出版）。
1958	子夜（一、二）	茅盾	文化出版社	張正、德超	2002年作家協會出版社第二次出版。
1958	保衛延安（一、二、三）	杜鵬程	人民軍隊出版社	黎文基、金英	
1959	在和平的日子裡	杜鵬程	人民軍隊出版社	劉偉	
1959	三里灣	趙樹理	文化出版社	黎春武	1956年文藝出版社第一次出版，1959年文化出版社第二次出版。
1959	林海雪原（一、二、三）	曲波	青年出版社	海源、如河	1959年第一次出版，1991年第二次出版。
1959	上海的早晨（一）	周而復	文化出版社	張正、德超	
1960	祝福（小說集）	魯迅	普通出版社	胡浪	
1960	故事新編	魯迅	文化出版社	張正	
1960	山鄉巨變	周立波	文化出版社	黎春武	
1960	青春之歌（一、二）	楊沫	青年出版社	陳文進	1960年第一次出版，1964年第二次出版，第二個譯作。
1960	屈原	郭沫若	文化出版社	陶英柯、洪山	1960年第一次出版，2006第二次出版，第二個譯本。
1960	春蠶（小說集）	茅盾	文化出版社	陶武、吳文選	
1960	上海的早晨（二）	周而復	文化出版社	張正、德超	

出版年分	作品	作者	出版物／刊物	譯者	筆者補充
1961	三家巷（一、二、三）	歐陽山	勞動出版社	旗恩、裴幸謹	
1961	吶喊	魯迅	文化出版社	張正	
1961	彷徨	魯迅	文化出版社	張正	
1961	虎符	郭沫若	文化出版社	胡浪	
1961	郭沫若短篇小說選集	郭沫若	文化出版社	黎春武	
1961	春華秋實	老舍	文學出版社	東風	
1961	老舍劇作選	老舍	文化出版社	千里組	
1961	創業史（一）	劉青	文學出版社	陶武、吳文選	
1961	紅旗譜（一、二）	梁斌	文化出版社	陳文進、輝聯、阮代合譯	
1961	紅日（一、二）	吳強	人民軍隊出版社	日寧、尹忠	
1962	紅日（三、四）	吳強	人民軍隊出版社	日寧、尹忠	
1962	創業史（二）	劉青	文學出版社	陶武、吳文選	
1962	卓文君	郭沫若	文化出版社	河茹-金英-黎春武	
1962	靈泉洞	趙樹理	青年出版社	黎春武	
1962	倪煥之	葉聖陶	文化出版社	張正、方文	
1962	田漢劇作選	田漢	文化出版社	胡陵、阮河	
1963	腐蝕	茅盾	文化出版社	黎春武	2004年文學出版社第二次出版。
1963	北京人	曹禺	文學出版社	阮金坦	
1963	駱駝祥子	老舍	文學出版社	張正、方文	
1963	家	巴金	文學出版社	黎山馨、裴幸謹	2002年第二次出版。
1963	魯迅雜文選集	魯迅	文學出版社	張正	
1964	阿Q正傳	魯迅	教育出版社	張正	

出版年分	作品	作者	出版物／刊物	譯者	筆者補充
1964	青春之歌	楊沫	青年出版社	張正、方文	1960年第一次出版，1964年第二次出版，第二個譯作。
1964	紅岩（一、二）	羅廣斌、楊益言	文學出版社	潘榮、阮文明珠	
1964	郭沫若詩歌	郭沫若	文學出版社	南珍、潘文閣	1964年第一次出版，2002年第二次出版。
1965	紅旗歌謠	郭沫若、周揚編	文學出版社	潘文閣、裴春偉	
1966	魯迅選集	魯迅	香稿出版社	簡之	
1968	阿Q正傳	魯迅	香稿出版社	簡之	
1970	阿Q正傳	魯迅	教育出版社	張正	第二次出版。
1971	魯迅小說選集	魯迅	文學出版社	張正	
1971	魯迅詩歌	魯迅	文化補足學校	費仲厚	

（三）1979年後越南對中國現代文學的翻譯、重印

出版年分	作品	作者	出版社／刊物	譯者	筆者補充
1980	故事新編	魯迅	文化出版社	張正	重印。
1982	阿Q正傳（小說、雜文選）	魯迅	文學出版社	張正	
1987	魯迅選集	魯迅	後江綜合出版社	簡之	
1987	狂人日記	魯迅	後江綜合出版社	簡之	
1990	離婚	老舍	法律出版社	潘秀娥、阮晉敬	
1991	林海雪原（一、二、三）	曲波	青年出版社	海源、如河	1959年第一次出版，1991年第二次出版。
1993	春	巴金	國家政治出版社	潘秀娥、阮晉敬	
1994	魯迅小說集	魯迅	文學出版社	張正	

出版年分	作品	作者	出版社／刊物	譯者	筆者補充
1998	魯迅短篇小說	魯迅	文學出版社	張正	
1998	隨想錄	巴金	通信文化出版社	張正、翁文松	
1998	魯迅雜文	魯迅	教育出版社	張正	
2000	阿Q正傳（小說集）	魯迅	金童出版社	張正	
2000	魯迅短篇小說	魯迅	文學出版社	張正	
2000	魯迅選集	魯迅	胡志明市文藝出版社	張正	
2001	魯迅小說選集	魯迅	通信文化出版社	張正	
2001	阿Q正傳（小說、雜文選）	魯迅	文學出版社	張正	
2002	郭沫若詩歌	郭沫若	文學出版社	南珍、潘文閣	1964年第一次出版，2002年第二次出版。
2002	子夜	茅盾	作家協會出版社	張正、德超	重印。
2002	魯迅詩歌	魯迅	勞動出版社	潘文閣	
2002	家	巴金	文學出版社	黎山馨、裴幸謹	重印。
2003	四世同堂（一、二）	老舍	文學出版社	翁文松	
2003	魯迅雜文	魯迅	通信文化出版社	張正	
2003	春蠶（小說集）	茅盾	作家協會出版社	陶武、吳文選	重印。
2004	阿Q正傳（小說、雜文選）	魯迅	文學出版社	張正	
2004	魯迅小說選集	魯迅	文學出版社	張正	
2004	魯迅短篇小說	魯迅	通信文化出版社	張正	
2004	魯迅雜文	魯迅	通信文化出版社	張正	
2004	腐蝕	茅盾	文學出版社	黎春武	重印。
2004	寒夜	巴金	人民軍隊出版社	范秀珠	收入三篇小說《短刀》、《砂丁》、《寒夜》。
2006	邊城	沈從文	峴港出版社	范秀珠	
2006	野草	魯迅	胡志明市文藝出版社	范氏好	

出版年分	作品	作者	出版社／刊物	譯者	筆者補充
2006	雷雨	曹禺	舞臺出版社	鄧台梅	重印（第三次出版）。
2006	日出	曹禺	舞臺出版社	鄧台梅	
2006	屈原	郭沫若	舞臺出版社	胡浪	1960年第一次出版，2006第二次出版，第二個譯本。
2007	阿Q正傳（小說集）	魯迅	作家協會出版社	張正	
2010	魯迅短篇小說	魯迅	通信文化出版社	張正	

（四）90年代後在越南出版的中國80年代後文學作品書目

出版年分	作品	作家	出版社	譯者	筆者補充
1989	男人的一半是女人	張賢亮	勞動出版社	潘文閣、鄭忠曉	1989年勞動出版社第一次出版，2004年作家協會出版社第二次出版。
1994	男人的風格（一、二）	張賢亮	河內出版社	潘文閣、鄭忠曉	
1995	妻妾成群	蘇童	年輕出版社	懷雨	小說改名為《鬼魂》。2002年改名《紅燈籠高高掛》，胡志明市文藝出版社出版。
1997	三寸金蓮	馮驥才	婦女出版社	范秀珠	
1998	浮躁	賈平凹	文學出版社	武功歡	
1999	神鞭	馮驥才	婦女出版社	范秀珠	
1999	廢都（一、二）	賈平凹	峴港出版社	武功歡	1999年峴港出版社第一次出版，2003年文學出版社第二次出版。
1999	故里（小說集）	賈平凹	人民軍隊出版社	黎褒	

出版年分	作品	作家	出版社	譯者	筆者補充
2000	紅高粱	莫言	婦女出版社	黎輝蕭	在1999年《紅高粱》早已問世，由泰阮白聯翻譯，不過小說內容不完整，可能根據網路上某個故事梗概而翻譯過來。
2000	白鹿原（一、二）	陳忠實	峴港出版社	伯聽	
2000	王朔小說集	王朔	年輕出版社	范秀珠	
2001	豐乳肥臀	莫言	胡志明市文藝出版社	陳廷憲	小說改名為《人間有寶》。2001年胡志明市文藝出版社第一次出版，2002年作家協會出版社第二次出版，2007年胡志明市文藝出版社第三次出版。
2001	綠化樹	張賢亮	胡志明市文藝出版社	陳廷憲	小標題為「無罪案犯人的紀錄」。
2001	靈山	高行健	婦女出版社	陳挺	法文版譯作。
2002	活著	余華	文學出版社	武功歡	2002年文學出版社第一次出版，2005年文學出版社第二次出版，2011年人民公安出版社第三次出版。
2002	豐乳肥臀	莫言	作家協會出版社	陳廷憲	2001年胡志明市文藝出版社第一次出版，2002年作家協會出版社第二次出版，2007年胡志明市文藝出版社第三次出版。

出版年分	作品	作家	出版社	譯者	筆者補充
2002	檀香刑	莫言	婦女出版社	陳廷憲	2002年第一次出版，2003年第二次出版，2004年第三次出版，2006年第四次出版。
2002	長恨歌	王安憶	作家協會出版社	黎山	2002年作家協會出版社第一次出版，2006年作家協會出版社第二次出版（附研究專家推薦序言）。
2002	美人贈我蒙汗藥	王朔	民族文化出版社	武功歡	
2003	大浴女	鐵凝	青年出版社	山黎	改名為《青春少女時的渴望》。
2003	檀香刑	莫言	婦女出版社	陳廷憲	2002年第一次出版，2003年第二次出版，2004年第三次出版，2006年第四次出版。
2003	紅樹林	莫言	文學出版社	陳廷憲	
2003	天堂蒜薹之歌	莫言	文學出版社	陳廷憲	小說改名為《憤怒蒜薹》。
2003	廢都（一、二）	賈平凹	文學出版社	武功歡	1999年峴港出版社第一次出版，2003年文學出版社第二次出版。
2003	鬼城	賈平凹	婦女出版社	黎褒	
2003	懷念狼	賈平凹	文學出版社	武功歡	
2003	病相報告	賈平凹	作家協會出版社	羅嘉松	小說改名為《愛情》。
2003	靈山	高行健	胡志明市文藝出版社	翁文松	在同一年，小說的兩個譯版同時出版。
2003	靈山	高行健	文學出版社	胡光攸	在同一年，小說的兩個譯版同時出版。

出版年分	作品	作家	出版社	譯者	筆者補充
2004	綠化樹	張賢亮	婦女出版社	陳廷憲	不同出版社第二次出版。小標題為「無罪案犯人的紀錄」。
2004	男人的一半是女人	張賢亮	作家協會出版社	潘文閣、鄭忠曉	1989年勞動出版社第一次出版，2004年作家協會出版社第二次出版。
2004	無雨之城	鐵凝	作家協會出版社	山黎	
2004	檀香刑	莫言	婦女出版社	陳廷憲	2002年第一次出版，2003年第二次出版，2004年第三次出版，2006年第四次出版。
2004	四十一炮	莫言	文學出版社	陳廷憲	2004文學出版社，陳廷憲譯作；2005勞動出版社，阮氏話譯作；2007胡志明市文藝出版社，陳忠喜譯作。
2004	酒國	莫言	作家協會出版社	陳廷憲	
2004	莫言小說	莫言	文學出版社	黎褒	
2004	活著	余華	通信文化出版社	阮原平	第二個譯作。
2004	無風之樹	李銳	文學出版社	陳廷憲	
2004	一地雞毛	劉震雲	作家協會出版社	范秀珠	作品集改名為《生活是如此》，共四篇〈塔鋪〉、〈新兵連〉、〈單位〉、〈一地雞毛〉。
2004	水與火的纏綿	池莉	作家協會出版社	山黎	
2004	高行健短篇小說集	高行健	人民公安出版社	征寶、山海	
2005	莫言——生活與創作（散文集）	莫言	勞動出版社	阮氏話	譯者編選。

出版年分	作品	作家	出版社	譯者	筆者補充
2005	四十一炮	莫言	勞動出版社	阮氏話	2004年文學出版社,陳廷憲譯作出版;2005年勞動出版社,阮氏話譯作;2007年胡志明市文藝出版社,陳忠喜譯作出版。
2005	莫言雜文	莫言	文學出版社	武算	譯者編選。
2005	活著	余華	文學出版社	武功歡	2002年文學出版社第一次出版,2005年文學出版社第二次出版,2011年人民公安出版社第三次出版。
2005	古典愛情（作品集）	余華	文學出版社	武功歡	
2005	蝴蝶（小說集）	王蒙	人民公安出版社	范秀珠	
2005	我的人生哲學	王蒙	人民公安出版社	范秀珠	2005年人民公安出版社第一次出版,2009年作家協會出版社第二次出版。
2005	小姐你好	池莉	婦女出版社	阮原平	
2006	檀香刑	莫言	婦女出版社	陳廷憲	2002年第一次出版,2003年第二次出版,2004年第三次出版,2006年第四次出版。
2006	大浴女	鐵凝	作家協會出版社	山黎	第二個出版社出版,第二次出版。
2006	馮驥才小說集：神鞭、三寸金蓮、陰陽八卦	馮驥才	婦女出版社	范秀珠	《神鞭》、《三寸金蓮》第二次出版。
2006	短篇小說：第十二夜	鐵凝	作家協會出版社	山黎	小說集改名。

出版年分	作品	作家	出版社	譯者	筆者補充
2006	兄弟（一、二）	余華	人民公安出版社	武功歡	
2006	許三觀賣血記	余華	人民公安出版社	武功歡	
2006	生蹼的祖先們	莫言	文學出版社	清惠、裴越洋	
2006	長恨歌	王安憶	作家協會出版社	山黎	2002作家協會出版社第一次出版，2006作家協會出版社第二次出版（附研究專家推薦序言）。
2006	手機	劉震雲	婦女出版社	山黎	
2006	故鄉天下黃花	劉震雲	婦女出版社	忠義	
2006	高行健作品選集	高行健	人民公安出版社	茹幸、山海、征寶	一個人的聖經（長篇小說）（2006年第一個中文版譯作，2007年第二個中文版譯作）。14篇短篇小說、五部劇作（八月雪及其他）譯者編選。
2006	八月雪	高行健	舞臺出版社	阮南	
2006	活動變人形	王蒙	通信文化出版社	原平	
2007	玫瑰門	鐵凝	婦女出版社	山黎	
2007	豐乳肥臀	莫言	胡志明市文藝出版社	陳廷憲	2001胡志明市文藝出版社第一次出版，2002作家協會出版社第二次出版，2007胡志明市文藝出版社第三次出版。
2007	生死疲勞	莫言	婦女出版社	陳忠喜	
2007	透明紅蘿蔔	莫言	婦女出版社	陳廷憲	
2007	十三步	莫言	胡志明市文藝出版社	陳忠喜	

出版年分	作品	作家	出版社	譯者	筆者補充
2007	四十一炮	莫言	胡志明市文藝出版社	陳忠喜	2004年文學出版社，陳廷憲譯作出版；2005年勞動出版社，阮氏話譯作；2007年胡志明市文藝出版社，陳忠喜譯作出版。
2007	秦腔（一、二）	賈平凹	通信文化出版社	黎褒	
2007	銀城故事	李銳	作家協會出版社	陳廷憲	
2007	舊址	李銳	作家協會出版社	山黎	
2007	厚土	李銳	作家協會出版社	范秀珠	
2007	爸爸爸	韓少功	作家協會出版社	陳瓊香	
2007	看上去很美	王朔	作家協會出版社	阮春日	
2007	青狐	王蒙	勞動出版社	阮伯聰	
2007	有了快感你就喊	池莉	婦女出版社	陳竹漓	
2007	一個人的聖經	高行健	人民公安出版社	泰阮白聯	2006年第一個譯作，2007年第二個譯作。
2007	狼圖騰	薑戎	人民公安出版社	陳廷憲	
2008	在細雨中呼喊	余華	人民公安出版社	武功歡	
2008	戰友重逢	莫言	文學出版社	陳忠喜	
2008	白棉花	莫言	文學出版社	陳忠喜	
2008	歡樂	莫言	文學出版社	陳忠喜	
2008	紅蝗	莫言	文學出版社	陳忠喜	
2008	牛	莫言	文學出版社	陳忠喜	
2008	築路	莫言	文學出版社	陳忠喜	小說改名為《淚水之路》。
2008	莫言散文選	莫言	文學出版社	陳忠喜	
2008	為人民服務	閻連科	青年出版社	武功歡	第一次出版。
2008	馬橋詞典	韓少功	作家協會出版社	山黎	
2009	逃之夭夭	王安憶	作家協會出版社	山黎	
2009	報告政府	韓少功	作家協會出版社	昭風	
2009	我叫劉躍進	劉震雲	西貢文化出版社	忠義	

出版年分	作品	作家	出版社	譯者	筆者補充
2009	我的人生哲學	王蒙	作家協會出版社	范秀珠	2005年人民公安出版社第一次出版，2009年作家協會出版社第二次出版。
2010	蛙	莫言	文學出版社	陳忠喜（元陳）	2010年文學出版社第一次出版，2017年文學出版社第二次出版。
2010	風雅頌	閻連科	民智出版社	武功歡	
2010	萬里無雲	李銳	作家協會出版社	陳瓊香	
2010	千萬別把我當人	王朔	作家協會出版社	黎松林、黎氏錦燕	
2011	活著	余華	人民公安出版社	武功歡	2002年文學出版社第一次出版，2005年文學出版社第二次出版，2011年人民公安出版社第三次出版。
2011	啟蒙時代	王安憶	人民公安出版社	練春秋、阮友光	
2012	為人民服務	閻連科	通信文化出版社	武功歡	第二次出版。
2012	金陵十三釵	嚴歌苓	文學出版社	黎青勇	
2012	一億六	張賢亮	婦女出版社	范秀珠、王夢彪	
2014	變	莫言	文學出版社	陳登皇	
2014	我不是潘金蓮	劉震雲	勞動出版社	冬梅	
2014	一句頂萬句	劉震雲	勞動出版社	忠義	
2014	堅硬如水	閻連科	作家協會出版社	明商	
2017	蛙	莫言	文學出版社	陳忠喜（元陳）	2010年文學出版社第一次出版，2017年文學出版社第二次出版。
2018	金蓮，你好	閻連科	作家協會出版社	明商	
2018	靈山	高行健	婦女出版社	陳挺	英文版譯作。
2019	丁莊夢	閻連科	作家協會出版社	明商	
2019	四書	閻連科	作家協會出版社	明商	

國家圖書館出版品預行編目（CIP）資料

譯介的話語：20世紀中國文學在越南 / 阮秋賢著. --
新北市：華藝學術出版：華藝數位發行, 2019.12
　面；　公分
ISBN 978-986-437-175-4(平裝)

1. 中國文學 2. 翻譯 3. 越南語

812.026　　　　　　　　　　　　　108018334

《譯介的話語：20 世紀中國文學在越南》

學門主編／許怡齡、阮蘇蘭（Nguyen To Lan）
作　　者／阮秋賢（Nguyen Thu Hien）
責任編輯／廖翊鈞
封面設計／張大業
版面編排／許沁寧

發 行 人／常效宇
總 編 輯／張慧銖
業　　務／吳怡慧
出　　版／華藝數位股份有限公司　學術出版部（Ainosco Press）
　　　　地　　址：234 新北市永和區成功路一段 80 號 18 樓
　　　　電　　話：(02)2926-6006　傳真：(02)2923-5151
　　　　服務信箱：press@airiti.com
發　　行／華藝數位股份有限公司
　　　　戶名（郵政／銀行）：華藝數位股份有限公司
　　　　郵政劃撥帳號：50027465
　　　　銀行匯款帳號：0174440019696（玉山商業銀行 埔墘分行）
法律顧問／立暘法律事務所　歐宇倫律師
　ISBN／ 978-986-437-175-4
　DOI／ 10.978.986437/1754
出版日期／ 2019 年 12 月
定　　價／新台幣 560 元

版權所有‧翻印必究　　Printed in Taiwan
（如有缺頁或破損，請寄回本社更換，謝謝）